블레이드 & 바스타드

재는 따뜻하고, 미궁은 어슴푸레하다—

카규 쿠모 Kumo Kagyu

일러스트 so-bin

CONTENTS

BLADE & BASTARD -Warm ash, Dusky dungeon-

목차

블레이드&바스타드

—재는 따뜻하고, 미궁은 어슴푸레하다—

BLADE & BASTARD –Warm ash, Dusky dungeon–

카규 쿠모 Kumo Kagyu

일러스트 so-bin

서 장

올스타즈

“《미무이 워우아리프(빛이 있으라)》!”

곧이어 어둠 속에서 빛이 나타났다.

흐릿한 빛에 밝혀지는 《미궁》에 울려 퍼지는 발소리가 하나.

아니— 정확하게는 하나가 아니다.

잘 들어보면 전혀 일치되지 않고 제각각이며 불규칙한 발소리의 집합이었으니까.

통일되지 않은 장비를 착용했으나 그럼에도 결코 흐트러짐 없이 대열를 짜서 이동하는 여섯 명.

《미궁》에 들어온 모험가다.

“이봐, 사라. 더 좋은 주문을 써주면 안 되나?”

끝없이 이어지는 돌계단. 왜 이리 기냐며 짜증을 내는 것처럼 선두에서 나아가는 남자가 거의 신음과 비슷하게 소리를 냈다.

옅은 녹색의 희미한 빛에 비추이는 모습은 갑옷과 도구를 몸에 장착했으니 아마도 전사인가 보다.

남자는 날개를 펼친 용 장식물을 붙인 커다란 투구가 무거운 듯 흔들거리며 투덜투덜 언성을 높인다.

“《밀와(광명)》는 금방 꺼져버리지 않나.”

“《로밀와(증광명)》를 쓰라고? 거절할게, 세즈말.”

대답한 인물은 승복의 위쪽으로 흉갑을 걸친 가녀리고 아름다운 여인이었다.

여인은 미모와 날씬한 몸에 잘 어울리는 버들잎 같은 긴 귀를 흔들거리며 삐죽 새침을 부린다.

“물론 《라츠마픽(식별)》에 수호의 《바마츠(기원)》, 마비 치료까지 다 못 쓰게 되어도 괜찮다면 상관없지만?”

세즈말은 한두 마디쯤 뭐라 대꾸하려다가 결국은 입을 닫았다.

늘 선봉에 서서 용맹하게 적과 맞서 싸우는 리더의 모습을 보고 가죽 갑옷을 입은 조그마한 몸집의 모험가가 소리 죽여 웃는다.

마치 어린아이처럼 키가 작은 인물이었으나, 히쭉히쭉 웃는 얼굴은 성인 남성과 다를 바 없다.

“인간 나리들은 참 불편하구나. 우리와 달리 어두운 곳에서는 안 보이잖아.”

“입은 재앙의 근원이다, 모라딘.”

이때 모라딘을 나무란 인물은 비슷하게 키가 작은 수염 난 얼굴의 남자였다.

다만 몸체의 폭은 모라딘보다 두 배는 크며 근육질인지라 마치 큰 바윗덩어리처럼 듬직하다.

뿔 달린 투구를 썼고 전투 망치를 손에 든 남자에게서 외형처럼 무게감 있는 목소리가 나직하게 울렸다.

“이 《미궁》의 어둠은 우리 드워프나 너희와 같은 레아조차도 멀리 내다볼 수 없지 않느냐.”

“아차차. 물론 잘 알고 있습죠, 터크 스님.”

“사라, 너 역시 타인을 설득할 때는 좀 더 원만한 말투를 쓰도록 해라.”

“네에…….”

보통은 엘프가 드워프의 충고에 귀를 기울이며 고분고분 대답하는 것은 말이 되지 않는다.

그러나 사라는 일개 승려에 지나지 않고, 터크 선사는 수행을 쌓은 위대한 고승. 괜히 말대꾸를 해도 당해낼 수 없고, 애초에 사라는 논박이 몹시 서툴렀다.

이미 엘프, 드워프, 레아, 노움 등의 요정과 인간의 수명이 비슷해진 지 오래다. 사라는 외형과 같은 연령, 그리고 연령 이상의 미모를 가진 아직은 젊디젊은 아가씨였던 것이다.

"그나저나 계단은 대체 언제 끝난데요? 다리가 퉁퉁 부을 것 같아."

"정말 동감입니다."

그리고 여인과 거의 비슷하게 허약한 마술사에게도 이 계단의 길이는 무척 버거웠나 보다.

지팡이를 본래의 용도로 사용하고 있는 프로스페로는 이마에 배어난 땀을 훔치고 땅이 꺼져라 한숨을 쏟아낸다.

"이 《미궁》의 깊이는 보통 사람의 상식으로 가늠할 수가 없군요."

"《미궁》인걸, 여기는."

사라가 중얼거렸다.

"자연의 미궁이 아닌 누군가가 의도를 갖고 만든 곳……."

"몹시 흥미롭습니다. 무엇을 위해……. 도대체 언제, 누가, 어떠한 수단을 써서—."

"그것을 확인하러 가는 거다."

세즈말이 푸념과 사색에 끌어들이지 말라는 듯이 딱 잘라 말했다.

마술사 녀석들의 토론에 귀를 기울였다가는 시간을 얼마나 버리게 될지도 모른다.

"호크윈드, 적의 기척은?"

"없다."

대답을 한 인물은 어딘가의 밀정으로 보이는 남자였는데, 외형과 같이 과묵함이 느껴지는 발언이었다.

하지만 이 남자가 뜻밖에도 익살맞으며 유쾌한 녀석이라는 사실은 함께 걸어가는 다섯 명 모두 알고 있다.

실제로 호크윈드는 일행의 속마음을 대변해서 마디마디를 음미하는 것처럼 중얼거렸다.

"아무튼, 드디어— 새로운 계층인가……."

세즈말, 사라, 모라딘, 터크 선사, 프로스페로, 그리고 호크윈드.

여섯 모험가들의 얼굴에는 긴장과 억제하지 못한 고양된 흥분의 빛이 서려 있었다.

그들은 《미궁》 공략에 있어 진정한 의미에서 최전선에 있었으니까.

아무도 찾아내지 못한 곳. 아무도 발을 들여놓은 전례가 없는 새로운 계층.

위험이 뒤따를 테고 난관도 뒤따를 테지. 동료 중 누군가가 목숨을 잃어버릴지도 모른다.

—하지만, 무슨 상관이랴!

그렇게 말한 뒤 봉인된 계단을 해방하고자 결단한 인물은 바로 세즈말이다.

《미궁》의 각 층계에 — 적어도 이제까지는 — 반드시 있는 커다란 문.

침입자를 막기 위해서인가, 아니면 내부에 있는 존재를 봉인하기 위해서인가.

무시무시한 양의 주문이 미지의 문장으로 각인되어 있는 저 문을 반드시 열어야 다음 계층으로 나아갈 수 있다.

오늘 이날, 이때, 저 문을 발견하여— 열어젖히는 역할이 세즈말의 파티에게 주어졌다.

앞으로 나아가는 것을 두려워하면 어찌 모험가를 자처하겠는가. 미지의 재보가 기다리고 있을지도 모르지 않나.

첫 번째 걸음을 새겨 넣는 모험가의 명예는 분명 온 도시로 퍼질 것이다.

게다가 미돌파 계층의 정보는 어떤 사소한 것도 천금의 값어치가 있다.

가지 말아야 하는 이유 따위 단 하나도 없었다.

뚜벅— 세즈말은 자신의 철제 신발이 돌바닥을 딛는 소리에 움찔거리며 몸을 굳혔다.

"왜 갑자기 쫄아?"

"시, 시끄럽다……!"

살짝 상기된 사라의 핀잔에 세즈말이 대꾸를 하자 모라딘이 미처 소리를 죽이지 못한 채 웃는다.

철제 투구의 안쪽으로 숨을 뱉었다. 이 앞은 새로운 영역이다. 긴장은 중요하나 너무 지나쳐도 안 된다.

"좋아, 간다—."

그렇게 말한 뒤, 마침내 결단을 내리고 기념할 만한 첫 번째 발걸음을 내디디—.

"……."

"……응? 가만히 뭐 해, 세즈말?"

우뚝. 마치 석상이 된 것처럼 몸을 단단하게 굳혔다.

걱정이 들어 사라가 무심코 얼굴을 (철 투구지만!) 들여다봐도 한 마디 말조차 없다.

설마 함정인가, 아니면 미지의 괴물이 공격을 했나. 마비라면 여태껏 아껴 놓았던 《디알코(유연)》 주문을 쓸 때인가.

사라가 무의식중에 「다르이아리프……」라고 주문의 첫 번째 어절을 중얼거렸을 때.

"……이봐."

세즈말이 쥐어짜낸 듯한 목소리를 흘리는지라 이번에는 사라가 움찔 놀랄 차례였다.

"무슨 일이야? 세즈말."

모라딘이 주의 깊게, 나직한 목소리로 중얼거린다. 호크윈드는 이미 경계 태세에 들어갔다.

이곳까지 다다른 모험가들은 이미 모두가 미지의 위협에 대하여 임전 태세를 갖추고 있었다.

"……우리가, 이 계층에 도달한…… 최초의 모험가가 맞지?"

"무슨 말인가. 당연하잖나."

터크 선사가 세즈말에게 무엇을 두려워하냐며 격려하는 듯한 어투로 말했다.

"대문은 봉인되어 있었네. 아무도 문을 열지 않았어. 그거야 자네가 가장 잘 알지 않는가."

"……프로스페로."

대답은 않고 세즈말이 묻는다.

"정말로 문이 봉인되어 있었던가?"

"예."

마술사는 지팡이를 언제든 표정에게 겨눌 수 있도록 준비한 채 고개를 끄덕거렸다.

"맞습니다."

"대체 왜 이러는 건데, 세즈말. 뭐야, 진짜 쫄았니?"

"그러면……."

사라의 놀림— 공포를 외면하고자 하는 농담을 무시한 채 세즈말은 턱을 치켜들었다.

엘프의 눈이 철 투구가 가리키는 방향, 시선을 좇아간다. 마법의 엷은 빛이 비추어주는 저 앞쪽으로.

세즈말은 어깨를 부들거리며, 웃음을 꾹 참으면서 말했다.

"이 시체는, 누구지……?"

제 1 장
이알마스

사락. 재가 소용돌이치는 냄새가 났다.

속삭임은 기도가 되고, 기도는 영창이 되고, 그리고 명령한다.

—염원하라고.

그것은 산 자에게 보내는 말이 아니다.

과거 이곳에 있었고, 아직 소실되지 않은 인물에게 보내는 말이다.

그런데 대체 무엇을 염원하면 되는 것인가.

소망. 기원. 미련. 원망. 사명. 의무. 집착. 욕망.

무엇을 위해 태어났고, 무엇을 위해 죽는가.

산 자는 알지 못한다. 죽은 자 또한 알 리 없다.

살아있는 동안에 이해하지 못했던 것을 어째서 죽었다는 이유로 깨달을 수 있겠는가.

그러나, 그럼에도 새어 나오는 대답은 있다.

소리 없는 아우성. 말 없는 호소. 혼이 내지르는 쥐어짠 절규.

다만 저런 반응조차도 허락되지 않는 경우도 있다.

목소리는 음성이 되지 못한다. 말은 표현이 되지 못한다. 이제는 소리 지를 힘조차 없다.

그것은 체념인가, 혹은 납득인가. 단순히 지쳐 기운이 쇠하였기에 반응이 없는 것인가.

어느 쪽이든 간에 이미 숨을 거둔 젊은 모험가는—.

"로단……! 이럴 수가……?!"

—재가 되었다.

제단 위에서 소리를 내며 허물어지는 잿더미를 목격하고 지켜보던 동료들이 비명 지른다.

정적이 내려앉은 사원에는 결코 어울리지 않는, 그러나 이 사원의 일상적인 광경.

이알마스가 보기에는 무척 그립다는 생각마저 드는 장면이었다.

이알마스는 벽 쪽에 가만히 서서 팔짱을 끼고 비탄에 잠긴 모험가들을 바라본다.

수도 없이 — 그야말로 다 떠올리지도 못할 만큼 — 보았던 광경이다.

따라서 아무 감상도 없이, 목이 긴 신발로 돌바닥을 걷어차다시피 앞에 나섰다.

검은 외투의 안쪽에서 철커덕 소리를 내며 까맣게 칠한 막대가 흔들거린다.

흑색 지팡이(블랙 로드).

모험가들은 본인의 존재감이 아닌 그 소리를 듣고 이알마스를 인식한 것 같았다.

"유감이군."

진심에서 나온 말이다.

로단이라는 녀석의 일은 유감이다. 운이 없었다. 순수하게 안타깝다.

이알마스에게 여덟 개의 눈이 향하고, 네 개의 시선이 꽂힌다.

사나운 분위기인지라 이알마스는 막 떠올렸다는 듯이 늦게나마 한마디 덧붙였다.

"두 사람 모두."

모험가는 6인 1조로 파티를 짜는 것이 기본이었다.

다른 지역의 사정은 알지 못한다. 다만 이알마스의 상식에서는 여섯이다. 그것은 이 도시에서도 마찬가지이고.

그럼에도 불구하고 석조 제실에 있는 모험가는 — 이알마스를 제외하고 — 네 명.

유감이다. 운이 나빴다. 동료 두 명을 소생하는 데 실패해버린 이런 상황은.

아울러 결코 특별하지는 않다.

"그래서 대금 말인데, 회수한 두 명의 장비와 소지금 중 절반을 받아가도록 하지."

"너, 이런 상황에 돈 이야기냐……!!"

이알마스는 마땅한 대가를 상기시키고자 꺼낸 말이었다. 그러나 모험가는 생각이 달랐나 보다.

억센 전사의 주먹이 이알마스의 멱살을 틀어잡고 여윈 몸을 들어 올리다시피 거칠게 잡아당긴다.

딱히 고통스러운 일은 아니었다. 다만 숨 쉬기 답답한 것은 아무래도 마음에 들지 않았다.

"그리 언성을 높일 문제는 아닐 텐데."

따라서 이알마스는 성가시다는 듯이, 몹시 진저리가 난다는 듯이 쉰 목소리로 중얼거렸다.

"단지 재가 되었을 뿐 아닌가."

딱히 혼이 소실된 것도 아니잖나. 그것은 위로가 아니라 꾸밈없이 사실을 알려주고자 한 말이었다.

"이 자식……!!"

하지만 역시 받아들일 수 없는 말이었나 보다. 전사가 주먹을 번쩍 치켜들었다.

이알마스는 멍하니 주먹의 궤도를 보고 눈으로 좇아가다가 고개를 살짝 기울여서—.

"당장 멈춰요!"

늠름한 목소리가 제실에 울려 퍼지자 쭉 올라갔던 주먹이 우뚝 멈췄다.

마술이 아니다. 다만 저 한마디는 진실된 힘을 발휘하는 말과 마찬가지로 분명하게 위력이 있는 외침이었다.

목소리의 주인은 여인이었다. 젊은 아가씨다. 온몸을 두른 수도복도 소녀의 여성스러움, 아름다움을 숨기지 못한다.

윔플에서 흘러넘치는 백은빛 머리카락의 틈으로 긴 귀가 삐죽이 내보이고 있었다.

아이네— 시스터 아이닛키는 엘프다.

성당에서 신을 섬기는 이 소녀는 모험가들을 둘러보며 말했다.

"죽음은 바람직한 삶을 완수해서 신의 도시로 들어가는 것을 허락받았다는 증거잖아요!"

불에 기름을 부은 셈이군. 전사의 얼굴이 붉은색에서 푸른색으로 바뀌는 모습을 보고 생각했다.

"저 녀석들이…… 잘 죽었다는 말이라고 하려는 거냐? 너는!"
"잘 살다가 잘 죽는다. 지극히 당연한 일 아닌가요? 누구든 똑같이 맞이하는 결말인걸요."
"재가 되었는데도?! 아니, 너희가 재로 만들었다! 소생을 실패해서—."
"절대 실패가 아닙니다!"
어처구니없다는 듯이 외치는 아이네의 목소리가 울려 퍼진다. 다만 상대는 이러한 말을 듣고도 납득할 리 없었다.
전사는 이번에는 가녀린 신관에게 이를 드러내며 위협적으로 바짝 다가갔다.
"그렇다면 어째서 저 녀석들은……!"
"더할 나위 없이 가치가 있는 삶을 완수했기에 되살아나지 않아도 괜찮다고 신께서 말씀하신 겁니다!"
바람직한 마무리입니다. 아이네는 무섭게 표정을 구긴 전사에게 시선을 받고 있음에도 변함없이 진심으로 믿어 의심치 않았다.
티끌만 한 악의도 없이 온화하게, 자랑스럽게 짓는 미소를 앞에 두자 《미궁》을 탐색하는 모험가조차도 일순간 위축된다.
"물론 죽음을 미루는 것은 허락됩니다. 더 이어지는 삶에 가치가 있다면……."
그 반응을 가르침에 귀를 기울여주었다고 받아들였는지 아이네는 희색을 띠며 눈웃음을 지었다.
"두 분을 다시 살리려면 더욱 바람직한 삶의 가능성을 보여야

해요. 아니면 신께서도 납득하시지 않을 거예요."

요컨대— 더 많은 기부금을 신에게 바치라는 소리다.

살아난다면 더 많은 가치를 만들어 낼 것이라고 신에게 증명해야만 한다.

소생에 필요한 금액이 높아진다는 것은 신이 해당 인물의 삶에서 가치를 인정했다는 증거.

대체 어째서 기뻐하지 않는가, 아이네는 잘 이해가 되지 않았나 보다.

"《캔트(위선자)》 녀석들……!"

성난 전사는 결국 욕설과 함께 침을 내뱉고 사원의 제실에서 뛰쳐나가는 것을 선택했다.

거칠게 문이 열리고 내던지다시피 세게 닫히며 울리는 굉음.

이알마스는 귀와 눈썹을 곤두세우는 아이네를 멍하니 바라보고 있었다.

방금 전 전사가 아이네에게 주먹을 휘둘렀더라도 딱히 말릴 생각은 없었으며, 또한 필요치 않았을 테지.

다만 소동이 끝난 것은 다행이었다. 되도록 쓸데없이 시간을 쓰고 싶지는 않다.

"……미안하네. 이알마스."

이름을 불린 이알마스는 드워프의 얼굴을 봤다. 역시 전사다. 막 나간 전사의 동료였다.

주점에서 가끔 스치며 안면을 익혔을 뿐, 딱히 대화도 나눈 적

없다. 이름도 기억나지 않는다.

로단이라는 이름도 아까 전사가 소리 질렀기에 그런가 보다 생각했을 정도다.

중요한 것은 역량(레벨)과 직업, 주문술사라면 익힌 주문의 수준 아니겠는가.

따라서 이알마스는 이 드워프를 뭐라 불러야 할지 입을 다문 채 고민했다.

드워프는 이 침묵을 아무래도 자의적으로 해석했는지 어딘가 변명 비슷하게 중얼거렸다.

"동료가 두 명이나 사라졌잖나. 저 녀석도 감정이 들끓어서……. 냉정할 수 없을 걸세."

"됐다."

정말로 이알마스는 무엇 하나도 신경 쓰지 않았다.

전위의 전사가 살아남았고 로단이라는 마술사와 다른 한 사람이 — 승려였던가? — 죽었다.

짐작컨대 기습이라도 당했을 테지. 대열이 흐트러지고 후위가 죽어 쓰러졌다.

허둥지둥 도망친 탓에 시체를 두고 왔고, 회수를 의뢰했는데 소생마저 실패했다.

동료도 돈도 잃어버렸다. 파티를 재건하느라 고생할 테지. 탐색도 무척 지체될 것이다.

"냉정을 잃어버려도 어쩔 수 없는 일이지. 다만…… 지금은 공략도 정체되어 있는 상황이라서 말일세."

그리 조바심을 내지 않아도 된다. 딱히 최전선에서 거리가 멀어지는 것은 아니니.

이알마스는 위로의 말을 건넸다. 드워프는 아무 대답도 없이 입을 다물었다. 그래서 계속 말했다.

"그나저나 결국…… 돈은 받을 수 있겠나."

중요한 문제이기는 했다. 다만 특별히 급한 문제도 아니었다.

"못 받더라도 다음에 댁들을 봤을 때 회수하지 않을 뿐 달리 닦달은 하지 않는다만."

"그게 그렇게 되면 우리가 많이 곤란하지."

드워프는 얼굴을 잔뜩 구기더니 풍채 좋은 몸에서 금화가 가득 찬 주머니를 꺼내 들었다.

"미안하지만, 만약에 보게 된다면 주워주겠나."

"알겠다. 보면 그렇게 하지."

이알마스는 사양하지 않고 돈을 받아 챙겨서 외투 안쪽으로 밀어 넣었다.

금화의 무게가 무척 든든했다. 적어도 어지간한 경우에는 쓸모가 있으니까.

"이만 가겠네."

"그래."

이알마스는 고개를 끄덕이고 덧붙였다.

"너무 낙심하지 말라고 전해줘라."

나머지 동료들을 데리고 떠나가는 드워프는 이알마스의 말에 대답하지 않았다.

그 대신 방금 전과는 다르게 조용히 문이 열리고 발소리가 울려 퍼지다가 문이 닫힌다.

석조 제실에 이알마스는 아이닛키와 함께 남겨졌다.

약간의 재 냄새를 풍기며 아이네는 몹시 풀 죽은 어조로 중얼거렸다.

"……어째서 화를 내시는 걸까요."

"소생이 실패했기 때문일 테지."

"절대 실패하지 않았어요!"

아이네가 머리카락을 흩날리며 이알마스에게 아름다운 눈동자를 향했다.

"그 부분이 틀린 거예요. 신께서는 저분의 삶을 고귀하다고 생각하셨기에 다시 시작할 필요는 없다고—."

화내는 아이네는 엘프라는 종족의 인상과 달리 무척이나 앳된 느낌이었다.

아니, 지금의 시대는 더 이상 엘프든 드워프든 인간과 수명에서 다를 것이 없다는 말을 들었다.

세계에서 마법이 희미해지는 동안에 요정 또한 인간과 큰 차이가 없는 종족으로 변천을 거친 것이다.

이제는 인간보다 아주 조금 더 민첩하다거나 아름답다거나 고집이 센 정도.

그리고 그런 사소한 차이야 이알마스에게는 아무래도 좋은 일이었다.

《미궁》을 돌아다니는 동안에 어느새 차이는 사라진다는 것을 이알마스는 잘 알고 있었다.

"애초에 말이죠!"

하프 연주와 같은 아이네의 목소리가 한층 더 높아졌다.

"이알마스 님이 본인의 가치를 아직껏 신께 증명하지 못하셨다는 것을 전 기억하고 있답니다!"

"소생시켜준 것 자체에는 감사하고 있다."

이알마스는 한 점 거짓도 없는 본심을 담담하게 말했다.

"다만 소생시킨 행위의 책임까지 나에게 있는 것 같지는 않군."

"이렇게 얄미운 말을 하시는 것도 신께서 당신의 삶이 이어져야 할 가치를 인정해주신 덕분이랍니다."

아이네는 수도복의 허리에 손을 얹고는 자신의 의견을 강조하려는 듯이 가슴을 쭉 젖혔다.

"이렇게 된 이상 당신은 더욱 바람직한 삶의 가치를 신께 증명해야 합니다!"

"요컨대 시체를 회수해서 가져오라는 말이군."

딱히 회수 자체는 상관없었다.

어디의 누구인지도 모를 모험가의 주검을 짊어지고 지상으로 돌아오는 것은 이알마스의 일상이다.

그때 소지금과 장비를 일부 넘겨받는 것은 당연한 대가이기도 했다.

소생하지 못하는 한 어떠한 쓸모도 없는 셈이니까.

이번처럼 다른 모험가에게서 회수를 의뢰받는 경우도 있었다.

그렇게 보수를 받는 것도, 사원에 소생 비용을 기부금으로 치르는 것도 딱히 상관없었다.

하지만—.

"나는 엄연히 모험가다. 회수꾼이 아니라."

이알마스는 자기 자신을 확인하려는 듯이 힘주어 말한 뒤 천천히 숨을 들이마셨다.

그리고 매일같이 외우다시피 하는 대사를 막힘없이 날숨과 함께 내뱉었다.

"나를 알만한 녀석이 혹시 들어왔나?"

"아니요, 유감스럽게도."

그러자 시스터 아이닛키도 역시 평소와 똑같은 말을 똑같은 태도로 혀에 실어 보냈다.

"솔직하게 말씀을 드리자면 별로 기대는 안 하시는 편이 좋을 것 같은데요……."

"동료를 찾을 때까지는 계속해야겠지. 나아가야 하니."

그렇게 말하고 이알마스도 역시 제실의 문을 향하여 걸음을 내디뎠다.

등 뒤쪽에서 아이네가 무사하기를 기원한다며 뭐라고 기도의 말을 중얼거리는 소리가 들려온다.

이알마스는 그 말을 고맙게 받아들이고 문을 열어서 바깥으로 나간 뒤 닫았다.

과연 어떠한 소리가 났으려나. 문득 의문을 떠올렸으나 굳이 고민할 가치도 없다.

사원 바깥의 거리로 나왔더니 푸른 하늘의 흰 햇살이 이알마스의 눈동자에 꽂혔다.

성가시다는 듯이 눈을 찌푸리고 어둠에 익숙해진 안구의 안쪽에서 통증을 느끼며 또 걸음을 뗀다.

그곳은 돌을 쓴 바닥재가 쭉 깔려있는 곳, 비좁은 길에 모든 것을 욱여넣은 도시의 틈바구니였다.

딱히 눈앞의 길만 이러한 모양새인 것은 아니다.

이곳 성채 도시는 세계의 온갖 잡다한 것까지 가득 집어넣고자 한 도시는 전부 똑같았다.

두려움의 대상에 뚜껑을 덮기 위하여 모든 것을 긁어모았으니까 당연지사인가.

예외는 도시 변두리에 뻥 뚫린— 거대한 구멍 하나뿐이다.

"어이, 저것 봐라."

"이알마스인가……."

"흑색 지팡이 이알마스……."

"시체 수거자로군."

"구더기 놈……."

"착오로 소생을 받았다지?"

“운이 좋구나. 가증스럽기는.”

“옛날 기억이 없다는 말도 얼마나 믿을 수 있겠나.”

그곳을 목적지로 걸어가던 중에 길 가는 사람들, 즉 모험가들 투덜투덜 중얼거리는 소리가 들려왔다.

아무래도 상관없다.

《미궁》의 깊은 곳까지 나아가는 데는 주위의 평가 따위야 어떤 영향도 못 준다는 생각이 든다.

이알마스는 불현듯 바람에 재의 냄새가 섞여 불어오는 것 같아서 미소 지었다.

비 맞은 골목길과 비슷한 무척이나 반갑고도 좋은 냄새였다.

§

고대에.

고대에 그것이 있었다는 사실을 잊어버리고 얼마나 긴 세월이 흘렀을까.

모든 사람이 존재조차 잊은 어느 날, 그것은 갑자기 되살아났다.

《미궁》.

갑자기 대지에 뚫린 그 악마의 구덩이에서는 문자 그대로 힘이 흘러넘치고 있었다.

땅속 깊숙한 곳의 어디까지 이어지는지도 알 수 없는 《미궁》에는 재물과 괴물이 넘치도록 가득 차 있었던 것이다.

당연히 본인이야말로 진정한 용사, 영웅, 성녀, 현자라며 이름을 날린 강자들이 잇따라 도전했다.

《미궁》을 정복하여 수중에 넣고자 하는 세상의 온갖 사악한 작자들 또한 손을 뻗쳤다.

그리고 그 전부가 《미궁》에 집어삼켜져서 허망한 최후를 맞이했다.

전설의 용사의 후손, 평생을 마술 탐구에 몰두했던 대현자, 무모한 젊은이.

—전원, 동등하게 《미궁》 안에서는 가장 밑바닥의 약자에 불과했으니까.

《미궁》이 대체 무엇인지는 아무도 알지 못한다.

알려진 사실은 둘. 어쩌면 하나.

《미궁》에는 사람들의 상상을 아득히 뛰어넘는 강력한 힘을 간직한 수많은 재보가 잠들어 있다.

《미궁》은 사람들을 잡아먹는 괴물, 치명적인 함정으로 가득 차 있다.

요컨대— 《미궁》은 인류의 지식으로 가늠할 수 없는 완전한 이계로서 존재하고 있다는 사실뿐이다.

《미궁》은 위험한 곳이니 멀리하게 되었다.

하지만 《미궁》에서 나오는 재보는 사람들에게 매력적이기도 했다.

부, 명성, 무훈, 혹은 또 다른 무엇인가를 추구하며 《미궁》에 도전하는 인물은 사라지지 않는다.

죽음을 거듭하고 위험을 극복하고 재보를 손에 넣으며 서서히 《미궁》에 적응해 가는 인물들.

머지않아 대중은 이런 인물들을—「모험가」라고 부르게 되었다.

§

쉰내, 곰팡내 나는 곳. 모두가 망각해버린 《미궁》의— 지하 1층.

지금은 수많은 모험가가 왕래하는 그곳에 걸음을 들여놓는 순간이 이알마스는 싫지 않았다.

본래는 6인 1조로 진입해야 하는 《미궁》을 혼자서 다니는 처지도 역시 싫지 않았다.

"어디 보자……."

이알마스는 기이하리만큼 가지런하게 돌을 깔아서 쌓아 올려 건설된 《미궁》을 주시한다.

어느 한 군데도 두드러지는 곳 없는 석제 구조물이 단조롭게 쭉 이어지고 있다— 그렇다고 한다.

이알마스에게 보이는 것은 암흑과 무한히 뻗어 나가는 하얀 선.

격자 형상으로 구성된 《미궁(던전)》이다.

그중 한 구획의 거리가— 과연 얼마나 되는지는 알지 못한다.

아무도 알지 못한다.

불과 몇 걸음이라고 말하는 녀석도 있다. 거리의 사거리 정도 된다고 말하는 녀석도 있다. 도시 하나쯤 되는 거리라고도 하는 녀석도 있다.

《미궁》 안에서는 자신의 어떤 감각도 신용할 수 없다. 시간도, 거리도 마찬가지다.

따라서 이알마스는 이런 생각을 갖고 행동했다.

—지도의 한 칸이다.

그 이상도 이하도 아니다.

이알마스에게는 익숙하게 걸어다녔던 장소다. 어디를 어떻게 가야할지는 머릿속에 들어 있었다.

그럼에도 평소의 습관대로 외투 안쪽에서 모눈종이의 다발을 휙 꺼내다가 펼쳤다.

"오늘은 몇 층까지 내려갈지 고민이군."

물론 단독(솔로) 행동으로 《미궁》을 내려가는 것은 제정신으로 할 짓이 아니었다.

다만— 그것은, **미궁 공략을 목표로 했을** 경우다.

신중하게 걸음을 내딛는 이알마스의 전방에는 이미 누군가에 의하여 파괴된 문이 있었다.

그 문틈으로 묘실에 살짝 다리를 들여 넣었더니 미세하게 피 냄새가 풍긴다.

시체는— 있다. 모험가의 주검은 아니다. 칼에 베여서 죽은 괴물의 송장이다.

"오크인가?"

인간형 생물로 보이는 시체는 추악한 돼지를 닮은 얼굴을 가진 악귀의 형상이었다.

오크의 시체는 뚜껑이 열려 개봉된 보물상자의 옆에 아무렇게나 흩어져 있다.

시체는 하나같이 치명상과는 거리가 먼 상처로 가득했기에 전투가 제법 지연되었음을 짐작할 수 있다.

"그렇다면 신입이겠군."

잠깐 둘러봤을 뿐인데 파악을 마친 이알마스는 다른 감상도 없이 오크의 시체를 뛰어넘었다.

오크는 《미궁》 안에서는 아래부터 헤아리는 것이 빠른 강하지 않은 존재다.

그리고 물론 《미궁》 안 생태계의 가장 밑바닥은 모험가다.

이렇게 생각하면 무시무시한 위협이기는 하다—. 오크조차 쓰러뜨리지 못하는 실력이라면 공략이 아예 불가능하니.

전사자 없이, 적어도 동료의 시체를 방치한 채 도망치지 않은 이상은 가망이 있다.

"……음?"

다만 이알마스는 지금 막 건너뛰었던 오크의 시체를 재차 확인했다.

—급소에 난 상처가…….

정확했다. 게다가 날카로웠다. 다른 상처와 비교해봐도 틀림없이 숙련자의 칼 솜씨다.

—뭐, 드문 경우도 아니려나?

숙달된 실력자가 신입을 데리고 《미궁》에 진입하는 것. 딱히 놀랄만한 사건은 아니겠다.

이알마스는 잠시 상처의 흔적을 살펴본 뒤 만족하며 일어서고 천천히 걸어갔다.

물론 닫힌 문이 아니다. 이미 격파된 흔적이 있는 묘실로 발자국을 따라가듯이 움직인다.

거듭 이어지는 통로와 묘실. 그리고 그곳을 지키는 괴물과 잠들어 있는 재보.

이것들은 무한하다만, 다만 동시에 유한하기도 하다.

모순되는 표현이겠으나 분명한 사실이었다.

《미궁》에는 끝이 있다. 그리고 괴물도 재보도 제한없이 나타나는 것은 아니다.

누군가가 죽여서 빼앗으면 당분간은 나타나지 않는다.

그리고 하나의 묘실에는 괴물 무리가 하나. 이 또한 《미궁》의 법칙이었다.

요컨대— 이미 누군가가 공략을 마친 《미궁》을 나아간다면 그곳은 안전하다는 뜻이다.

—안전이라.

이알마스는 그렇게 생각하다가 슬쩍 웃었다. 비교적이라는 단서가 붙어야 한다.

배회하는 괴물도 있다. 함정도 있다. 무엇보다 보물상자도, 무훈도 전부 포기하는 셈이다.

그런 다음에야 간신히 약간의 안전을 확보할 수 있다—. 《미궁》 안에서는 귀중하더라도 웃기는 이야기였다.

또한 이알마스가 암흑에 감싸인 《미궁》 내부를 돌아다니는 목적은, 지금은 하나.

모험가의 시체다.

조금 더, 지나서…… 이알마스는 교차로를 몇 구획 앞둔 곳에서 멈춘 뒤 숨을 죽였다.

통로의 벽에 몸을 바짝 붙인다. 자세를 낮춰 슬금슬금 앞으로 몸을 보낸다.

이알마스의 귀는 이미 소리를 포착했다. 발소리. 쉿소리. 다수. 가까워진다.

"GORROOGG……."

"GROOWL……."

휙 꺾이는 모퉁이 너머에서 나온 것은 축축한 코끝, 개의 털을 하고 갑옷을 입은 괴물 코볼트다.

코볼트 세 마리가 어딘가 불평과 비슷한 대화를 나누며 《미궁》을 행진하고 있다.

―이리로 올 테냐?

이알마스는 외투 안쪽으로 무기를 꽉 쥐며 어둠을 노려봤다.

머릿속에 《미궁》의 지도를 떠올린다. 도주할만한 가까운 묘실. 경로.

만에 하나라도 전투를 피할 수 없다면 어디에서 싸워야 유리한가.

그렇게 많은 지식이 순식간에 뇌리에서 번뜩일 무렵에는 코볼트 녀석들의 발소리가 멀어지고 있었다.

이알마스는 가만히 숨을 내쉬었다.

―슬슬 때가 되었나.

그것은 특별히 이유가 없는 직감이다. 즉, 직관에 따른 경험에 근거한 행동이다.

배회하는 괴물과 마주치는 것은 《미궁》 안에서 사건이 발생했다는 증거.

이알마스는 주머니에서 낡은 금화에 끈을 묶어서 만든 도구를 꺼내고 곧장 통로로 던졌다.

금화는 바닥 위를 튕겨서 굴러가다가 떨어진다. 아무 반응도 없다. 끈을 잡아당기고 한 구획을 나아간다.

이알마스는 이 도구를 《크리핑 코인(기어다니는 금화)》이라고 불렀다.

괴물, 함정― 회전하거나 꺼지는 바닥, 그리고 모험가들이 버리고 가는 정체불명의 물품(아이템).

이렇듯 불특정 다수의 위협을 《기어다니는 금화》가 찾아내준다.

괴물은 금화를 줍고, 바닥의 함정은 금화가 대신 당한다. 막대기를 휘두르는 것보다 편하다.

바닥을 튕기는 단순한 금화야말로 이알마스의 탐색 행동에서 유일한 길동무였다.

따라서, 뭐, 많이 쓸쓸하지는 않았다.

§

—시체는, 없나.

이알마스의 혀를 차는 소리가 《미궁》 안에서 작게 울려 퍼졌다.

조바심을 내는 이유는 시체가 없기 때문은 아니다. 계속 시체만 의식하게 되는 스스로를 깨달아서였다.

그 후로 이알마스는 몇몇 묘실을 지나며 앞에서 나아가는 사람이 흘린 이삭을 줍는 것처럼 계속 걸었다.

결과만 말하자면 성과는 제로.

시체가 없었기에 따라서 당연하게도 수확도 없다. 발견한 것은 괴물의 흔적뿐이었다.

"《카프아레프 눈 다르이(생명 없는 자의 기척을 쫓아라)》인가…….”

사용하지 못하는 주문(칸디)을 읊조려봐도 효과는 없다. 직접 걸어서 찾아다닐 수밖에 없다.

발품을 파는 것은 딱히 개의치 않았다. 평소와 마찬가지다. 문제는 없다.

그럼에도 불구하고 시체가 없다는 것을 의식해버렸다. 그래서 이알마스는 조급해졌다.

《미궁》에 진입해서 하루종일 걸어다니다가 빈손으로 철수한다. 다음 날 또한 마찬가지.

이 같은 과정을 꺼리게 되는 사태가 발생해서는 안 된다. 아주 당연한 일상이니까.

그래야 한다.

—이래서는 정말로 시체 회수꾼이다.

시스터 아이닛키의 잔소리 때문일 테지. 이알마스는 천천히 머리를 좌우로 흔들었다.

지금 눈앞에는 까맣게 눌어붙은 바닥이 펼쳐져 있을 뿐이었다.

그렇다, 까맣게 눌어붙었다. 묘실의 바닥이 몹시 그을려서 까맣게 물들었다.

바닥을 만져보면 분명 아직껏 열기가 서려 있을 것이다. 이알마스는 이미 파악했다.

마법을 쓴 결과가 아니라는 것도 잘 알고 있었다.

묘실의 중앙으로부터 방사형으로 퍼져 나간 검은 자국은 공간 전체를 휘덮은 폭발의 흔적이다.

불꽃과 충격, 아울러 열풍. 거의 즉사에 가까웠을 위력.

이곳 지하 1층에서 이 같은 주문이 사용되는 경우는 없다.

지하 1층에 있는 괴물에게는 대단한 지성은 없을뿐더러 이 주문을 구사할 줄 아는 술사였다면—.

—이런 곳에서 굳이 주문을 소모하지 않았을 것이다.

아무리 시답잖은 괴물을 상대하는 것이 번거롭더라도 귀중한 고위 주문을 낭비하는 얼간이는 없다.

마술사가 본인의 뇌 내에 진실된 힘을 발휘하는 말을 담아 놓을 수 있는 여유는 언제나 유한하다.

그러한 주문을 아무렇게나 쓰는 부류는 일찍 죽는다— 시험 사용이 목적이었더라도 지하 1층의 이곳은 너무 으슥하다.

그렇다면 답은 하나.

—폭탄 함정을 건드렸나.

아마도. 언제나 이 수식어를 붙여야 한다. 아마도 보물상자를 개봉하려다가 실수를 범했을 것이다.

도적이 저지른 사고일까. 탐색 중 마비에 걸렸는데 억지로 개봉했는지도 모르겠다.

마비나 독을 쓰는 괴물은 아직 나타나지 않았지만, 독침이나 마비독 같은 함정은 지하 1층에도 있다.

또한 개봉을 담당하는 도적이 함정을 건드렸는데도 불구하고 끝까지 탐색을 속행하려는 것 또한 신입이 자주 저지르는 실수다.

—실수라는 말도 일방적이군.

손해를 보전하고 싶다. 조금만 더 전진하면. 다소의 위험을 무릅써서라도. 한 번에 모든 것을 되찾을 수 있다.

애초에 《미궁》 자체가 도박과 비슷하다. 도전할 때부터 다소 위험해지는 것은 백번을 납득했을 터.

다만 어쨌든 간에 결과는 하나. 폭탄이 터지며 큰 손해를 입고 말았다.

시체가 없는 것을 보아서 전멸은 모면했을 테고, 시체를 방치하지 않은 채 철수했을 것이다.

혹은— 탐색을 계속하고 있거나.

—설마, 아니겠지.

그리 예리한 검 솜씨를 지닌 모험가가 동행했다면 무모한 짓을 하지는 않으리라.

이알마스는 어울리지 않게 사색에 잠겼다는 생각을 하며 묘실을 지나쳤다.

그리고 한쪽 손에 쥐고 있었던 《기어다니는 금화》를 기계적으로 바닥에 던졌다.

금화가 작고 맑은 소리를 내며 통로에서 튕긴다.

짹—.

BEEP! BEEP! BEEP! BEEP!!

"……!"

이알마스는 즉각 자세를 바짝 낮추고 경계하면서 사방을 살폈다.

경보(알람). 요란하게 울려 퍼지는 이 소리는 《미궁》의 함정 중 하나였다.

괴물 녀석들을 불러들인다. 놈들이 어떤 주인을 섬기고 있는지는 알지 못하나 결과는 마찬가지다.

함정에 빠진 모험가가 고를 수 있는 선택지는 둘. 도망치거나, 싸우거나.

도망칠 수 있는 가능성 따위 전무하다만.

—이 묘실이 아니군.

다만 이알마스는 냉정하게 주변 상황을 파악했다. 벽을 몇 개 사이에 둔 건너편이다.

곧이어 재빨리 금화를 손에 끌어당기며 묘실의 벽에 달라붙어서 귀를 기울였다.

혹여나 이 묘실이 괴물 녀석들의 이동 경로로 쓰이는 곳이라서 괜히 지나가는 길에 공격당하면 안 된다.

철커덕철커덕 갑옷이 움직이는 소리. 욕설. 비명. 괴물의 포효. 얼간이 녀석들은—.

—이쪽인가?

이알마스는 그림자 같은 신중함으로 《미궁》 안쪽을 나아갔다.

개문을 마친 묘실을 하나, 둘, 가로질러 전진하다가 발견했다.

피다.

바닥에 눌어붙은 살점과 타오른 피의 냄새. 그것이 의미하는 바는 한 가지.

—폭탄에 피해를 받았는데도 무리해서 더 깊이 돌입했다가 경보를 건드린 건가.

멍청한 녀석. 이알마스는 무감정하게 중얼거렸다. 실력 좋은 전사가 있었을 텐데 이게 웬 꼴인가.

그렇게 네 번째 묘실에서 마침내 이알마스는 찾아다닌 대상을 발견했다.

"OINK! OINK!!"

"WHINNY……!"

인간형의 생물— 오크 녀석들이 셋, 아니, 넷. 무기를 손에 들고서 쉭쉭 떠들어 대고 있다.

놈들은 똑바로 선 돼지 비슷한 괴물이며, 《미궁》에서는 가장 밑바닥.

하지만, 사람보다 강하다. 돼지가 비슷하게 강한 것처럼.

저 녀석들의 발밑에 굴러다니고 있는 시체가 바로 이알마스가 이제껏 찾아다닌 목표였다.

폭탄과 전투로 소모되어 있던 상황에서 오크 녀석들의 증원과 맞닥뜨렸을 테지.

포위당한 채 도끼며 곤봉으로 몰매를 맞은 파티는 누가 봐도 죽음을 맞이한 상태였다.

제각각 잡다한 무기며 비록 그슬렸을지언정 흠집이 적은 장비를 몸에 착용한 인물들의 숫자는— 다섯.

—다섯 명?

이알마스가 위화감을 느낀 때였다.

"woof……!"

새끼 개와 비슷한 날카로운 소리가 시체의 산 안쪽에서 울려 퍼졌다.

그것은— 누더기를 걸친 듯 꾀죄죄하며 작은 몸집을 지닌 가녀린 모험가였다.

온몸을 가리는 외투 안쪽에 착용한 것은 썩기 직전의 가죽 갑옷. 손에 든 검도 평범한 장검이다.

기름때 묻은 곱슬머리가 삐져나온 모습의 소년으로— 아니, 이 알마스에게는 그냥 들개로 보였다.

저 들개의 목에 달린 것은 아마도 다른 장비 전부보다도 비싼 값으로 짐작되는 투박한 목걸이가 하나.

목걸이에서 뻗어 나오는 썩 길지도 않은 쇠사슬은 죽은 시체 중 하나의 손목과 연결되어 있다.

"growl……!!"

그런 이유로 저 모험가는 제대로 몸을 움직이지도 못하며 검을 들고서 으르렁거릴 뿐.

다가오면 베어줄 테다— 사납게 물어뜯을 기세임에도 목줄이 매인 짐승을 두려워하는 자는 없다.

어쩌면 오크 녀석들에게는 판단을 할 지성도 없지 않을까. 돼지머리니까.

"OINK! OINK!!"

사방에서 포위한 채 전사를 손가락질하며 비웃고 천박하게 소리를 낸다.

오늘 저녁 식사는 참 기운도 좋구나, 라는 말이라도 떠들고 있겠지.

전사가 쇠사슬을 힘껏 잡아당기며 불편한 몸놀림으로나마 검을 휘두른다.

휘잉 소리를 내며 《미궁》의 독기를 베어 가르는 저 검의 번뜩임은 예리하고 빠르다.

다만 치밀함이 너무나 결여되어 있었다.

돼지의 코 끝부분을 살짝 스치는 날카로운 칼날을 보고 오크가 흠칫하며 눈을 부릅뜨고 멈칫거린다.

그게 전부였다.

“WHINNY……!”

곧바로 오크 녀석들은 혼자서 살아남은 모험가에게 겁먹은 동료를 조롱하기 시작했다.

조롱을 당한 개체는 꽤 분통이 터졌나 보다. 손에 든 곤봉을 크게 치켜들고 잘 보라며 으르렁거린다.

그 후의 운명은 뻔히 내다보였다. 오크들에게 공격을 당해 시체가 한 구 추가되겠지.

다섯이나 여섯이나 별 차이는 없다. 따라서.

불꽃이여, 오너라
“《헤아 라이 타잔메》.”

이알마스는 가만히 중얼거린 뒤 손가락 끝에 피어난 불꽃을 허공으로 휭 던졌다.

검붉은 불은 펑 소리를 내며 쇠사슬에 휘감겨 달라붙더니 눈 깜짝할 사이에 사슬을 녹여버렸다.

《미궁》 바깥에서는 절기라고 칭송을 듣는 비법도 《미궁》에서는 단지 《할리토(작은 불꽃)》라고 불릴 뿐이었다.

"?!"

"OINK?!"

돼지 머리 녀석들이 당황한다. 전사의 눈이 이알마스를 꿰뚫었다. 맑고 푸르른 눈동자였다.

"마음대로 해라."

"arf!!"

대답은 한 번의 부르짖음. 야생의 개는 맹견으로 변화하여 눈앞에 있는 괴물의 숨통을 물어 끊었다.

돼지 녀석들의 비명이 터져 나오고, 뒤늦게 핏방울의 줄기가 《미궁》 속 어둠으로 사라져 간다.

피거품에 허우적거리며 쓰러지는 오크의 목은 간신히 붙어있기만 한 처참한 몰골.

저런 광경을 단 일격으로 만들어낸 전사는 곧바로 다음 사냥감을 향하여 몸을 날린다.

똑바로 검을 겨누고 돌진하는 저 몸놀림은 결코 검술이라는 말로 표현할 수 있는 형태가 아니었다.

하지만 빠르고 예리하며, 아울러 치명적이었다.

"MOAN?!?!"

"SQUEAK!!?!?!!!?!"

연속해서 둘, 셋, 돼지의 비명이, 단말마가 터져 나온다.

운이 좋았던 마지막 한 마리는 덕분에 동료의 죽음을 간신히 이해할 수 있었던 것 같다.

"OINK! OINK!!"

이렇듯 절망적인 궁지에 처한 오크가 선택한 것은 도망이었다.

비명 지르며 얼굴에서 눈물과 침과 콧물을 마구 흩뿌리고 선조와 같이 네 개의 손발로 굴러가다시피 달린다.

자신의 앞을 지나쳐 가는 괴물에게, 이알마스는 한 발짝 물러나서 길을 터줬다.

오크는 이알마스에게는 시선도 주지 않으며 《미궁》의 어둠 깊숙한 곳으로 사라져 간다.

"woof……!!"

왜 비켜줬냐며 타박하는 것처럼 들개를 닮은 모험가가 이알마스를 향해 부르짖었다.

"죽여봤자 **이득**이 되지 않는다."

이알마스 본인을 두고 한 말인지, 오크를 가리켜서 한 말인지, 자신에게 건넨 말인지 모험가는 제대로 이해하지 못했나 보다.

외투 안쪽으로 이쪽을 빤히 쳐다보는 상대에게 이알마스는 두 손을 들어 보였다.

그 의사 표시가 과연 잘 전해졌는지는 알 수 없겠다.

가까이 다가가도 모험가는 단지 묵묵히 시선을 보낼 뿐이었다.

어쨌거나 일을 하기 편해진 셈이다.

이알마스는 이곳까지 가지고 온 커다란 운구 주머니에 다져진 시체들을 욱여넣는 작업에 착수했다.

파티의 장비와 짐도 마찬가지다. 회수해서 가져가면 돈이 된다. 다소의 중량은 어떻게든 감당할 수 있다.

—모험가라면.

이알마스는 작업 중 연갈색으로 녹은 사슬의 파편을 보고 코웃음 치더니 걷어차서 날려버렸다.

짐작컨대 막 도시에 온 젊은이에게 수작을 부려 준비금까지 빼앗고 뜯어먹는 부류였을 테지.

주점 뒤편에서 소지품을 모조리 약탈한 다음에는 운이 좋다면 — 안 좋다고 해야 하나? — 칼받이로 쓰인다.

그렇게 칼받이로 내세운 녀석 하나에게 전투를 떠맡기는 탓에 경험도 쌓이지 않아 이러한 꼴이 되었을 테지.

—이런 작자들을 소생시키고 싶은 녀석이 있기는 할까.

하지만 사원은 차별하지 않는다. 가져다주면 보관한다. 아이네도 기꺼이 맞아들여줄 것이다.

이알마스는 이쪽을 쳐다보는 모험가에게 힐끔 시선을 줬다.

"소생시키고 싶은 생각이 있다면 사원으로 돈을 마련해서 오도록 해라."

"growl……?"

자신의 말이 과연 잘 전해졌을지도 이알마스는 딱히 관심을 같지 않았다.

이알마스는 어깨에 파고드는 밧줄의 무게에 이를 악물면서 시체를 끌고 걸음을 내디딘다.

등 뒤에서 발소리가 계속 이어지는데도— 마찬가지로 특별히 신경을 쓰지 않았다.

§

"그 녀석은 잔반(가비지)이라네, 미퀸!"

회색의 진흙 같은 된죽을 먹고 있었던 이알마스는 그 목소리에 멍하니 얼굴을 들어 올렸다.

용 머리 장식이 달린 투구를 옆구리에 안아 든 기사— 군주(로드)가 아닌 전사(파이터).

금발 벽안의 위풍당당한 미장부는 모든 의미에서 이 주점과 어울리지 않는다.

왜냐하면 이곳 《두르가의 주점(디번)》은 모험가의 아지트 같은 곳이라 기사가 올 만한 장소가 아니니까.

애초에 《미궁》에서 기사라는 직함은 아무런 쓸모가 없다.

여러 나라에서 의기양양하게 진입시켰던 군대, 기사단은 모조리 《미궁》에 먹혀 사라졌다.

그 참담했던 상황이 잘 알려졌기에 더더욱 당당히 기사임을 자처하는 괴짜는 적다.

그런 희귀한 자유 기사 중 한 사람이 바로 세즈말이라는 남자였다.

이알마스는 수상한 눈빛으로 세즈말을 쳐다보며 손에 든 숟가락을 죽이 담긴 접시에 놓았다.

"그 별명으로 부르는 건 관둬라."

"아차, 싫다고 했지. 미안해, 미안하다! 나도 옆에서 식사를 해도 되겠나?"

"시체가 무섭지 않다면 상관없다."

"이미 죽었는데 무서울 게 있나."

"맞는 말이군."

물론 산처럼 쌓아둔 시체가 든 주머니 옆에서 식사 중이던 이알마스가 할 말은 아니었다.

애초에 이알마스는 세즈말의 신상이나 내력을 신경 쓴 적도 없었다. 이 남자가 선한 기사이며 높은 역량(레벨)에 다다랐다는 사실 하나면 충분하다.

"이봐! 보리주(에일)와 고기를 다오! 멧돼지 넓적다리 불고기와 감자도 주게!"

"동료들(올스타즈)은 어디에 갔나?"

이알마스는 원탁에 자리를 잡자마자 잇따라 주문부터 하는 세즈말을 힐끗 쳐다본 뒤 숟가락을 움직였다.

"각자 알아서 식사 중이라네."

세즈말은 씩 웃더니 탁상에 투구를 올려놓고 마치 바위를 깎아낸 듯한 턱을 움직였다.

"그나저나, 자네……. 잔반(가비지)과 파티를 짠 건가?"

"arf?"

이때 소리를 낸 것은 이알마스와 세즈말의 맞은편에 앉은 넝마 같은 모험가였다.

우걱우걱 소리를 내며 접시에 얼굴을 처박고 죽을 먹는 모습이 아무리 봐도 강아지와 비슷하다.

물론 지금은 후드를 벗어 두었지만, 쭈글쭈글한 곱슬머리도 어딘가 새끼 개를 연상시켰다.

"그냥 따라왔을 뿐이다. 식사 중에도 빤히 쳐다보던 터라 주문을 해줬고."

이알마스는 그렇게 말하며 딱딱한 검은 빵을 뜯어서 죽에 담갔다.

그리고 손에 든 나머지 빵 덩어리를 맞은편의—.

"……잔반(가비지)?"

"woof!"

꾀죄죄한 녀석에게 던져주었다.

"뭐냐, 모르는 건가. 뭐, 자네야 살아있는 모험가의 이야기 따위에 관심 없으니까."

"편견이군."

빵을 뜯어 먹는 가비지를 바라보다가 이알마스도 빵을 입으로 가져간다.

옆에서 그 모습을 보던 세즈말은 기가 막힌다고 말하려는 듯이 한숨을 내뱉었다.

"보통은 제대로 된 인간의 이름이 아니라고 생각하지 않겠나."

"그런가?"

이알마스가 되묻는다.

"제법 훌륭한 이름 아닌가."

어쨌든 한 글자는 아니잖은가. 이알마스는 진심으로 한 생각이었는데 세즈말로부터 답이 돌아오지 않았다. 그저 말없이 여급이 가지고 온 고기구이를 베어 물더니 손가락에 묻은 기름까지 핥아 먹은 뒤에야 입을 열었다.

"뭐, 유래가 있지. 들어볼 텐가?"

"이야기를 해주면."

"오, 해주고말고."

소문에 따르면 — 세즈말은 소문임을 거듭 강조했다 — 잔반은 글자 그대로의 의미라고 한다.

과거의 어느 날, 도시 근처에서 괴물에게 습격당한 노예상으로 추정되는 누군가가 몰던 마차가 발견되었다.

뭐, 흔한 이야기다.

《미궁》의 출현 이래로 기억 저편으로 사라졌었던 괴물들이 지금 차근차근 귀환 중이다.

화물을 헤집고 닥치는 대로 먹어 치워서 시산혈해와 같은 처참한 현장 주변에서—.

"이 아이만 혼자 살아남았다. 묘하게도 잡아먹히질 않았지."

"yelp! yelp!"

눈앞에서 나눈 대화의 주제가 자신이라는 것을 알지 못하는가, 아니면 흥미가 없는가.

가비지는 별로 맛있지도 않은 죽을 정신없이 퍼먹고 있다.

그렇게 먹다 건더기가 튀어 올라서 붙은 목 부분에는 투박한 목걸이가 무딘 빛을 발하고 있었다.

"요컨대, 노예다. 말도 못 하는 데다가 들개처럼 행동을 하지. 찾아냈던 녀석들이……."

"방패로 쓰다가 버릴 셈이었는데 묘하게도 계속 살아남은 건가."

"그래서 나도 이름을 알지 못한다네."

"괴물에게 먹히지 않는다. 그래서 괴물의 음식(가비지) 찌꺼기인가."

옛날에 죽어야 했을 터인데 계속 살아남았다. 이름이 알려진 모험가는 대부분 이런 경우다.

―어쨌든 간에, 상당히 운 좋은 녀석이다.

이알마스는 그렇게 생각했다. 모든 장비와 옷가지까지 빼앗기고 주점 뒤편에서 맞아 죽는 신세를 면한 것만으로도 행운아다.

에일을 호쾌하게, 또한 맛있게 쭉 들이켜고 세즈말이 입가에 묻은 방울을 주먹으로 닦는다.

"내가 착각을 했군. 네가 사들여서 데리고 다니는 줄 알았다."

"사람을 금전으로 사고팔 정도의 악당은 아니다."

"그럼 잘 챙겨주면 되겠군."

"그렇게까지 선량한 인간도 아니지."

"중립, 중용인가."

"그래."

한마디 대답하고 고개를 끄덕인 이알마스는 세즈말에게 오늘

하루를 대강 간추려서 들려주었다.

군이 숨겨야 할 일은 아니며, 아울러 굳이 퍼뜨리고 싶은 일도 아니다. 일상의 흔한 사건 중 하나였다.

세즈말은 혼잣말을 중얼거리고 에일을 입에 가져가더니 가비지를 빤히 바라봤다.

음식물을 씹는 소리에 맞춰 곱슬머리가 흔들리고 있다.

"균형을 유지한다는 게 많이 어렵긴 하지. 자네 나름의 수행법인가?"

"죽이는 기술은 적당히 정체되어 있는 편이 좋다던데, 난 단지 깊이 생각을 안 하는 것 같군."

이알마스는 아무렇게나 대꾸하고 마지막 한 입의 죽을 입속에 밀어 넣은 뒤 숟가락을 내려놓았다.

일어나는 이알마스. 의자가 움직이는 소리에 가비지가 씰룩거리며 얼굴을 들어 올렸다.

"몸조심해라."

고기구이를 뼈까지 핥아서 먹어 치우며 나직하게 말한다. 이알마스는 고개를 갸웃했다.

"무슨 말이지?"

"그 아이의 다른 파티원들은 전멸했다지만, 모험가 클랜까지 괴멸한 것은 아니잖나."

클랜. 귀에 익지 않은 말인지라 이알마스는 웃었다. 요즘은 모험가가 혈맹(클랜)을 만드나 보다.

모험가의 집단이라는 의미임은 알 수 있음에도 자꾸 우스꽝스럽다는 생각이 드는 이유는 과연 무엇이려나.

—조합(길드)보다는 좀 낫군.

이알마스는 쓴웃음을 지으며 말했다.

"제멋대로 따라다니는 녀석들을 내가 어떻게 쫓아낼 수 있겠나."

통, 타닥. 가비지가 의자에서 뛰어내렸다.

얼굴 곳곳에 튀어서 묻은 죽의 방울을 누더기로 꾹꾹 문질러 닦고 있다.

그 모습을 보던 이알마스는 한마디 혼잣말처럼 덧붙였다.

"알 바 아니다."

"그놈들한테도 알 바는 아니겠지."

"맞는 말이군."

납득한 이알마스는 겹겹이 늘어뜨려 놓았던 시체 자루의 끈을 꽉 붙잡아서 끌어 올렸다.

어깨를 묵직하게 파고드는 무게감. 계단을 올라 2층의 숙소로 이동하는 것이 조금은 귀찮아졌다.

그런 마음을 눈치챘는지 세즈말이 심술궂게 히죽 웃더니 말했다.

"아이고, 설마 시체와 같이 잘 셈인가?"

"이미 죽었는데 무서울 게 있나."

"동감이군."

이알마스는 걸음을 뗐다. 질질 소리를 내며 시체들이 뒤를 따른다.

"arf!"

그리고 작게 으르렁대는 소리와 가벼운 발소리도 뒤따랐다.

"……그나저나, 참. ……새삼 다시 봐도 어딘가에서 본 듯한 얼굴이군."

따라서 마지막에 세즈말이 중얼거린 말도 이알마스는 특별히 마음에 담아 두지 않았다.

§

이알마스가 빌린 침실의 방문을 열자 가비지가 제멋대로 들어가버렸다.

"……이봐."

"whine?"

무심코 말을 걸었는데 가비지는 이미 방 한쪽 구석에서 진짜 강아지처럼 몸을 둥글게 말고 있었다.

태연하게— 매우 당연하다는 듯한 행동이다. 막 불렀는데도「왜 불러?」라며 되묻는 것 같은 무표정.

좁은 방이다. 하지만 야외보다는 편안하다. 침대도 하나. 시체 몇 구와 모험가 둘. 간단한 계산.

이알마스는 시체들을 차서 방 안으로 넣은 뒤 성큼성큼 걸어서 가비지의 앞쪽으로 다가갔다.

"……."

"yap?! yap?!"

아무 말 않고 누더기의 목덜미를 콱 붙잡아 들어 올리자 비명을 질렀다.

마치 강아지 같은 항의를 무시한 채 이알마스는 뜻밖에도 가벼운 몸을 침대로 던졌다.

"yelp?!"

"자려면 침대에서 자라. 여기는 내 잠자리니까."

"woof……?"

의아해하는 눈초리. 이알마스는 피식 웃어준 뒤 방구석 바닥에 주저앉았다.

옆에 굴러다니는 시체를 베개로 쓰자 가비지가 작게 낑낑거렸다.

"신경 쓰지 마라. 괜찮으니 빨리 잠이나 자."

이알마스가 태연하게 말했기에 가비지도 포기했는지 모포 위에서 몸을 둥글게 말았다.

—마구간에서 자는 것과 마찬가지군.

오히려 침대보다 편안한 느낌이었다. 침대에 몸을 누이면 나이를 먹은 기분이 든다.

언젠가 침대에서 잠들고 싶은 마음이 먼저 든다면 그때가 모험가를 은퇴할 때겠지.

바닥의 딱딱한 감촉도, 추위도, 시체와 함께하는 일상도 전부 다 몸속 깊숙이 배어들었다.

이알마스는 졸음에 취한 채 그런 생각을 했다.

—분명 『생전』에는 줄곧 그렇게 지냈을 것이 틀림없다.

그리운 재의 냄새가 스미는 꿈을 꾸었다. 그런 것 같았다.

§

다음 날.

햇살이 내비치는 대로에서 시체를 끌고 다니는 남자에게 구경꾼이 붙는 것은 당연했다.

《미궁》에서 복귀하는 길이라면 모를까— 혹은 이알마스가 아니었다면 또 몰랐겠지만.

"……."

정작 본인은 주변 상황을 신경 쓰는 기색이 없었다.

이알마스에게 시체는 시체일 뿐, 갑자기 움직이지만 않는다면(소생이든 언데드든) 아무 문제 없다.

굳이 말하자면 가끔 짐 자루로 쓸 수 있다는 것. 그 이외에는 딱히 별다른 감흥은 없었다.

숙소에서 나온 뒤 길을 나아가는 이알마스의 발걸음은 막힘이 없다.

평소와 다른 점이 있다면 우선은 하나.

"arf!"

쫑쫑거리며 이알마스의 뒤를 따라오는 조그마한 몸집의 존재가 하나 있다는 점이다.

물론 잔반— 가비지의 존재는 이알마스의 평가에 별반 영향을 주지 못했지만.

소름 끼치는 녀석에게 지저분한 모험가 하나가 들러붙어 봤자 별 차이 없는 법이다.

질질. 쫑쫑. 수군수군. 질질. 쫑쫑. 수군수군.

시체를 끌고 가는 소리와 강아지 비슷한 발소리의 이중주. 반주는 길가에 있는 사람들의 귓속말.

연주가 멈춘 것은 대로의 분기점에 도달했을 때였다.

이알마스는 천천히 고개를 돌렸다. 외투 깊숙한 곳에 숨은 가비지의 눈과 시선이 교차한다.

"yap?"

갸우뚱하며 고개를 기울이는 가비지에게 이알마스는 푹 한숨을 쉬었다.

"……이왕이면 시체는 더 많은 게 좋겠지."

누군가에게 들려주는 말이 아니고 혼자 중얼거린다.

이알마스는 더 이상 망설이지 않고 분기점을 통과했다.

행선지는 사원이 아니다.

《미궁》이었다.

시체를 길동무 삼아 《미궁》으로 간다. 이래서는 순서가 거꾸로다. 비정상이다. 의미를 알 수 없다.

"칫, 이알마스를 봤군. 재수 없게."

"마술사 혼자 시체를 짊어지고 《미궁》에 간다? ……아, 운구인가?"

"빨리 소생을 끝낸 다음에 떠나주면 좋겠네……."

이와 같은— 반응을 보이는 자는 이곳 성채 도시에는 없다.

사원에 기부금을 낼 생각이 없는 모험가가 《미궁》에서 동료에게 소생 술법을 펼치는 것은 일상의 광경 중 하나.

소생비조차 못 내는 가난한 부류인가, 혹은 사원에 갈 필요조차 없을 만큼 뛰어난 실력자인가.

아니면 도시 안에서 공공연하게 대면할 수 없는 계율이 다른 모험가와의 밀회일 테지.

어느 쪽이든 간에 고요하고 청정한 기운이 가득 찬 의식장과 《미궁》은 소생 확률에서 큰 차이가 발생한다.

소생술에 소양이 있는 자에게 저가로 의뢰를 맡기더라도— 다시 돌아올 확률은 과연 얼마나 될까.

돈인가, 동료인가, 시간인가……. 무엇을 우선시하고 뒤로 미룰지는 모험가의 선택에 달렸다.

따라서 이알마스가 《미궁》으로 시체를 짊어지고 가는 모습을 봐도 누구도 신경 쓰지 않는다.

누구도— 단 한 사람도.

§

이알마스는 지하 1층으로 시체 자루를 던져 떨어뜨린 뒤 망설임 없이 그 위로 뛰어내렸다.

둔탁한 소리와 함께 착지한 이알마스의 바로 곁.

"arf."

곧바로 같이 내려온 가비지는 그 한마디 이외에는 완전히 조용한 상태였지만.

《미궁》의 돌바닥에 선 가비지의 자세를 확인한 뒤 이알마스가 한마디 했다.

"꽤 능숙하군."

"bow!"

아마도 만족한 것 같다.

이알마스는 씩씩한 대답 소리에 피식 웃은 뒤 시체를 질질 끌면서 미궁을 나아갔다.

통로로— 아니, 다른 방향이다.

지하 1층 《미궁》의 입구에 해당하는 묘실 한구석으로 간다.

벽에 붙어서 팔짱을 낀 이알마스의 앞으로 쫑쫑거리며 가비지가 다가왔다.

"whine……?"

의아해하며 고개를 살짝 갸웃거리는 가비지에게 이알마스는 빤히 시선을 보냈다.

"너는 피해도 상관없다만?"

"arf."

"그런가."

딱히 의사소통이 이루어진 것은 아니다. 이알마스는 한 차례 소리를 낸 가비지를 가만히 내버려 뒀다.

얼마 지나지 않아—.

"woof……!!"

가비지가 목구멍 안쪽으로부터 낮게 으르렁 소리를 냈다.

지상과 연결된 수직 통로에 그림자가 드리워지는가 싶더니 차례차례 《미궁》으로 내려서는 인물들이 나타났다.

"흐음……."

이알마스에게 저들은 따로 면식이 있지는 않음에도 낯익은 존재였다.

집단을 형성하여 제각각 다른 장비를 착용하고 있는 6인 1조.

—모험가다.

"조금 늦었군."

아니, 모르는 일이다. 이알마스는 자신이 한 말이 너무나 바보 같았기에 웃고 말았다.

이곳 《미궁》에서 시간 따위는 믿을 게 못 된다.

1분 차이인지도 모른다. 1시간이나 1년을 기다리게 되는 경우도 있고, 어쩌면 1초 일수도 있다.

"그 녀석을 넘겨주실까, 이알마스."

대답한 자는 리더로 짐작되는 전사였다.

전사로 판단한 이유는 장비 및 자세. 그리고 전열로 나서지 않는 전사가 어디에 있겠는가.

대량 생산품 검과 양산품 가죽 갑옷을 몸에 착용한 남자의 목소리에 맞춰서 나머지 다섯 명이 천천히 움직인다.

이알마스는 슬금슬금 대열을 펼치는 그 녀석들을 시야 한쪽에 잘 담아 두었다.

뇌리에 스치는 것은 어제 세즈말이 건넸던 충고.

누군가 따라온다는 생각은 하고 있었다만.

"spitttttttt……!"

멍하니 사색을 거듭하던 이알마스의 옆에서 가비지가 낮게 으르렁거린다.

모험가들은 두 사람을 힐끗 쳐다본 뒤 말했다.

"저 녀석의 소유권은 우리에게 있다."

"나더러 어쩌라는 건가."

이알마스는 어깨를 으쓱거렸다.

"내 손에 사슬은 없지 않나."

"문답무용!"

"문답무용."

이알마스는 미소 지었다.

"《미궁》에서는 굳이 꺼내야 할 말도 아니군."

자신의 주머니 또한 노리고 하는 행동일 것이다. 우호적인 접촉이 아니니 서로 눈감아줄 이유가 없다.

선두에 선 남자가 칼의 코등이를 밀어 올리는 순간.

"howwwwwwl!!"

가비지가 한 차례 부르짖은 뒤 몸을 날림으로써 조우전은 《미궁》의 정석대로 시작되었다.

§

도시 안에서 모험가가 주문을 날리거나 서로 죽이려 드는 행위는 금지되어 있다.

《미궁》에 진입할 때마다 인류의 영역 바깥에 가까워지고 있는 자들이 난동을 부린다면 모든 주민에게 민폐가 된다.

게다가— 아직 많은 모험가는 《미궁》에서 잠을 이룰 수 있는 존재가 아니었다.

따라서 모험가들은 지상에서는 사상 및 가치가 맞지 않는 녀석과는 가능한 한 엮이지 않도록 처신하고 있다.

그것이 불문율이다.

선이라든가 악이라든가, 각자가 내세우는 계율에 따라 모험가들이 파티를 구성하는 최대의 이유.

만약 미련하게 시비가 붙어 싸움을 벌이던 중 참지 못하고 덜컥 검이나 주문을 사용한다면 어떻게 되는가.

대부분의 경우 저러한 몰상식한 녀석은 여럿이 몰매를 때려 죽여버린다.

경비병 따위는 문제가 되지 않는다. 모험가들의 사적 제재다.

"……이크."

"포위해, 포위해라! 적은 고작해야 두 명뿐이다!"

이알마스는 곧장 돌격해서 검을 휘두르는 상대에 맞서 외투의 안쪽에 있는 무기로 받아넘긴다.

묘실의 돌바닥을 목이 긴 신발로 밀어 간격을 유지하면서 전장을 훑어본다.

6 대 2. 아니—.

—3 대 1과 3 대 1.

전투는 적이 의도한 대로 흘러가는 것 같았다.

"growl……!!"

"끄앗?!"

"이 자식……!"

가비지의 검이 빛나며 난무하자 미량의 피가 흩날리고 비명이 터져 나온다.

다만 아직 쓰러진 자는 없었다. 다수로서 얻는 이점을 잘 활용해서 비티는 것 같다.

가비지가 어느 한 명을 노리고 접근하니 곧장 좌우에서 견제하며 다음 행동을 방해했다.

곧바로 몸을 뒤집어 피한 가비지도 마치 들개와 같이 으르렁거리며 좌우로 쿵쿵 발을 굴러서 위협한다.

"woof……!!"

적의 공격에 베이지는 않았으나 자신도 적을 베지 못했다.

이렇듯 꼼짝 못 하는 형세가 짐승과 비슷한 정신에는 몹시 부담이 되었나 보다.

단순히 기량을 비교하면 상대도 되지 않겠지만, 성급하게 접근하다 검이 흔들리면— 결과는 장담할 수 없다.

—그렇다면 오크 녀석들보다는 나은 편인가.

이알마스는 상대를 신입이라 생각한 판단을 정정했다. 두 번이나 세 번은 《미궁》에서 생환한 녀석들이다.

그럼 충분히 숙달된 모험가라고 말할 수 있다— 적어도 이 도시에서는.

《미궁》에서 움직이는 방법을 아는지 모르는지는 큰 차이이다.

다만 그것은 이알마스 또한 마찬가지였다.

"에라앗!!"

"음……!!"

이알마스는 잇따라 날아드는 공격을 흘려 넘기며 적진을 주의 깊게 관찰했다.

이곳 《미궁》에서 정체불명의 상대에게 아무 생각도 없이 덤벼드는 인물은 바보이거나 신입뿐이다.

"술법을 쓸 틈을 내주지 마라!"

"알고 있다고!"

"저쪽은 뭘 하는 거야……!"

이알마스는 열심히 떠들면서도 최소한의 연계를 취하며 날아드는 칼날을 익숙하게 튕겨냈다.

무기와 검이 맞부딪치며 어슴푸레한 묘실에 불꽃이 반짝거렸다. 도드라지는 것은 상대의 얼굴, 상대의 장비.

—마술사는?

남자인지 여자인지는 이런 어두운 곳에서 판별이 되지 않는다.

종족도 마찬가지. 하지만 상관없었다.

적은 여섯 명. 저쪽에 세 명, 이쪽에 세 명. 저쪽에 술사는 없다. 그럼 후열은 어떠한가?

지팡이를 든 인물은 있는가? 없다.

다른 일행들과 달리 장비가 가벼운 인물은? 있다. 단검을 장비한, 도적의 부류.

"이제 좀 죽어라……!!"

"……좋아."

또다시 일격. 흘려 넘기기를 반복하면서 후방으로 쭉 물러났다.

그 움직임을 보고 막 검을 치켜들었던 모험가는 눈을 부릅뜨며 소리 질렀다.

"주문은 절대 못 쓴다……!"

이미 일말의 여유도 없다고 판단했을 테지. 혼자 튀어나온 전사가 정면으로 달려들었다.

"죽어라, 마술사—!!"

순간, 무언가가 잘리는 소리가 울려 퍼졌다.

이알마스의 몸이 깊숙이 가라앉아 있었다. 핏방울이 흩날린다. 거무칙칙한 혈류가 묘실의 돌벽을 온통 물들였다.

"내가 언제 마술사라는 말을 했던가."

전사의 목이 허공을 날았다.

"아, 아앗……?!"

당황한 습격자들의 비명이 묘실을 가득 채웠다. 목부터 위쪽 부위를 잃은 몸체가 무너지다시피 바닥으로 나자빠진다.

—치명적인 일격(크리티컬 히트).

이 같은 결과를 만들어 낸 것은 단 한 번 휘두른 칼날.

이알마스의 손에 쥐어진 — 검은 지팡이, 칼집에서 뽑혀져 나온 — 가느다란 너비의…….

"기병도(사벨)……?!"

"잘 아는군, **카타나**다."

능청스럽게 말하는 이알마스. 발검과 동시에 타격, 게다가 한 손만을 사용한 일격으로 끝낸 것은 예사로운 기술이 아닌 실력자라는 증거다.

다만 이러한 말도 현실을 이해할 생각조차 없는 인물에게는 다른 의미를 가진다.

"growl!!"

아주 잠깐의 짧은 경직이 초래한 빈틈을 가비지는 결코 눈감아 주지 않을 테니까.

돌바닥 위를 네발로 달려가는 것처럼 낮게 밟아 디디고. 미끄러지다시피 몸을 날리는 조그마한 그림자.

휘두르는 검은 무디었고, 기술을 따지기에도 너무나도 엉망이었다.

다만 그 동작은 스스로의 육체를 가장 효율적으로 움직이기 위한 동작이었으리라.

낮은 자세에서 들개가 숨통을 물어뜯듯 가비지의 검은 송곳니로서 기능했다.

"꾸어억?!"

"캬아앗?!"

"으읍……?!"

좌우로 검이 흔들리고, 비명이 울려 퍼지기를 세 차례. 그리고 만들어진 시체도 셋.

《미궁》에서 배양되는 것은 평범한 사람과 격이 다른 집중력일 뿐, 생명력은 아니다.

검에 베이면 사람은 죽는 법이다. 예외는 없다.

"으, 아, 아, 아……?!"

나머지 둘.

이알마스의 앞에 선 마지막 전사와 뒤쪽에 있는 단검을 든 도적.

두 인물의 반응은 양극단이었다. 즉, 덤벼드는 쪽과 겁먹어 망설이는 쪽으로 갈라졌다.

"으으, 아아앗……!"

돌격을 선택한 자는 전사였다. 젊음, 강건함, 눈에는 핏발. 삶에 탐욕스러운 좋은 전사다.

이알마스는 몸을 앞으로 쭉 내보냈다.

이쪽의 검술은 저자가 아는 방식과는 전혀 다른 사상에 근거하여 만들어졌다.

갑옷과 투구째로 상대에게 강타를 때려 박아서 방어구의 틈을 노려 확실하게 치명적인 일격을 날리는 검.

이 기술을 단지 힘이 전부라며 비웃는 자는 분명히 초전에서 목숨을 잃게 될 것이다.

따라서 이알마스는 비웃지 않는다.

정면에서 칼날을 맞부딪치는 어리석은 실수를 범하지 않고 상대의 공격 궤도로부터 몸을 아슬아슬하게 틀어서 회피했다.

검의 아래쪽으로 파고들며 빈손을 칼자루로 뻗어 얹고는 미끄러지듯이 휘두른다.

은빛이 커다랗게 호를 그렸다.

돌바닥으로부터 마찰을 일으키듯 뻗어 올라간 검의 번뜩임은 멋지게 전사의 두 팔을 절단한 뒤 허공으로 튕겨 보냈다.

신속한 동작과 강한 완력이 조합되었기에 위력을 발휘할 수 있었던 일격이었다.

"키, 아아아앗?!"

잃어버린 팔에서 피를 뚝뚝 떨어뜨리며 전사는 겁에 질린 채 뒷걸음질 쳤다.

차마 못 믿겠다는 듯이 눈을 부릅떴다. 얼굴에서 핏기가 가시고 순식간에 핼쑥해지고 있는 모습이 보였다.

다만 지상이었다면 모를까, 《미궁》에서 이 정도는 치명상이 아니다.

《다루이 잔메신(생명의 힘이여)》.

한 차례 주문을 읊조리면 즉시 상처가 아물고 팔도 이어진다.

―《디오스(약석)》의 축도에 소양을 지닌 승려가 있어야 하는 전제가

필요하지만.

지상에서는 희대의 성인으로서 대접받는 성직자도 이곳에서는 최소한의 역량을 지닌 승려에 불과하다.

그조차 없는 파티의 말로는 비참하다.

지상이었다면 역사에 이름을 남겼을 검사, 검호일지라도 이곳에서는 단순한 전사에 불과하니까.

팔을 잃고서 몸부림치는 저 전사도, 바닥에 엎어져 있는 다른 인물들도 《미궁》에서 벗어난다면—.

"그게 가능하면 이런 고생을 하진 않겠지."

"아—."

이알마스는 옅게 미소를 지은 뒤 자비롭게도 전사의 목에 칼날을 박아 숨통을 끊어주었다.

나머지 하나.

"흐, 억……?!"

겁먹은 표정의 애송이였다.

도적인 저 젊은이는 눈앞에서 다른 전사들이 죽어가는 광경을 두 눈으로 똑똑히 지켜보고 있었다.

혹은 민첩함이 요구되는 직업의 특성상 신체 움직임에 한정 지으면 전사보다 오히려 더욱 뼈저리게 느껴졌겠지.

애송이는 후들후들, 덜덜거리며 떨다가 몹시 꼴사나운 모습으로 간신히 행동을 결정했다.

"으, 와아아아아아아아아앗……!"

도주한 것이다.

달려서 지상으로 이어지는 사다리에 몸을 날리고 허겁지겁 기어오른다. 삶에 탐욕스러운 자세. 이알마스는 흐뭇하게 웃었다.

“woof……!!”

“기다려봐라.”

그래서 놓아주는 것은 아니다만.

당장 젊은이를 공격하고자 했던 가비지의 코끝에 이알마스가 손바닥을 내밀어 제지했다.

“yelp!”

불만스럽게 이쪽을 올려다보는 가비지. 외투 안쪽에서 미처 가려지지 않는 푸른 눈동자가 불꽃처럼 번쩍거렸다.

답은 간단했다.

“전멸시켜버리면 소생비를 들고 올 녀석이 사라진다.”

이알마스는 저 애송이와 다시 한번 대면하게 될 앞날을 거의 확신하고 있었다.

《미궁》에서 벗어난다? 도망친다?

도저히 벗어날 수 없기에 모험가라고 불리는 것이다.

모험가란 그런 생물이었다.

—게다가, 수확은 충분하다.

칼날을 팔꿈치에 끼우는 모양새로 피를 닦은 뒤, 검은 지팡이처럼 생긴 칼집에 카타나를 집어넣는다.

외투 안쪽에 가려진 검은 빛깔의 방어구, 동양풍의 장비와 그 동작은 무척 잘 어우러졌다.

결국 어딘가의 누군가라고 불리는 신세. 자신도 마찬가지이며 저 녀석들도, 옆에 선 잔반도 별반 차이가 없다.

《미궁》 안에서는 누가 어떻게 되든 아무도 관심을 갖지 않는다.

관심을 가져주는 자는 시체를 가지고 가면 받아주는 사원의 승려뿐. 시스터 아이닛키는 무척이나 기꺼워할 테지.

—아니면, 살아남은 동료.

이알마스는 빈 시체 자루에 망설이지 않고 지금 막 베어서 죽인 모험가들의 주검을 집어넣었다.

그리고 혼자 지상까지 짊어지고 올라가야 함을 떠올리고 한숨을 한 번.

그리고 옆에서 자신을 빤히 올려다보는 푸른 눈동자가 있음을 떠올리고 한숨을 다시 한번.

이알마스는 말했다.

"오늘 밤 저녁 식사도 먹을 테냐?"

"Arf!"

제 2 장
라라자

거칠게 휘몰아치는 바람이 죽은 자의 단말마처럼 울려 퍼지고 있었다.

바람은 엷고 탁한 납색의 하늘 아래에서 황야에 우뚝 선 성채에 부딪쳐 죽음을 맞이한다.

그곳에 있는 것은 하나의 도시였다.

돌을 쌓아서 올린 성벽과 벽 안쪽으로 길게 이어진 석조 건물의 거리.

지난날 이 땅에 있었던 마을의 이름 따위 먼 옛날에 망각되어버렸다.

지금에 와서는 《미궁》의 도시라는 말만 꺼내도 모두가 이 도시임을 알아듣는다.

《스케일》이라는 세 글자가 도시의 지금 이름이었다.

막막한 황야, 적갈색의 대지와 점점이 위치하는 수풀의 틈에 있는 거대한 성채 도시.

흡사 묘비와 같은 곳이다만—《스케일》의 실상은 많이 다르다.

낮이든 밤이든 이 도시의 불빛은 꺼지지 않고 잠들지도 않으니까.

불야성으로 변화한 도시의 내부에서는 셀 수 없는 정도로 방대한 재화가 넘쳐나고 있었다.

《미궁》에서 쏟아지는 무지막지하게 방대한 재보, 보석, 금화, 마법 물품들…….

외지에서는 하나만 잘 처분해도 평생을 놀고먹으며 살 수 있는 보물의 산.

그리고 부를 목적으로 모이는 목숨을 아끼지 않는 모험가들.

그들을 충분히 만족시킬 수 있는 물건들이 차례차례 도시로 반입되고, 《미궁》의 보물이 바깥으로 넘쳐흐른다.

퇴폐와 번영이 가득 차오르는 곳, 《스케일》. 다만 외벽은 몹시 낙후되어 가는 중이었다.

모든 사람이 《미궁》과 자신의 영달밖에 머릿속에 없기 때문이다.

지난날에는 아름답게 쌓아올렸던 방벽도 지금은 석재의 산과 다를 바 없다.

그 어떤 장애물도 《미궁》의 괴물 앞에서는 무의미.

게다가 몇 군데 있는 구멍을 이용하면 재화를 은밀하게 반출해서 팔아 치울 수 있으니…….

주민들이 손수 무너뜨린 외벽의 부근은 도시 안에서 가장 그림자가 짙고 어둡고 춥다.

그런 어두운 곳을 한 명의 소년이 터벅터벅 걷고 있었다.

얼굴은 검푸르게 부어올랐고 쉴 새 없이 주위를 살피고 있다. 작은 몸집과 너무 마른 모습은 쥐와 비슷했다.

가끔 누군가의 웃음소리가 귀에 들려온다. 큰길가의 주점에서 떠들어 대는 모험가들일 것이다.

소년은 한 차례 그쪽으로 시선을 준 뒤에 작게 혀를 차고 성벽 옆쪽에 주저앉았다.

돌을 잔뜩 빼낸지라 헐거워진 벽 안쪽에서 목적한 돌을 찾아내고 손을 가져다 댄다.

나중에 눈가림 용도로 끼워넣었던 돌은 무척이나 쉽게 떨어지면서 덮개로서의 역할을 끝냈다.

숨겨놓았던 구멍에 손을 집어넣어서 조심조심 손가락에만 의지한 채 내용물을 움켜잡는다.

간절함이 가득 들어찬 표정으로 소년이 빼낸 것은 지저분하고 작은 돈주머니였다.

살며시 끈을 풀고는 내용물을 확인한다. 금화가 한 닢. 기껏해야 한 닢뿐.

소년은 멍하니 금화 한 닢을 바라봤다. 그리고 잠깐 얼굴을 구겼다가 금화를 꽉 쥐었다.

떼어냈던 돌을 걷어차다시피 구멍에 도로 끼우고 나서 한눈팔지 않고 걸음을 내디뎠다.

의지할 곳 따위는 어디에도 없건마는.

§

"yap?! yap?!"

가비지가 믿기지 않을 만큼 날카롭게 비명을 지르며 시련으로부터 도망치기 위하여 몸을 뒤틀었다.

다만 세상에는 일단 붙잡히면 결코 빠져나갈 수 없는 강적도 존재하는 법이다.

"아무리 모험가라지만 조금은 몸단장에 신경 써야죠!"

시스터 아이닛키의 가느다란 팔, 커다란 대야, 스펀지, 비누와 같은 것들이 대표적인 예시다.

"yelp???!"

"안 돼요, 어떻게 죽을지 알 수 없는 처지잖아요. 살아있을 때 최대한 몸을 깨끗이 해야죠!"

사원의 뒤편, 물을 길어다 놓은 대야 안쪽이 아이네와 가비지의 전장이었다.

첨벙첨벙 물을 차서 튀기고 몸부림치는 가비지는 갈비뼈가 훤히 드러난 처량한 몸이었다.

비쩍 말랐고, 들개와 같은 생김새이지만 그럼에도 닦으면 하얀 피부가 나타난다.

톡 건드리면 부서져버릴 것 같은 가녀리고 여린 신체와 그에 어울리지 않는 투박한 철제 목걸이.

기름기 낀 머리카락도 들러붙었던 때를 닦아내자 하늘하늘한 곱슬머리가 부활했다.

"어째서 이 아이, 이렇게나 몸에 피가 묻어서 굳어있는 건가요……!"

커다란 대야가 오직 비누 거품만으로 가득 차오른 것은 오로지 아이네의 노력 덕분이었다.

몇 번이고 물을 길어다가 바꾸기 전에는 그야말로 오수라고 말할 수밖에 없는 상태였으니까.

이알마스는 그러한 일련의 흐름을 멍하니 사원 벽에 기대서 바

라보다가 말했다.

"가끔 혼자서 나갔다 돌아오면 저런 꼴이더군."

"당신이 돌봐주고 있는 아이니까 이런 부분은 신경 좀 써요……!"

"돌봐주는 것도 아니고 신경 쓸 이유도 없다. 따라다니는 것을 놔둘 뿐이지."

경건한 엘프의 설교를 흘려들으며 이알마스는 나름대로 성의를 담아 정성껏 설명했다.

"정말!"

그런데 아무래도 시스터의 고운 마음씨에는 거슬리는 말이었는지 은근한 질책의 말이 돌아온다.

가비지는 「구경하지 말고 도와줘」라고 말하는 듯한 눈빛으로 이알마스를 노려보고 있다.

하지만 딱히 돌봐주는 입장이 아니라고 성직자에게 답한 이상은 가만히 방관하는 것이 옳겠다.

—그나저나…….

"여자아이였나."

"기막혀!"

"yap?!"

§

모든 것이 끝나고 장소를 예배당으로 옮긴 뒤에도 가비지는 망연자실한 채 반응이 없었다.

멍한 모습으로 가만히 허공만 바라보는 소녀는 혼이 소실되어 버린 것 같다.

반면 세탁을 마친 속옷으로 갈아입힌 뒤 소녀를 머리부터 닦아 주고 있는 아이네는 무척 기분이 좋다.

예배당에 들어오는 햇살을 받아 머리카락이 반짝반짝 빛나는 수녀는 평소보다 더욱 아름답다는 생각이 든다.

이알마스도 이렇게나 생글생글 웃는 아이네를 보기는 처음이었다.

"그 정도인가."

"잘 사는 행위는 잘 죽는 마무리로 연결되니까요!"

시스터 아이넛키는 생글거리며 미소 짓고 말했다.

이알마스는 「그런 건가」라고 생각할 뿐이다. 죽음은 죽음이다. 결말에 불과하다.

다만 그것을 받아들이는 방법은 사람마다 제각각이었다.

벗어날 수 없이 마주해야 하는 그것을 극복한 시스터 아이네는 존경해야 마땅한 인물이라고 말할 수 있겠다.

"—arf?!"

"어머."

문득 정신이 돌아온 가비지가 수건을 떨치고 뛰쳐나가며 기다란 의자에서 멀어졌다.

소녀— 가비지는 달아나는 토끼처럼 뛰기 시작하더니 신음하면서 평소에 입는 누더기를 낚아챘다.

그렇게 사원 구석에서 몸을 둥글게 만 채 쪼그려 앉는 모습을 아이네와 이알마스는 가만히 바라봤다.

아이네는 미소 지으며, 이알마스는 멍하게. 약간의 차이는 있었다만.

“아무튼, 이번 탐색은 오래 걸린다는 말씀인가요?”

“뭐, 며칠간은 복귀할 계획이 없군.”

이알마스는 예배당의 긴 의자 옆쪽에 놓아둔 큰 짐을 가볍게 두들기며 아이네의 질문에 대답했다.

물론 며칠이라고 한 말은 어디까지나 《미궁》 안쪽의 주관적인 감각이다.

바깥에서 객관적으로 얼마나 되는 시간이 경과할지는 이알마스 또한 알 수 없다.

본인의 계획보다 더 많은 물품을 소지하는 것은 일종의 교양이라고 말할 수 있겠다.

주관적인 시간이 아닌 물자의 소비량으로 시간을 가늠하기 위함이다.

“조금 더 깊은 계층을 찾아볼 생각이라서.”

왜냐하면 이알마스는 모험가이니까.

그것이 모든 상황에서 통용되는 이유인 양 행동하는 남자를 아이네는 눈을 흘기며 째려본다.

여자아이에게 지저분한 복장을 입힌 채 데리고 다니는가 싶더니 이번에는 이런 식이다.

"……다른 동료분은 안 계시고요?"

"세즈말이 있었다면 동행을 제안했을지도 모르지."

그래. 만약, 있었다면. 정말 있었더라도 수락해줄지는 알 수 없다만.

기사 세즈말의 파티는 주점에 없었다.

한창 모험을 하는 중이거나 아니면 전멸했거나, 둘 중 하나일 테지.

다른 파티의 동향을 신경 쓰는 모험가가 없는 이상은 행방을 알 방도도 없다.

이알마스는 단지 만약에 전멸했다면 회수해줘도 좋다는 생각을 할 뿐이다.

시스터 아이닛키는 땅이 꺼져라 한숨을 내뱉었다.

"친구가 없군요."

"내버려둬라."

대화가 뚝 끊어졌다.

사원에는 사람의 출입이 끊이지 않는다. 《캔트(위선자)》라며 욕한들 죽음과 재는 모험의 이웃이다.

동료를 짊어지고 오는 인물도 있고 비탄에 잠겨 돌아가는 인물도 있다. 기뻐하는 인물도. 고함지르며 분노하는 인물도 있다.

그러한 모험가들의 행태를 지켜봐왔던 아이네가 불현듯 나직하게 말했다.

"포기하는 것도, 때로는 필요한 결정이에요."

엘프의 ― 설령 수명이 인간과 다를 바 없어졌더라도 ― 아름다운 눈동자가 이알마스를 봤다.

"당신이 당신을 아는 사람의 시체를 찾아내더라도 별 의미는 없을지도 모르는걸요."

"뭐지, 충고인가?"

이알마스는 살짝 웃었다.

"별일이군."

"이래 봬도 신관이니까요."

시스터 아이닛키는 그렇게 말한 뒤 눈웃음을 지었다.

"당신은 소생까지 걸린 시일을 생각하면 꽤 **연장자**랍니다. 그 사실을 잊지 마세요."

시간은 누구에게나 평등하며 죽음의 위에도 내리쌓인다.

이알마스는 말없이 어깨를 으쓱였다. 자신이 지금 몇 살인지 굳이 생각해본 적도 없었다.

노쇠해서 죽지만 않는다면 이알마스와는 관계없는 문제다.

"동전을 하나 던져서 우연히 앞면이 나왔어요. 다음에도 우연히 앞면이 나올지도 몰라요."

아이네의 입에서 한숨이 새어 나온다. 기막히다. 포기했다. 유감스럽다. 무엇인지 종잡을 수 없는 목소리.

"자, 언제까지 앞면이 계속 나올까요? 뒷면이 나오면 어떻게 할 생각이시죠?"

"그때는."

이알마스는 말했다.

"다음 모험가가 잘 끝내주겠지."

시스터 아이닛키가 다른 말을 꺼내기보다 빠르게 이알마스는 자리를 떴다.

얼굴을 들어올린 가비지가 폴짝 뛰어올라서 가까이 달려온다.

이알마스는 소녀를 쳐다보지도 않고 목이 긴 신발 바닥을 걷어 차다시피 앞으로, 앞으로 나아갔다.

가비지도 딱히 꼬리를 흔들지는 않고 쫑쫑거리며 이알마스의 뒤를 쫓아서 사원 바깥으로 나간다.

시스터 아이닛키는 그런 두 사람의 뒷모습을 어쩔 수 없다는 듯이 배웅하며 중얼거렸다.

"바람직한 삶과 바람직한 죽음을 맞이하기를 기원할게요."

그 삶이 죽은 신의 의지에 따르는 것이라면 더 이상의 행복은 없다.

모든 모험가, 모든 산 사람이 모두 바람직한 생애를 보낼 수 있다면 좋으련만.

아직까지 막다른 길에 부딪쳐서 앞으로 나아가지 못하고 있는 두 사람을 위하여 기도를 마친 뒤 아이네는 일어섰다.

승복의 옷자락을 털어서 펴다가 문득 생각한다.

"그건 그렇고 어딘가에서 본 기억이 있는 얼굴의 아이였는데요……."

뭐, 고민해도 답이 안 나오는 문제다.

이 사원을 방문하는 모험가는 많다. 그중 누군가의 친척이거나 우연히 다른 사람을 닮았거나, 어느 쪽이든 간에—.

—짐을 두 사람 몫으로 챙겼죠.

그것은 역시 시스터 아이닛키의 기분이 좋아지기에 충분한 사실이었다.

§

라라자는 여전히 검푸른 색깔을 한 부은 얼굴로 딱딱하게 구운 까만색 빵을 힘겹게 물어뜯고 있었다.

주점에서도 가장 싼 요리, 보리죽만도 못할지언정 이마저도 라라자에게는 며칠 만에 하는 식사다.

금화 한 닢으로 검은 빵 하나뿐.

"제기랄……!"

입술 가장자리가 아파서 신음한다. 입을 벌릴 때, 무엇인가를 넣을 때, 닫을 때 몹시 쓰라렸다.

그러나, 그럼에도 먹어야 한다. 먹지 않으면 죽는다. 라라자는 주점의 한쪽 구석에서 끈질기게 빵을 먹었다.

그는 며칠 전 이알마스를 습격했던 도적 애송이였다.

그 후의 일이다. 라라자는 《미궁》을 탈출한 뒤 바닥을 구르다시피 하며 클랜의 본거지로 돌아갔다.

달리 갈 곳이 전혀 없었다. 복귀하지 않으면 살해당한다. 복귀

해도 분명 살해당한다. 그럼에도 불구하고.

라라자는 외형과 마찬가지로 애송이다. 사람이자 어린 소년에 불과하다.

마을에서 첫째가는 젊은이나 천부의 재능을 지닌 검사도 《미궁》에서 받는 대우는 동등하다.

고향을 뛰쳐나왔던 마을에서 첫째가는 젊은이와 잔반(가비지)의 대우 역시 비슷했다.

그리고 잔반을 데리고 오는 임무를 실패한 이상 라라자가 맞이하게 될 결말은 하나.

주점 뒤편에서 모든 소지품을 빼앗기고 살해당한다— 다른 수많은 무명 초보 모험가들과 마찬가지로.

이 도시에서 모험가 간의 분쟁은 금지되어 있다. 그러나 분쟁이 아니라면 문제 되지 않는다.

한 번도 《미궁》에 진입한 경험이 없는 애송이쯤이야 분쟁으로 치닫기도 전에 존재를 지울 수 있는 법이다.

그런데 라라자에게는 다른 조치가 취해졌다.

단지 안면이 부어오르도록 구타당하고 클랜에서 쫓겨나는 것만으로 끝났다.

딱히 라라자의 운이 좋았기 때문은 아니었다. 소년 본인의 역량(레벨) 덕분도 물론 아니다.

가진 것이 없었기에 죽여도 아무런 이득이 생기지 않았기 때문이다.

"제기랄……! 제기랄……!"

숨겨놓았던 푼돈을 꺼내는 데 하루. 예전 클랜의 녀석들에게 공격당하지는 않을까 경계하는 데 며칠.

간신히 주점에 들어선 초라한 모험가가 힘겹게 빵을 먹는 모습을 굳이 눈여겨보는 인물은 없다.

아니, 설령 주목하는 인물이 있었더라도 라라자 본인이 신경을 쓸 여유가 없었을 것이다.

이미 마지막 돈으로 얻은 빵을 먹는 것 이외에는 무엇도 관심을 받지 못하는 처지였으니까.

—어떻게 해야 하지?

동료들이 죽었다.

클랜 놈들이 아니다. 놈들의 개나 다름없었으나 어쨌든 함께 행동했던 동료들이다.

다행히 이 도시에서는 소생이 가능했다. 외지에서는 글자 그대로 신의 기적에 불과했지만.

하지만— 일단 소생비부터 마련해야 한다.

클랜 놈들이 돈을 내줄 리 없었다. 소생비를 고려하지 않기 때문에 죽을 때까지 몰아붙이지 않았던가.

혼자 살아남은 자신이 돈을 마련할 수밖에 없다. 그런데, 어떻게?

글쎄, 자신들과 같이 제대로 살아가지 못하는 녀석들의 소생비는 분명 싼값이었지.

그러나, 그럼에도 다섯 명을 되살릴 돈을 모으는 것은 절대로 불가능하지는 않아도 싼 요금이라고 말할 순 없다.

죽은 사람이 되살아나는 글자 그대로 기적에 해당하는 가격이라는 설명은 비록 타당하겠으나 어차피 라라자에게는 무리였다.

흔한 도적이 혼자서 어떻게 해야 돈을 벌 수 있을까. 혼자서는 괴물을 죽이지도 못한다. 보물상자를 확보할 수 없다.

분명 자신은 첫 번째나 두 번째 탐색에서 죽을 것이다.

만에 하나 성공하더라도— 소생이 이루어질 때까지 계속 성공할 수 있는 보장은 어디에도 없다.

그리고 무엇보다도 라라자가 가장 화나는 것은 하나.

"제, 기랄……!"

어떤 방법으로든 돈을 벌어야 하는데 어째서 자신은 이곳에서 빵을 먹고 있단 말인가.

그 사실이 라라자에게는 무엇보다도 불쾌했다.

라라자에게 남은 시간은 짧다.

눈앞의 검은 빵을 꼭 먹어야 하는데 다 먹으면 곧 제한 시간이다.

그다음은 《미궁》에 갈 수밖에 없다. 돈은 이미 떨어졌다.

《스케일》에서 떠나자는 생각도 라라자에게는 없었다.

따라서 라라자는 앞뒤 가리지 않고 절반쯤 자포자기한 채 마지막 빵 한 조각에 손을 뻗었고.

"거기 계시는 젊은 분. 잠시 시간을 내어주실 수 있겠습니까……?"

불현듯 말을 걸어오는 목소리에 흠칫 놀라며 움직임을 멈췄다.

"어……?"

멈출 생각은 없었다. 멈춰야겠다는 생각도 하지 않았다.

다만 저 평온한 목소리에는 가만히 듣고 싶어지는 신기한 힘—압박이 있었다.

따라서 올바르게 표현하면 멈춰졌다고 말해야 할 것이다.

"무슨 사연인지는 몰라도 꽤나 곤경에 처했나 봅니다. 저라도 괜찮다면 힘이 되어드리고 싶어서 말입니다."

의문이 담긴 시선을 보낸 곳에 서있는 자는 상당히 좋은 복장을 갖춘 로브 차림의 남자.

—마술사인가?

라라자는 가만히 생각했다. 대체로 로브를 껴입고 다니는 자는 마술사다.

혹은 승려의 부류일까, 아니면 쌍방의 비술을 수련한 사제의 부류.

어쨌든 간에 그러한 녀석이 느닷없이 칼을 휘둘러서 동료의 목을 날려버릴 줄은 생각하지 못했다.

"그게 말입니다, 저도 젊었던 시절에는 고생을 많이 했어요. 앞길이 구만리 같은 젊은 분인데 안타까웠습니다."

로브의 남자는 라라자가 대꾸를 하기보다도 빨리 은근슬쩍 옆쪽에 자리를 잡고 앉았다.

타박을 주고자 했을 때는 이미 라라자의 눈앞에 스튜가 놓여 있었다.

따끈따끈 온기가 느껴지는 하얀 김. 아울러 향기도 같이 피어오른다. 꿀꺽. 목구멍에서 침 삼키는 소리가 났다.

"뭐, 우선은 친교의 증표입니다. 몸이 자본이잖습니까, 어서 드시지요."

"그, 그래……."

의심스럽다. 수상하다. 여러 의문은 머릿속으로 스친 동시에 신기하게도 사라져 갔다.

라라자의 경계심은 꿈틀꿈틀 머리를 쳐들고자 했으나 정작 의식이 마음에 따라주지 않는다.

문득 정신을 차렸을 때는 숟가락을 꽉 쥐고 스튜를 입에 가져가고 있었다. 토끼 고기다. 육즙이 배어난다. 맛있다.

맛있다. 실감을 하자마자 손이 움직였다. 정신없이 소년은 요리를 입에 가져갔다. 위장이 따뜻해진다. 맛있다.

"사실 이렇게 제가 당신을 찾아온 이유는 한 가지 부탁을— 의뢰를 맡기고자 했기 때문입니다."

남자가 주절주절 늘어놓는 말도 더 이상 라라자의 귀에는 들어오지 않았다.

돈 이야기. 동료를 구할 수 있다. 간단한 의뢰. 원한도 풀 수 있다.

남자가 꺼내는 말에 가져야 했을 의문도 불신감도 더는 아무것도 떠오르지 않는다.

기억하고 있는 것은 단 하나.

"이 돌을 써서 말입니다—."

품에서 돌을 꺼내 든 남자의 손에 흔들거리고 있는 불가사의한 호부……. 아니.

무엇인가의 부서진 파편(샤드)…….

§

“어째서 너는 괴물이 보이면 곧바로 뛰쳐나가는 건가?”

“arf?”

가비지는 무슨 소리냐고 되묻는 것처럼 고개를 갸웃거렸다. 머리부터 발끝까지 온통 피투성이였다.

《미궁》의 묘실에서 나누게 된 대화다. 이알마스는 미간을 꾹꾹 주물렀다.

시체가 잔뜩 쌓인 처참한 광경. 급소를 절단당한 괴물 녀석들의 시체와 내장과 피 웅덩이.

이런 끔찍한 광경의 중앙에는 검붉고 지저분한 보물상자가 어느 틈인가 모습을 드러내고 있다.

야생의 개와 비슷한 작은 소녀는 마치 공을 주워서 가져온 뒤 「여기 있다」라고 말하는 것처럼.

“woof!”

은근히 의기양양한 기색으로 한 차례 소리를 냈다.

이알마스는 말을 꺼내고자 입을 열다가 결국 아무런 말도 하지 않고 입을 닫았다.

—어쩔 수 없지 않겠는가.

이 소녀가 지금까지 요구를 받아왔던 역할은 괴물을 죽이고 보물상자를 확보하는 것이다.

살육과 약탈(핵 앤드 슬래시).

모험가로서는 이 또한 하나의 정답이다. 이알마스가 추구하는 목표와는 다를지라도.

쫑쫑거리며 가까이 걸어온 가비지를 바라보다가 망설임 없이 피바다에 무릎을 꿇었다.

외투 안쪽에 가려진 놀랍도록 맑은 푸른빛의 눈동자. 그 눈빛과 시선을 똑바로 마주한다.

"이번에는 앞으로 나아가는 것을 우선한다."

"whine……?"

"보물상자와 괴물은 무시하고."

"……."

"알겠나?"

"arf!"

—정말로 알아들은 게 맞나.

기운차게 우짖는 소녀를 보며 푹 한숨을 쉬고 이알마스는 다시 일어섰다.

가비지는 벌써 통로로 이어지는 문 앞으로 걸어가서 이쪽을 보고 「bow!」라며 소리를 낸다.

이알마스는 커다란 짐을 짊어지고 뒤를 쫓았다. 그러자 곧장 가비지가 문을 차 부쉈다.

"arf!!"

하나를 보면 열을 안다던가. 매사가 이런 식이었다.

본래 이알마스의 탐색 행동은 마치 거북이와 같이 신중한 움직임으로 이루어지곤 했다.

매우 익숙한 과정, 설령 수십, 수백 번 왕복한 경로일지라도 신중하게 확인을 거듭하며 나아간다.

괴물과 조우하지 않도록. 함정을 밟지 않도록. 길을 헤매지 않도록.

묘실로 뛰어들어서 살육을 벌인 뒤 보물상자를 약탈하는 것은 말도 안 된다.

그런 느릿느릿한 걸음은 가비지가 도저히 참을 수 없을 것이다.

소녀는 살아남기 위하여 숨 쉬듯이 괴물을 죽이고 보물상자를 회수한다.

그런 생물이다. 그런 모험가다.

이알마스는 할 일을 잃은 《기어다니는 금화》를 만지작거리며 가비지의 뒤를 쫓았다.

—나쁘지는 않군.

이알마스 또한 이러한 모험이, 탐색이 딱히 싫지는 않았다.

지금껏 느리게 행동했던 이유는 혼자서는 다른 방법이 없었기에— 가능과 불가능의 문제에 불과했으니까.

가능하니 행동에 옮겼다면 이알마스는 군소리를 하지 않는다.

"……음."

그렇긴 한데.

“……whine…….”

다음 통로로 걸음을 들여놓은 이알마스의 앞쪽에서는 가비지가 바닥에 주저앉아 있었다.

가정할 수 있는 이유 몇 가지가 이알마스의 뇌리를 휙 스치고 간다.

“부상인가.”

대답은 없다. 괴물 시체도 없을뿐더러 피 냄새도 풍기지 않았다. 무기물에 속하는 괴물도 있다만.

“독, 마비, 석화인가.”

대답은 없다. 셋 전부가 목소리를 낼 기력과 기능마저 빼앗아 가는 무서운 상태 이상이었다.

“…….”

“…….”

“……공복인가, 피로인가.”

“yap!”

대답은 한마디.

둘 다인가 보다.

“그래, 알겠다.”

이알마스는 곧장 등에 멘 커다란 짐을 내리기 시작했다.

웃을 이유는 없다. 어이없어하지도 않는다. 또한 화를 낼 이유도 없었다.

눈에 보이는 체력과 관계없이 피로와 공복은 모험가의 그림자 같은 것이다.

찰싹 달라붙은 채 결코 떨어져주지 않으며 이따금 두렵게 다가들고 무시하면 삼켜져버린다.

옛 시대를 살던 대현인의 진정한 위대함은 자기 자신의 그림자를 받아들일 수 있었다는 한 가지 사실이면 족하다.

그렇다 해도 당연히 이알마스는 저런 일화에 흥미가 없다.

단지 모험가로서 모험을 하는 와중에 견지해야 할 행동을 견지하고자 애쓸 뿐이었다.

이알마스에게 이런 탐색이 오래간만이듯이 가비지 또한 마찬가지였나 보다.

새삼 생각하면.

소녀를 쇠사슬로 묶어서 전투 노예처럼 부린 작자들은 그날그날의 수확만 확보하면 그만이었을 것이다.

묘실에 진입하더라도 한 번이나 두 번으로 종료. 이렇듯 연달아 공략하며 깊숙이 나아가는 경험은 없었겠지.

요컨대—.

—많이 들떴던 건가.

자신도, 이 소녀도.

이알마스는 생각을 정리한 뒤 입가에 옅게 미소를 띠었다.

《미궁》 깊숙이 나아가는 것은 역시 즐거웠다.

“이만 야영을 준비할까.”

“arf!”

소녀의 대답은 가볍고 기운찼기에 지친 모습과는 거리가 꽤 멀었다.

소녀는 이알마스가 내려놓은 짐 안에서 작은 병을 꺼내는 모습을 뚫어져라 쳐다본다.

—어쩌면.

"처음으로 보나?"

"yap."

아무래도 그런가 보다.

그러나 코를 실룩거리던 소녀는 이알마스가 조그만 병의 뚜껑을 열자 고개를 홱 돌린다.

냄새만 말하자면 이것은 별로 대단할 게 없는 단순한 물에 불과하니까.

이알마스는 어깨를 으쓱거리지도 않은 채 담담히 자신의 수중에 의식을 집중하며 물을 바닥에 흘렸다.

사원에서 축복해준 성수는 모험가의—《미궁》을 탐색하는 모험가의 필수품이다.

성스러운 물로 그리는 마법진, 결계는 어지간한 외적 및 위협으로부터 몸을 지키는 데 도움이 된다.

야영, 캠프, 휴식. 이름이야 뭐든 상관없으나 《미궁》 내부에서 쉬고 싶다면 성수는 필수였다.

묘실을 지키는 수호자 같은 부류라면 모를까, 배회하는 괴물 정도라면 피할 수 있을 테니까.

게다가 무엇보다도 주의 깊게 물을 흘려서 원을 그리는 과정 자체가 이알마스의 마음에 들었다.

주변의 바닥부터 세심히 확인해야 쉴 수 있다. 절차상 이 같은 과정이 포함되어 있다는 것이 기껍다.

함정에 걸렸다가 간신히 목숨을 건진 뒤 바로 그곳에서 휴식을 취하다가 또 함정에 걸리는 경우도 있지 않던가.

딱히 모험가가 얼간이였다거나 주의가 산만했다거나 하는 원인으로 일어나는 사고는 아니다.

사람은 방심을 하고 실수를 한다. 곧잘 잘못된 행동을 한다. 절대로 틀리지 않는 인물은 없다.

따라서 실책을 저지른다는 전제로 행동하는 것이 옳겠다.

이 성수로 마법진을 그리는 행위가 바로 그에 해당된다.

바닥을 확인함으로써 안전을 확보, 성수를 바닥에 붓는 과정으로 마음을 가라앉히고 휴식하며 몸을 쉬게 해준다.

그렇기에― 사람은 실수를 하는 법이다.

"whine……?"

가비지는 공복과 피로 때문에 집중을 못 하는 상태이고 이알마스도 약간 긴장을 풀고 있었다.

이곳은 통로이며 수호자는 없다. 배회하는 괴물과의 조우를 경계하기에는 가까운 곳에 발소리가 없다.

"―!!"

"음……!"

그래서 그 순간《미궁》의 어슴푸레한 곳에서 뛰쳐나온 그림자에 대응하는 속도가 순간이나마 지체되었다.

또한 유감스럽게도 저 그림자에게는 그 순간이면 충분했던 것이다.

그림자는 소리도 없이 돌바닥의 위를 달려서 성수로 그린 진을 짓밟고 품속에서 돌을 꺼내든다.

이알마스는 펼쳐진 양피지에서 춤추는 주문을 기억 속에서 떠올렸다. 눈을 커다랗게 뜬다.

"너, 그건—!!"

위험하다, 경고, 놀라는 반응. 어떠한 말을 꺼내고자 했을까.

지금 와서는 알 수 없을뿐더러 어느 쪽이든 별 차이는 없겠다.

부서진 돌에서 흘러넘치는 눈부신 빛은 모든 것을 덮으며 세 사람을 집어삼킨다.

이알마스, 가비지, 그리고— 말할 필요도 없겠으나 라라자.

새하얀 섬광에 집어삼켜진 세 사람의 모습은 수그러드는 빛과 함께 사라져버렸다.

이후에 남은 것은 바닥을 굴러다니는 작은 병, 배낭, 짓밟힌 마법진, 돌의 파편. 이게 전부다.

머지않아 근처를 지나가는 괴물들이 전부 가지고 갈 것이다. 이 같은 흔적도 오래 남아있지는 못한다.

이것은 주문에 의한 폭발과 파열이었을까.

아니면 분해되어 먼지나 재가 되어버렸을까.

혹은—.

§

"어?! —아앗?!"

라라자는 눈을 끔뻑거리면서 아무것도 알지 못한 채 놀라서 소리 질렀다.

"여긴, 어디지……?!"

"돌 안이 아닌 것만으로도 감사해야 할 테지."

어디인지도 알 수 없는 《미궁》의 어둠 속에서 누군가가 나지막하게 답했다. 담담하며 침착한 목소리.

애매한 의식, 시야. 라라자는 몇 차례 눈 끔뻑이기를 반복한 뒤 얼굴을 문질렀다.

"으와아앗, 이알마스?!"

"arf."

"잔반?!"

자신도 있다는 듯이 짖는 소녀— 외투 안쪽으로 보이는 싸늘한 푸른 눈동자를 마주하고 라라자는 몸을 젖혔다.

—사, 살해당한다……?!

물론 각오 따위 있지도 않았다.

모험가가 되었더라도 모두 자신이 맞이할 멋진 미래밖에 생각하지 않는 법이다.

자신만은 다르다. 위기에 빠지더라도 멋지게 해결할 수 있다. 죽음에 대한 실감은 없다. 당연하다.

그런 불안감을 갖고 있다면 《미궁》 탐색이 가능할 리 없잖은가.

따라서 이때 라라자를 등 떠민 것은 「큰일 났다」와 「죽고 싶지 않아」라는 두 가지 생각이었다.

소년은 즉각 후방으로 뛰어 물러난 뒤 허리에 찬 단검에 손을 가져가서 자세를 낮춘 뒤 경계했다.

주위를 살핀다 — 《미궁》? — 못 봤던 묘실이지만 일단 틀림없다 — 납치당했나?

"주, 죽일 셈이냐……?!"

보복. 두 글자가 라라자의 머릿속을 지나갔다. 자신의 동료들처럼— 또는 옛 클랜처럼.

만약 《미궁》의 내부라면.

다만 이알마스의 반응은 라라자가 아는 선배 모험가 누구와도 달랐다.

"도적 혼자서 《미궁》에 진입하다니, 근성이 제법 괜찮구나."

이알마스는 그저 담담하게 대꾸한 뒤 진심으로 흥미롭다는 듯이 말을 이었다.

"어디서 그것을 손에 넣었지?"

"그것……?"

"돌이다."

이알마스는 짧게 말했다.

"이곳에 《악마의 돌》이 있을 줄은 몰랐군."

"아니, 아니야, 나는……."

라라자는 잔뜩 위축되어 마른침을 삼켰다.

기이했다.

이알마스의 눈동자에서 형형히 불타오르는 무엇인가— 정체를 알 수 없는 무엇인가가 느껴진 것 같았다.

죽기 살기로 기억을 더듬은 라라자는 떨리는 목소리로 더듬더듬 말을 잇는다.

"주점에서, 식사 중에…… 이상한 남자가…… 말을, 걸어와서……."

그리고 어떻게 되었더라.

"이상한 남자인가."

"……아마도 마술사야."

라라자는 고개를 끄덕거렸다.

"목에, 이상한……."

그랬다, 이상한…….

"호부(애뮬릿) 비슷한 물건을 걸고 있었어. 파편(샤드)처럼 생긴……."

"호부(애뮬릿)?"

라라자는 바로 대답하지는 못했다.

이알마스가 웃고 있었다.

입꼬리가 귀까지 찢어진 것이 아닐까 싶도록 기이한, 어두컴컴한 웃음이었다.

"이름이 뭐지?"

"라……."

목청이 덜덜 떨렸다.

"라라……자."

"그런가."

가만히 대꾸한 뒤 일어서더니 까만 장갑에 착용한 《보석의 반지》를 반짝거렸다.

옷아, 널리 퍼져서 나의 위치를 드러내라
"《다우크 밈아리프 페이체》."

둥실, 보이지 않는 무언가— 바람이나 외투와 같은 것이 라라자의 얼굴을 쓰다듬는 감촉이 느껴졌다.

이알마스의 옆에 대기하고 있던 잔반, 가비지가 부르짖었으니 착각은 아니겠지.

—주문이다.

라라자는 직감적으로 이해했다. 《듀마픽(소재)》의 주문.

역시 이 녀석은 마법사였다. 검도 사용할 줄 아는 마법사.

"계층은 변함없군. 다만 꽤 깊숙한 곳으로 날려왔다. 오호라."

이알마스는 혼자 납득한 뒤 묘실 바깥으로 금화를 꺼내서 이어진 통로에 던졌다.

그리고 또 줄을 끌어당기더니 아무 말 없이 걸음을 뗀다. 쫑쫑거리며 잔반이 뒤따랐다.

"어."

남겨진 것은 라라자뿐. 소년은 혼란에서 미처 벗어나지는 못했지만, 그럼에도—.

"앗, 이봐!"

이알마스를 큰 소리로 부를 수는 있었다. 곧바로 후회도 했지만.

곤혹. 공포. 안도. 살해당하지 않았다는 것. 남겨진 것. 저 남자와 멀어지고 있다는 것.

그 전부가 한데 뒤섞인 목소리에 이알마스는 어깨 너머로 고개 돌려서 라라자를 봤다.

"뭐 하나, 안 따라오는 건가?"

기이하리만큼 신이 난 목소리였기에.

"모처럼 하는 모험이잖나."

라라자는 저항할 수 없었다.

§

짤랑, 금화를 튕기는 소리가 난다.

흑의를 입은 남자의 손에서 날아가는 금화가 바닥에 튕기고, 낚싯줄에 끌려서 돌아왔다가 또 날아간다.

그 뒤를 따라가는 모양새로 라라자는 《미궁》의 어디로 이어지는지도 알 수 없는 암흑 속에서 걷는 중이다.

이곳 《미궁》에서는 시간 감각 따위 없는 것이나 마찬가지다.

그로부터 1시간인가, 30분인가, 아니면 하루인가, 몇 분인가.

다만 이처럼 애매모호한 시간 속에서 관찰을 계속하며 라라자는 한 가지 사실을 알 수 있었다.

—저 녀석의 탐색 능력, 즉 도적으로서 갖춰야 할 기량은 별로 대단할 게 없다.

이상이 뒤를 쭉 따라다니며 라라자가 내린 결론이었다.

그래, 분명히 저 녀석은 많은 준비를 했다. 《기어다니는 금화》도 라라자는 알지 못했다.

몸놀림 하나하나도 전사인지 마술사인지 모르겠으나 무척 훌륭한 부류일 테지.

다만 탐색이라는 한정된 분야에서는 이알마스를 높이 평가할 수 없었다.

신중하기는 하다. 그러나 도적의 방식과는 다르다.

함정을 피한다. 뭐, 이것은 당연하다고 치고. 그런데 보물상자까지 피해 다닌다. 요컨대—.

—함정을 해제할 줄 모르는군, 이 녀석.

"arf!"

등 뒤에서 짖는 소리를 듣고 라라자는 움찔 몸을 떨었다.

꾸물거리지 마라, 혹은 빨리 움직여라. 의미는 비슷하다.

어깨 너머로 고개 돌리니 불만에 찬 표정의 잔반— 가비지와 눈이 맞는다.

맑은 호수와 같은 푸른 눈동자. 빨려 들어갈 것 같은 저 색채가 두려워져서 라라자는 걸음을 서둘렀다.

이알마스와 간격, 거리를 좁힌다. 눈앞에 있는 등은 단지 신중하기만 한 모험가의 자세.

하지만—.

—싸워서 죽일 자신이 없어.

죽일 생각도 없었지만, 설령 실행해봤자 자신의 목이 허공으로 날아오르는 광경만 눈에 보인다.

—아니면 몸체를 양단당하거나.

라라자는 부르르 몸을 떨고 나서 두려움을 죽인 까닭에 상기된 목소리를 목구멍에서 쥐어짜냈다.

"……이봐."

"뭐지."

이알마스는 고개를 돌리지도 않았다. 금화가 돌바닥 위로 튕겼다가 끌려와서 다시 손안에 잡힌다.

"아까, 뭐였던 거야?"

"《악마의 돌》 말인가."

추억을 떠올리는 듯한 목소리라고 라라자는 생각했다. 역시 무엇인지 알고 있었던 것이다.

다만 만약에 이알마스의 표정을 봤다면 달리 생각했을 것이 분명하다.

어떤 기억인지 스스로도 잘 알지 못하는 듯한 표정이었기 때문이다.

"부수면 주위 사람들은 재가 된다."

"으, 엑?!"

라라자는 비명 질렀다. 그 반응이 제법 유쾌했는지 이알마스는 걸음을 멈춰 돌아섰다.

재가 된다. 그 말은 라라자에게 죽음과 같은 뜻이었다. 아무도 부활시켜주지 않는다. 영원히.

"잘 쓰면 전이된다. 불완전한 물건이었는지 네가 잘 사용했는지는 알 수 없다만."

—십중팔구 실패작이었겠군.

라라자는 역시 단정적으로 결론지었다.

자신이 무엇인가를 잘 해냈던 전적이 없었기에.

누군가의 심부름꾼 신세가 되고 나서도 변함없이.

"……그렇다면 댁은 상당히 원한을 샀겠군."

"그래, 어쩌면."

재가 되어서 《미궁》의 먼지, 티끌로 전락하여 모험가나 괴물에게 짓밟히고 차여 흩어지다가 사라진다.

라라자에게는 진심으로 두려운 광경이었다. 정말 상상조차 하기 싫었다.

그런 수단으로 자신을 처단하고자 하는 적이 나타난다면 도망치거나 혹은 엎드려 빌기라도 할 테지.

그럼에도 불구하고 이알마스는 마치 아무것도 아니라는 듯이 태연하게 말을 꺼낸다.

—그래, 어쩌면!

상대가 어떤 정신머리를 갖고 있는지 라라자는 도무지 알 수 없었다.

아니, 알 수 없는 것을 말하자면 하나 더.

소년은 자신이 어째서 아직 살아있는지 알 수 없었다.

지루하다는 듯이 중얼거리는 가비지를 곁눈질하며 라라자는 조심조심 묻는다.

언제든 도망칠 수 있게 자세를 한껏 낮추고— 거기에 과연 의미가 있는지도 알지 못했지만.

"……나를 안 죽이는 거냐."

"《미궁》 안에서 계율이 다른 모험가가 손을 잡는 경우도 딱히 드물지는 않지."

대답은 짧았다.

앞에서 나아가는 이알마스는 고개도 돌리지 않고 또 금화를 던졌다가 끌어당기며 걸음을 내디디고 있었다.

이따금 멈춰 서서는 《보석의 반지》를 반짝거리며 위치를 확인하고 양피지에 무엇인가를 기록한다.

양피지에는 모눈이 그어져 있었기에 옆에서 들여다보고 라라자는 곧장 그것이 지도임을 파악했다.

그렇다고 해서 지도를 작성하며 지상으로 돌아갈 수 있는가 묻는다면 라라자에게는 무리일 것이다.

결국 이 수상쩍은 흑의의 남자를 따라가는 것 이외에 살아남을 길은 없겠다.

따라서 라라자는 자신이 먼저 질문했다는 것을 떠올리며 남자와 대화를 이어 나가기로 선택했다.

심기를 거스르고 싶지는 않다. 뇌리에는 동료들이 목이 떨어져 죽는 순간이 지금도 남아있었다.

"……뭐, 아주 없지는 않겠지만."

계율— 사실 엄격한 것은 아니었다. 요컨대, 행동 방침의 대분류다.

불필요한 싸움을 피해야 할지의 여부라든가 부상을 당한 적을 놓아준다든가 동료와 자신의 우선순위라든가.

사소한 선택이 생사를 좌우하는 《미궁》에서 탐색 중 신조를 이유로 논의하는 것은 말도 안 된다.

그럴 바에야 처음부터 방침이 맞는 인원으로 구성하는 편이 훨씬 좋다.

하물며 지상에서는 — 일단 표면상은 — 모험가 사이의 분쟁은 불문율로서 금지되어 있다.

서로 다른 계율을 가진 모험가들은 굳이 얽히지 않는 것이 최고였다.

그 계율을 질서와 혼돈, 선과 악이라며 호들갑스럽게 지칭을 하는 인물도 있다지만—.

—웃기는 소리지.

라라자는 살짝 코웃음을 쳤다.

기껏해야 구출 행위를 무상으로 하느냐, 보수가 없으면 안 하느냐의 차이 아닌가.

혼돈이니 악이니 하는 것들은 도와주겠다며 돈을 요구했다가

버리는 부류를 가리킨다.

자신을 독하게 부려 먹었던 과거의 클랜 녀석들처럼—.

혹은 놈들에게 고분고분 순종했었던 자신처럼 말이다.

그나저나, 계율이 다르다니?

"……시체 회수 같은 일을 하니까 틀림없이 동류일 거라 생각했는데."

"나는 중립 중용을 원칙으로 한다. 이 녀석은."

"arf?"

"잘 모르겠다만."

라라자는 자신의 뒤쪽에서 무슨 이야기를 하는 것이냐는 듯 소리를 내는 소녀의 얼굴을 바라봤다.

시치미 떼고 있다 — 타인에게는 별 관심이 없다 — 다만 쫑쫑거리며 이알마스의 뒤를 쫓는다.

이 녀석을 질서로 분류해도 혼돈으로 분류해도 양쪽 계율의 인물들 모두 난감해할 테지.

—결국 계율은 별 대단한 것이 못 되는군.

그런 생각을 하고 있었기 때문일까.

"게다가."

문득 이어진 말을 라라자는 하마터면 듣지 못할 뻔했다.

"나의 적은 네가 아니다."

이 말을 끝으로 이알마스는 입을 닫았다.

희미한 발소리. 짤랑, 짤랑하는 금화 튕기는 소리. 실을 끌어당기는 소리. 그리고 또 발소리.

―무슨 생각을 하는 거냐, 이 녀석…….

라라자라면, 그간 라라자를 혹사시켰던 녀석들이라면 이렇듯 자신을 살려두지 않는다.

살려놓더라도 살아있는 탐지용 막대기로 — 실물은 알지 못한다만 — 사용했을 것이다.

즉, 앞에서 걸어가라. 더 살을 찌워라. 너는 방패이니 함정을 받아내라. 뭐, 뻔한 방식이다.

살려둔 이유가 또 있다면 둘.

무엇인가 꾸미고 있거나, 딱히 아무래도 상관없거나.

이알마스는 후자라고 말했다. 다만 라라자는 저 말을 믿지 않는다.

타인의 말을 의심없이 믿었다가는 옛날에 이미 주점의 뒤편에서 차마 형용할 수 없는 시체가 되었을 테지.

―대체 뭔 생각으로 이러는 거냐?

상상도 되지 않는다.

주점에서 만났던 수상쩍은 남자. 기묘한 두루마리. 《미궁》 깊숙한 곳. 정체를 알 수 없는 녀석들과 동행 중.

설령 도시로 복귀하더라도 자신은 과연 무사할 수 있을까. 라라자는 알지 못한다.

의뢰인이 제재를 가할지도 모른다. 아니면 예전 클랜의 녀석들이 숙청을 하려 든다거나.

생각하면 생각할수록 라라자의 사고는 소용돌이쳤고 근거 없는 조바심만 싹을 틔운다.

또한 이렇듯 불안정한 상태로 걸어 다니면서도 살아남을 수 있을 만큼 《미궁》은 안전하지 않다.

—요컨대, 돈이다.

따라서 결국 돈 문제라고 생각하면 차라리 기분이 조금 편해졌다.

짐작하자면 이 녀석의 목적은 내가 마련할 동료들의 소생 비용이라고. 그렇게 라라자는 결론 내렸다.

—내가 죽으면 동료들을 소생시킬 녀석이 사라지지. 기부금이 안 들어오게 된다. 이 녀석은 손해를 본다.

사원과 뭔가 계약을 맺고 활동하는 이알마스로서는 피하고 싶은 상황이겠다.

물론 이 같은 가정에 의지할 만큼 라라자는 낙관적이지 않았다만.

“woof!”

깨달았을 때는 다리가 멈춰 있었다.

가비지가 딴생각 말고 빨리빨리 움직이라는 듯이 소리를 내는지라 라라자는 움찔 놀라며 몸을 떨었다.

“아, 알겠다, 알겠다니까. 재촉하지 좀 마라……!”

나지막이 으르렁대는 소리에 내몰리듯이 라라자는 이알마스의 등을 쫓아서 앞으로 나아간다.

《미궁》의 어둠. 괴물. 함정. 눈앞의 남자. 등 뒤의 소녀. 지상의 굴레.

무엇이 가장 나은지는 분명하지 않다만, 적어도 지금 이 순간은 분명하게 살아있다.

—그렇다면 분명한 것에 매달릴 뿐이다.

아무것도 알지 못하는 라라자에게는 단지 하나의 사실만이 분명한 목표가 되어주었다.

다만《미궁》에서 평온무사한 삶을 바란들 이루어질 리 없다.

얼마 뒤 라라자는 장애물과 맞닥뜨려서 우두커니 멈춰 서는 처지가 됐다.

"문……."

……문이었다.

우뚝 서있는 거창한 철제 문— 혹은 자신의 신장쯤 되는 평범한 나무 문.

《미궁》에서는 인식도 불확실하고 애매모호하다. 방심하면 문의 조형까지도 흐릿하게 보인다.

분명한 것은 단 하나, 저곳에 문이 있다는 사실뿐이다.

이《미궁》의 내력은 알려지지 않았으나 틀림없이 인공물이라는 증거 중 하나.

"나에게는 미지의 구획이니까 말이지. 이 건너편이 아는 영역이라면 좋겠다만."

"woof……!"

당장이라도 뛰어들 것 같은 기세인 가비지, 그리고 이알마스가 그 목덜미를 붙잡은 채 말한다.

"……가는 거냐?"

"다른 길을 찾아내도 무엇이 나올지는 모르지 않나."

이알마스의 말에 라라자는 마른침을 꿀꺽 삼켰다.

저 너머가 통로라면 괜찮다.

그러나 만약 묘실이 나타난다면— 저곳에서 확실하게 괴물이 있다.

그렇게 되면—.

—죽음을, 맞이할지도 모른다.

라라자의 한 손이 무의식중에 허리띠에 끼워 넣은 단검을 찾고 있었다.

작고 칼날도 얇아 무기라고 불러주기에는 너무나 미덥지 못한 모양새다.

보물상자를 개봉하는 데 필요하다는 이유로 하소연하여 소지를 허락받았던 호신용품.

빼앗기지 않고 도망칠 수 있었던 것은 정말 운이 좋았다. 이 행운이 계속 이어지기를 기원한다.

"가, 가야겠지?"

"그래."

방금 전과는 질문의 뉘앙스가 달랐다. 이알마스는 짧게 고개를 끄덕거렸다.

이어서 외투 안쪽의 허리에 찬 검은 지팡이— 가느다란 기병도(사벨)의 코등이를 밀어서 칼을 살짝 빼둔다.

칼을 뽑는 소리가 몹시도 커다랗게 울려 퍼지는 기분이었다.

"됐다."

"Bow!"

한 차례 우짖고 몸을 날린다. 이알마스가 손을 놓은 순간의 가비지는 문자 그대로 짐승 같았다.

색을 띤 바람이 되어 문으로 돌진했던 소녀는 기세를 누그러뜨리지 않은 채 문을 걷어차서 안으로 뛰어든다.

이알마스가 마치 그림자와 같이 뒤를 따랐기에 라라자는 허둥지둥하며 본인도 같이 쫓아갔다.

연계는 아예 할 생각이 없는 듯싶다. 다만 무리하게 연계를 하는 것보다는 현격하게 빠른 모험가들의 움직임이다.

또한 묘실의 중앙에서 몸을 웅크리고 있는 거대한 무엇인가의 그림자에게서 명백하게 선수를 빼앗은 움직임이었다.

—뭐, 뭐지……?!

라라자는 눈을 부릅떴다.

"woof……!!"

문득 가비지가 낮게 으르렁거리는 소리를 들었다.

푸른빛이 감도는 녹색의 비늘. 끈적끈적하게 피처럼 젖어 빛나는 혀. 형형하게 타오르는 붉은 눈동자. 어금니. 발톱. 꼬리.

등에 자리를 잡은 가시라고 생각했던 부위는 커다랗게 펼쳐져서 날개가 되고, 거대한 몸뚱이가 네 다리로 일어선다.

쿠웅.

묘실 전체가 뒤흔들리는 것 같았다. 단 한 번의 동작이 두려웠기에 허리가 무너지려고 한다. 무릎이 후들거린다.

그럼에도 라라자가 버틴 이유는 용감했기 때문이 아니다.

도망치면— 움직이면— 주의를 끌면— 살해당한다는 것을 본능적으로 떠올렸기 때문이다.

희미하며 흐릿한 윤곽. 정체는 불확정. 그럼에도 불구하고 확인을 할 필요는 없다.

저것이 무엇인지는 모험가라면 분명 누구라도— 어린아이라도 알고 있었다.

"드, 드래곤……?!"

"아니."

이알마스는 웃고 있었다.

"가스 드래곤이다."

§

쉭쉭, 유황과 비슷하게 부패한 냄새가 감도는 숨결을 흘리며 느릿느릿 제 기다란 머리를 치켜든다.

우호적인 분위기 따위는 없다. 사태가 이쯤 이르렀다면 더 이상 전투는 피할 수 없다.

하지만, 절대 라라자가 드래곤에게 덤벼들 수 있음을 의미하지는 않는다.

소년은 겨우 단검을 역수로 꽉 쥐고 경계 태세를 취하며 어떻게

든 무너지지는 않고 버티는 중이다.

눈은 도저히 믿을 수 없는 광경을 본 것처럼 커다랗게 뜨인 채 용과…… 이알마스를 향하고 있다.

"오호, 여기에 나오는 건가."

이알마스는 웃고 있었다.

진심으로 유쾌하다고 말하는 듯이, 뜻하지 않게 오래된 친구와 마주친 듯이 반가워하는 웃음이다.

라라자는 이때 처음으로 바로 옆에서 으르렁거리고 있는 가비지에게 공감이 갔다.

적어도 저 흑의를 입은 남자보다는 자신과 조금이나마 가까운—.

"읍……?!"

그때였다.

도적으로서 매일매일 얼마간이나마 단련해왔던 라라자의 오감이 희미한 위화감을 감지한다.

—위잉.

낮게 떨리는 소리. 작고 가냘픈, 다만 불쾌한 소리. 날갯소리.

곤충? 날벌레? 아니—.

"으, 엇, 아앗?!"

"yap?!"

라라자는 즉시 가비지와 함께 옆으로 물러섰다. 머리카락이 몇 가닥 잘려서 공중에 흩날린다.

라라자는 무언가에 머리를 물어뜯겼다는 것을 직감적으로 이해했다.

라라자와 가비지의 머리를 스치고 간 것은 소름 끼치는 턱을 지닌 거대한 벌레다.

악몽 속에서 튀어나온 듯한 형태의 저것은 틀림없이 괴물이었다.

드래곤플라이
“왕잠자리……?!”

“whine……?!”

이 습격에는 짐승 같은 가비지도 얼굴을 실룩이며 주춤거림을 알 수 있었다.

용을 마주친 공포는 현실감이 없는 것에 반하여 드래곤플라이를 목격하고 느낀 혐오감은 무척 가깝게 다가오는 종류였다.

물론 위험의 수준으로 말하면 날아다니는 잠자리 떼보다는 안쪽에 떡하니 자리 잡고 있는 용이 훨씬 더 높다만.

브레스
“놈들은 숨을 내뿜는다.”

이알마스가 오른손에 예리한 칼을 쥐며 당연하다는 듯이 말했다.

“전사라면 모를까, 너는 도적이니 버티지 못할 거다.”

“조심하라는 건 알겠는데……!!”

결국 어떻게 해야 하는가. 라라자는 짐작할 수 없었다.

평소 같았다면 돌격한 뒤 방패 역할을 맡도록 닦달당했을 테지. 라라자는 그것 이외의 다른 방식을 알지 못했다.

가비지 또한 비슷한 신세였다. 그럼에도 끝내 살아남았기에 잔반이라고 불리고 있다.

필연적으로 라라자의 눈은 이알마스에게 향했다.

이알마스는 가스 드래곤과 마주한 채 발바닥 전체가 바닥과 스치듯이 걸음을 옮겨 간격을 가늠하면서 말했다.

“방어(패리)에 전념해라.”

“아, 알겠어……!”

라라자는 고개를 끄덕거리고 스스로도 놀랄 만큼 고분고분하게 드래곤플라이 떼가 있는 곳으로 돌아섰다.

날아다니는 저것들의 수는 몇 마리일까. 라라자는 이마에 식은 땀이 배어나는 와중에도 눈에 힘을 주었다.

―적어도 진짜 드래곤보단 낫잖냐……!

게다가 어떻게든 잡을 수 있다면 빨리 잡아달라는 기도에 가까운 생각도 있었다.

강적을 떠넘기는 죄책감 따위, 티끌만큼도 없다.

드래곤플라이조차 자신에게는 벅찰 테니까.

“간다.”

“arf!!”

호령이라고도 말할 수 없는 혼잣말에 반응하여 가장 먼저 뛰쳐나간 것은 가비지였다.

라라자의 머리 위쪽을 뛰어넘다시피 달려 나가서 큼직한 칼을 번쩍 치켜드는 대상은 녹색의 용.

전광석화의 일격에는 저 무시무시한 용도 허를 찔렸나 보다. 진한 선혈이 어둠에 흩날린다.

“GRROOOOOOAAAAAAARRRR!!!!!!”

"yap?!"

하지만 거기까지였다.

이마의 비늘을 베어 날려버린 가비지는 곧장 이어진 포효를 바로 앞에서 뒤집어쓰고 비명을 질렀다.

용의 어금니가 저 가는 신체에 들이닥치려던 때, 콧등을 걷어차서 구르듯 회피하는 소녀.

조금 알겠다. 확실히 가비지에게는 재능이 있다. 어쩌면 천재일 수도 있겠다고 라라자는 생각했다.

자신과는 하늘과 땅의 차이다. 신의 은혜(보너스 포인트)를 하사받았음이 틀림없겠다.

그러나, 그럼에도 이게 한계다.

—모두 부족하군……!

역량(레벨)도, 장비도, 경험도, 모든 것이.

감히 드래곤을 상대하는 것은 불가능했다. 자신도, 소녀도.

"BUUUUZZZZZ……!!"

"와, 아앗……?!"

라라자 또한 자세하게 가비지의 상황을 관찰할 수 있었던 것은 이때까지였다.

불쾌한 날갯소리를 울리며 정신없이 날아다니는 드래곤플라이를 몰아내는 것이 절대로 수월할 리 없었다.

적어도 라라자는 처음으로 겪는 상황이다.

"이놈들, 떨어져라……! 자꾸, 들러붙지 말라고!!"

라라자는 공격이 아닌 견제를 위해 날아다니는 잠자리를 노려서 단검을 휘두른다.

라라자가 지금까지 상대한 괴물들은 낮은 계층의 개체뿐.

오크나 코볼트가 고작이며, 저것들조차도 지상의 사람들은 상상도 못 하는 지독한 강적이다.

그럼에도 불구하고—.

—빠르다……!

드래곤플라이의 궤적은 라라자의 눈에는 전혀 보이지 않았다.

단지 귀를 울리는 시끄러운 날갯소리를 의지해서 그곳에 나이프를 가져다 대고 아슬아슬하게 튕겨내는 것이 고작이었다.

“으억?!”

잠자리의 턱과 칼날이 맞부딪칠 때마다 《미궁》에 불꽃이 흩날리고 단검과 팔이 같이 엄청난 힘에 밀려난다.

예리한 통증이 한쪽 팔뚝에 치달렸다. 방어구 따위는 없었다. 고통은(대미지), 저릿거리는 정도였다.

“이, 놈! 아프잖……냐?!”

하지만 이 정도는 버틸만하다. 이알마스는 말을 했었다. 놈들은 브레스를 내뿜는다. ……놈들?

즉, 드래곤과— 드래곤플라이가 모두 다.

라라자는 어린 시절에 잠자기 전 들었던 이야기의 내용이 용의 숨결에 대해서 아는 것의 전부였다.

한번 보고 싶다고, 어린 시절에는 궁금해하기도 했다. 지금은 옛 바람을 정정하겠다.

—가능한 먼 곳에서, 라고.

그렇게 덧붙이는 말조차 없다면 당장이라도 헛웃음이 나올 것 같았다.

"에라……!"

그래서 이를 꽉 물고 입가를 끌어 올리며 라라자는 단검을 겨눈다.

날아드는 드래곤플라이의 턱에 의식을 집중했다. 물어뜯든 간에 불을 내뿜든 간에, 우선은.

그랬기에 불현듯 파란 불꽃이 쏟아져 나왔을 때도 반사적으로 늦지 않게 회피할 수 있었다.

"으앗, 아차차……?!"

얼굴을 뒤로 쭉 젖힌다. 코끝을 스쳤다. 이마와 앞머리에 열기가 느껴지고 불길한 냄새가 떠다닌다.

그대로 뒤로 굴러서 쓰러진 라라자는 마구 소리를 지르며 옆쪽으로 다시 굴렀다.

왜냐하면 머리 위에서 내리쏟아지는 화살 비처럼 드래곤플라이 떼가 잔뜩 날아들었으니까.

소리를 내며 돌바닥에 어금니를 박아 넣는 저 매서운 기세 앞에서 라라자의 수비 따위야 무의미할 것이다.

간발의 차이로 건진 목숨이다. 다만 묘실의 넓이는 유한하니, 일어설 틈이 없다면 결과는 마찬가지겠다.

"arf!!"

물론 그 또한 라라자가 혼자였을 경우이고.

귀 따갑게 들러붙는 잠자리를 베어 넘기며 가비지가 들이닥친 것이다.

그저 완력으로— 아니, 쇳덩이의 질량에 몸을 맡기고 춤추듯이 가비지의 칼날이 공기를 벤다.

한 차례 회전하며 더욱 기세를 실은 칼날이 잠자리의 외피를 찢듯 양단.

"미안, 고맙다!"

"yap!!"

후득후득, 지저분한 체액이 날갯질에 흩날리면서 내리쏟아짐에도 아랑곳않고 가비지는 부르짖었다.

아마도 대답은 아니었을 것이다. 시선은 이미 다음 사냥감에게 향하고 있다.

그러니 감사의 말은 라라자 본인의 문제였다. 말을 해야만 직성이 풀린다.

바닥에 손을 짚고 용수철처럼 벌떡 일어났다. 단검을 한 손에 들고 일단은 몸을 지켜야—.

"으, 앗!!?!"

생각을 마칠 겨를도 없이 라라자의 시야는 강렬한 백광에 온통 뒤덮였다.

급하게 얼굴을 가릴 수밖에 없었지만, 바로 옆에서 가비지도 비명을 지르고 있다.

맹렬한 악취와 열기와 찌릿찌릿 살갗이 타들어 가는 것 같은 아픔. 그게 전부다.

가스 드래곤이 토한 숨결이라는 것은 보지 않아도 알 것 같다.

그럼에도 라라자가 팔의 빈틈으로 내다보고자 한 까닭은 오로지 궁금했기 때문이다.

저 남자— 이알마스는 어떻게 싸우고 있는 것인지.

§

아니나 다를까, 이알마스는 살아있었다. 가스 드래곤의 거구를 앞에 두고 천천히 카타나를 내려뜨리며.

—글쎄, 「간다」라고 말은 했다만.

어떻게 공격해야 할지, 천천히 생각을 정리하면서.

"GAAAOOWW!!!!"

휘둘러지는 발톱, 들이닥치는 어금니. 이알마스는 그것들을 능숙하게 피하며 간격을 유지한다.

지상에서는 전설의 괴물로 간주되는 드래곤일지라도 《미궁》 안에서는 처지가 달라진다.

이알마스는 그 사실을 잘 기억하고 있었다. 언제 어디에서 알게 되었는지는 잊어버렸다.

그렇다. 녹색 비늘의 용 따위, 《미궁》에서는 기껏해야 중간 미만의 약한 적이다.

별것도 아닌 녀석에게 자꾸 집중력을 갉아 먹히는 것은 별로 달갑지 않다.

하물며 다른 두 명은 이알마스와 비교해서 역량[레벨]도 낮지 않은가.

《미궁》의 미공략 영역에서 하는 모험은 두 사람에게 경험이 될 터이나 그것은 나중에 차분하게 반추한 다음의 이야기다.

즉, 살아서 — 시체가 되어서라도 누군가 한 사람이 — 지상으로 복귀하지 못한다면 아무 의미도 없다.

이알마스는 느슨하게 오른손으로 잡은 카타나를 내려뜨린 채 왼손으로 주인(呪印)을 맺었다.

고려할 수 있는 선택지는 단 하나, 주문이다.

한 수, 한 수의 사이마다 시간이 무한하게 연장되어 가는 감각 속에서 머릿속 주문서를 펼친다.

—《할리토[작은 불꽃]》는, 논외다.

아무리 가스 드래곤이 대단한 강적이 아닐지언정 **최약**의 술법은 통하지 않으리라.

《마할리토[큰 불꽃]》로도 어림없다.

《라할리토[불꽃 폭풍]》라면, 어쩌면—. 다만, 확실성은 없다.

《코르츠[장벽]》나 《바코르츠[주문 봉인]》로 놈의 숨결에 맞서 더 단단한 수비력을 갖추는 방법도 있다만…….

—오래 상대해줄 만한 이유도 없다.

"이번에는 수수하게 해치워볼까……."

이알마스의 혼잣말을 알아듣지는 못했겠지만, 가스 드래곤이 포효를 내질렀다.

다만 이 《미궁》에서 용의 포효(드래곤 로어)에 겁먹는 모험가는 한 명도 없다.

가스 드래곤이 우렁차게 외치는 동시에 내리 휘두른 발톱.

강철조차 베어 가르는 예리함에 정면으로 맞서는 어리석은 실수를 범할 리 없다.

오른쪽 어깨에 짊어지듯 들어올린 카타나의 칼날로 흘려 넘기면서 드래곤의 품으로 파고든다.

용의 턱이 벌어졌다.

날카로운 송곳니. 오장육부에서 흘러넘치는 유황의 악취. 목구멍 안쪽에서 하얘지는 빛.

이알마스는 모든 것을 인식한 채 바짝 다가든 죽음의 기운을 받아들인다.

용도 역시 이알마스를 보고 있었다. 형형히 불타오르는 눈동자가 크게 휘둘러 올린 날카로운 칼날을 포착하고 있었다.

이알마스는 살짝 입가에 미소를 띤다.

"후—."

이알마스의 입에서 진실된 힘을 발휘하는 말이 용솟음쳤다.

말은 백열된 빛이 되어서 위세를 부리며 소용돌이쳤고, 번개가 곧 주인에게 모여들었다.

"《제아리프 라이카프(신의 벼락이 깃든 주먹이여)》!!"

이알마스는 뇌전이 용솟음치는 왼 주먹을 가스 드래곤의 턱에 때려 박았다.

"GOOROGGGG?!"

굉음과 함께 용의 머리가 치켜 올라간 것은 물론 이알마스의 완력이 만든 결과가 아니다.

《츠자리크(신권)》. 마술사가 구사할 수 있는 얼마 없는 신의 이름을 빌려 쓴 주문.

그 일격은 신위를 쏟아내면서 가스 드래곤의 전신을 뇌정벽력으로 관통했고, 또한 불살랐다.

대기를 비등시키는 용조차 멸하는 위력은 그야말로 절대적—신화 서사시에 묘사될 만한 수준의 술법이다.

이곳《미궁》에서는 제4계위, 중간쯤 되는 주문에 불과하다만—.

—게다가 꼭 접촉이 필요한 터라 제대로 된 마술사는 별로 쓰려고 들지 않기도 하고.

전신이 반쯤 탄화된 용이 탄내 나는 연기를 내며 허물어진다.

묘실을 뒤흔드는 땅울림도 멍하니 이쪽을 보는 라라자도 무시한 채 중얼거렸다.

"자……."

그 시선의 저편에는— 묘실 귀퉁이에 놓인 피에 젖은 보물상자가 하나.

§

"끄, 끝난 건가……?"

흠눈치를 살피며 기어 온 라라자에게 이알마스는 답했다.

"아니, 아직이다."

"arf!"

가비지가 한 번 우짖고.

소녀는 쫑쫑거리며 보물상자에 가까이 걸어가서 자신이 찾아낸 양 콧소리를 내고 가슴을 쭉 젖힌다.

"yelp! yelp!"

"건드리지 마라."

안절부절못하고 조바심 가득한 모습으로 떠들어 대는 소녀에게 이알마스는 무척 익숙하다는 듯이 한마디로 못을 박는다.

그러자 가비지가 (불만스럽게나마) 얌전해졌다. 그래봤자 이유를 이해했기 때문은 아니다.

그저 단순하게 하지 말라는 지시에 따라 기다리고 있는 것에 불과할 테지.

라라자가 두 사람을 멍하니 바라보고 있던 때, 이알마스가 도저히 믿기지 않는 말을 꺼냈다.

"왜 가만히 있지? 네가 할 일이잖나?"

"……뭐?"

눈을 몇 차례 끔뻑거린다. 상황과 말과, 자신이 간과한 것이 있었는지 생각한다.

딱히 짚이는 것은 없었다. 모르는 것은 잔뜩 넘쳐났지만.

"이런 때…… 보물상자를 말이냐."

“말뜻을 알 수가 없군.”

확인하고자 물은 질문에 돌아온 것은 라라자 자신이 말하고 싶은 대사였다.

이알마스는 보물상자의 옆에 느긋하게 선 채로 계속해서 말했다.

“파티에 도적이 있는데 왜 굳이 보물상자를 무시해야 하나?”

라라자는 차마 대꾸를 하지 못했다.

마치 배가 고픈데 왜 식사를 하지 않느냐고 묻는 기색이었다.

이알마스가 그것을 당연한 상식으로 인식하고 있음을 깨달았기 때문이다.

라라자가 보물상자를 개봉하지 않는 상황은 전혀 안중에도 없는 것이다, 이 남자는.

“내, 내가?”

라라자의 머릿속에서 온갖 말들이 휘돌다가 목에서 쥐어짜낸 듯한 목소리가 나왔다.

“함정을 작동시켜서 전멸한다거나, 불안하지도 않냐…….”

결국 말을 이룬 것은 자신의 실력에 대한 불신이다.

이알마스의 답은 요동을 치는 라라자의 심정과 대조적으로 반듯하게 흔들리지 않는다.

“독침이나 마비독에 당할 사람은 너이고 폭탄이 터지더라도, 뭐, 나는 안 죽을 거다.”

그리고 자신이 죽지 않는다면 시체를 어떻게든 사원에 가져다주고 소생도 시킬 수 있다.

이알마스는 그렇게 말했다. 라라자가 눈만 자꾸 끔뻑거리고, 가비지는 살짝 하품을 했다.

이곳《미궁》에서 죽음은 끝이 아니다.

라라자 또한 잘 알고 있었다. 분명하게 알고 있었다. 하지만—.

—그것을 당연하게 받아들일 수 있냐고 묻는다면…….

자신감이 생기지 않는다. 아니, 애초에 이 남자는 받아들인다는 생각이 딱히 없어 보였다.

받아들인다는 것은 판이한 상식을 겨우겨우 허용한다는 의미다.

반면에 이알마스라는 남자의 행동거지는, 그렇다, 마치《미궁》의 괴물과 같다.

숨 쉬는 것과 마찬가지로 이 남자에게는《미궁》에서 요구되는 처신이 깊이 스며들어 있다.

—정말로…….

이 녀석은 나와 같은 생물이 맞나?

"……그래, 알겠어. 기대는 하지 마라."

"안심해라. 나온 물건이 싸든 비싸든 도시로 복귀한 뒤 감정을 받아봐야 알 수 있으니."

—그런 의미로 한 말이 아니었다만.

라라자에게는 이렇다 할 선택지가 있는 듯하면서 없었다.

그 사실을 깨닫고 소년의 입가가 야유하듯이 — 자조인지 공포인지는 본인도 알지 못한다 — 실룩거린다.

—평소와 마찬가지 아닌가.

허리에서 수제 도구, 클랜 녀석들의 눈을 피해서 장만했던 조잡한 자물쇠 따기용 철사를 준비한다.

눈앞에는 소리도 없고 몸을 움직여 저항하지도 않으며 가만히 자리하고 있는 보물상자가 하나.

"……후, 유."

먼저 심호흡을 하고 오른손에 나이프를 쥐었다. 그것으로 보물상자의 주위를 할퀴듯이 휘두른다.

손에 반응은— 없음.

—바깥 주변은 문제없군…….

그다음 라라자는 보물상자 앞쪽에 쭈그리고 앉아 도구들 중 유난히 얄팍한 것을 꺼내 들었다.

줄갈과 비슷하게 생긴 도구를 보물상자의 뚜껑 빈틈으로 쓱 집어넣어서 신중하게 한 바퀴.

뚜껑과 상자를 연결하는 끈 따위가 있다면 이렇게 판별이 된다.

뚜껑을 연 순간에 약병의 덮개가 빠진다든가 쇠뇌의 방아쇠가 당겨져 작동하는 부류의 사고는 없을 듯싶다.

"제법 숙달된 솜씨구나."

이알마스가 말했다. 라라자는 얼굴을 찌푸렸다.

"……비꼬는 거냐."

"본 대로 말하는 소감이다. 역량에 비해 꽤 숙달됐어."

라라자는 대답하지 않았다.

라라자에게 스승다운 스승은 없다.

도적이라는 직업도 몸이 가벼워서, 체구가 작아서라는 뻔한 이유로 떠맡은 역할(클래스)이며—.

—결국은 그냥 방패다.

함정의 해제 따위 요구받지도 못했다. 피해를 대신 뒤집어써라, 방패가 되어라, 그게 전부였다.

자신과 비슷비슷하게 분명 대단한 인물이 될 수 있다고 근거 없는 기대감을 품고 《미궁》에 온 다른 녀석들도 있었다.

결국은 클랜 녀석들에게 붙잡혀 칼받이 신세가 되었다만…….

그 녀석들은 순서대로 죽음을 맞이했다.

폭탄에 싹 날아가거나 독침 및 마비독에 당한 채 묘실에 방치되거나 해서.

라라자는 속절없이 순서를 기다리는 처지였을지언정 그들의 최후를 눈 부릅뜨고 지켜봐왔다.

글자 그대로 목숨을 걸고.

동료 — 클랜 녀석들을 가리키는 말이 아니다 — 동료가 어떻게 죽어갔는지.

어떤 함정에서 무엇을 실수해서 어떻게 죽었는지를 가능한 한 새겨 두고자 했다.

보물상자의 바깥 주위에 설치된 바늘. 뚜껑과 상자의 사이에 쳐 놓은 실.

열쇠 구멍을 미련하게 눈으로 곧장 들여다봤다가는 쇠뇌에 머리를 꿰뚫려 죽는다는 것도 가까운 곳에서 보고 학습했다.

몸집이 작은 레아 소녀였다. 돈을 벌어서 고향에 있는 부모에게 보내준다고 말을 했었다.

클랜에 붙들린 처지에서도 언제나 명랑했고 곧잘 노래를 불러 주었다. 목소리가 예쁘다고 생각했다.

최후에 들은 것은『어훕?!』이라는 탁한 목소리였다.

이마에 화살이 꽂혀 쓰러지고 경련하면서 소녀는 순식간에 걸쭉하게 탁해진 눈동자로 이쪽을 보고 있었다.

그러나 곧 머리를 장화에 걷어차여서 마치 공처럼 묘실 한구석으로 굴러갔다.

놈들은 껄껄 웃더니 소녀의 소지품을 모조리 뒤져 챙기고 라라자를 향해 이렇게 말했다.

『다음은 네 차례다.』

그것이 얼마나 경험이 되었을지는 알 수 없겠다.

단 하나 확실한 것은 지금 이때까지 라라자는 어떻게든 살아서 버텼다는 사실뿐이다.

또한 소녀의 시체는 묘실에 여전히 방치되어 있다는 사실뿐이다.

"……좋, 아……."

보물상자의 주변 조사를 쭉 진행한 뒤에 뚜껑과 상자를 또 조사해서 딱히 함정은 없다는 것을 알아냈다.

다만 방심은 할 수 없겠다. 드디어 열쇠 구멍에 손을 가져간다. 라라자는 이마의 땀을 훔치고 작업에 착수했다.

"whine……."

뒤쪽에서 가비지가 지루하다는 듯이 낸 소리가 들렸다. 손끝과 의식을 떼어낸다.

딱히 집중을 안 하는 것은 아니다. 라라자는 이렇듯 자물쇠를 탐침으로 찌르는 작업을 좋아했다.

눈앞에 있는 기관은 움직이려고 하면 생각대로 움직여준다. 뻔한 방식의 단순한 구조.

그것을 조작하여 차차 해제하는 과정은— 뭐라고 할까, 쓸데없는 생각을 안 해도 된다.

지금 처한 상황도, 예전에 죽은 어떤 소녀도, 살해당한 동료들도, 죽인 남자도, 의뢰인도.

짤랑짤랑 소리와 함께 신중하게 손을 움직이면서 라라자의 입이 열리고 불쑥 말이 새어 나왔다.

"이봐."

"그래."

대답은 별로 기대하지 않았지만 이알마스는 성실하게 대답해주었다.

성실하다는 말에 떠올랐는데 이 남자는 개봉 작업을 하는 와중에도 딱히 멀리 떨어지려는 기색도 없다.

라라자가 보물상자와 마주하고 있는 동안에도 옆에서 대기하는 중이다. 가비지 또한.

파티는 본래 이렇게 행동하는 것일까.

파티. 이 녀석들과? 전혀 영문도 모른 채 사고로 셋이 모이게 되었을 뿐인 자신들이?

조금이나마 유쾌해졌다. 라라자는 잠시 생각하다가 말을 이었다.

"지상의 땅이 평평하고 사방의 가장자리는 천 길 낭떠러지, 그 너머에 가보고 싶다고 하면……. 넌 웃을 거냐?"

"모험의 목적은 사람마다 다르지 않나."

라라자는 기관을 하나 해제하면서 이어질 말을 기다렸다.

이 남자는, 모험가다.

무슨 말인지 정의도 잘 모르겠다. 다만 클랜의 녀석들과는 달랐다. 그건 분명했다.

모험가의 답을 들어보고 싶었다.

"돈, 무력. 군주의 성의, 요도, 정체불명의 무기를 갖고 싶다……. 그런 녀석도 있었지."

더듬더듬하는 이알마스의 말이 묘실에 떨어져 간다.

《미궁》은 몹시 고요했다.

라라자가 움직이는 탐침 소리와 가비지가 내는 콧소리.

그리고 이알마스의 느긋한 말뿐.

"중요한 것은 《미궁》에 가는가 가지 않는가, 모험을 하는가 하지 않는가. 그게 전부일 테지."

"……모험을 하는 척 신입을 칼받이로 쓰는 패거리여도 말이냐?"

"생각도 해본 적 없군."

무척이나 시원스럽게 나온 답이었다.

"나는, 나의 모험으로도 벅차니까."

"너의 모험……."

탐침에 희미하게 반응이 느껴졌다. 침을 튕긴다. 기관이 맞물린다.

신중하게 하나씩 수순에 따라 진행했다.

이알마스가 금화를 던졌다가 실을 잡아당기는 것과 별 차이 없다. 안전을 확인하며 앞으로 나아간다.

"너한테도 목적이 있는 건가?"

"있지."

이알마스는 웃었다.

"말해도 믿지 않겠지만."

라라자는 더 자세히 묻기 위해서 입을 열었다. 그 순간 철커덕 하고 소리를 내며 뚜껑이 떨어졌다.

보물상자를 개봉하는 데 성공한 것이다.

"Bow!!"

"으, 오……?!"

가비지가 라라자를 밀어젖히는 기세로 보물상자에 달려들어서 안을 들여다보더니 한 차례 우짖었다.

상자 안쪽을 제대로 보지도 못한 라라자는 화낼 여유도 없었기에 기진맥진한 채 숨을 내뱉는다.

문득 이마에 손을 가져다 댔는데 몹시 땀이 배어나 있었다.

"훌륭하다."

"……너한테 칭찬받아도 기쁘지 않아."

이알마스의 말에 라라자는 퉁명스럽게 대답했다.

다만 라라자의 가슴에는 분명한 만족감이— 달성감이 있었다.

자신의 역할, 자신의 싸움에서 끝내 이겨냈다는 뿌듯한 감개가 느껴졌다.

물론 그런 마음도 지상으로 복귀하는 도중 대여섯 개의 상자를 개봉하는 동안에 시들어버렸다만.

§

세계가 금색으로 빛나 보였다.

비유가 아니다.

지평선에 살짝만 걸친 태양에서 쏟아지는 햇살은 모든 풍경을 아름답게 물들여준다.

《미궁》과 주변의 이어지는 거리가 마치 순금의 궁궐인 양 엷은 색채로 번져 보인다.

라라자는 저것이 일몰인지 일출인지 순간적으로 분간이 되지 않아서 무심코 멈춰 섰다.

다만, 곧 일몰임을 알 수 있었다. 태양이 가라앉는 곳은 서쪽이며 떠오르는 곳은 동쪽이니까.

다만 지금이 **언제**의 저녁인지는 알 수 없겠다.

진입한 당일인가, 다음 날인가, 사흘 후, 1주일, 1개월, 1년……. 40년이거나 몇백 년일지도.

《미궁》과 지상은 시간의 흐름마저도 일정하지 않으니까.

"살아서, 돌아왔구나……."

"……arf."

달성감도 흥분도 먼 옛날에 사라졌다. 지금 아른거리는 것은 단지 진흙과 같은 피로감뿐이다.

더 이상 목숨을 위협받을 우려는 — 적어도 괴물과 함정으로부터는 — 없다.

그 하나만으로도 라라자는 충분하고도 넘치도록 기꺼운 심정이었다.

물론 가비지가 이렇게 지친 이유는 그저 단순히 너무 들떠서 나다녔기 때문이었겠지만.

"아직 끝나지 않았다."

그리고 무엇 하나도 태도에 달라짐이 없는 남자가 변함없는 말투로 라라자의 등을 찔렀다.

"주점에서 적당한 사제(비숍)를 붙잡아 감정부터 받아야 돈이 되니까."

"주점……?"

"무기 상점에 맡기면 바가지를 쓸 테니까 말이지."

무엇이 재미있는지 큭큭거리며 이알마스가 웃고 있었다.

등에는 복귀 중 무사히 회수했던 장비를 더해서 더 많이 부풀어 오른 짐을 맸다.

자루의 본래 용도가 시체 자루라는 것을 깨달았으나 라라자는 굳이 언급할 기력이 없었다.

자루 가득히 욱여넣은 재화의 무게는 망자의 손톱처럼 어깨와 등을 파먹고 있었다.

이 무게로부터 벗어나기 위해서라도 지금은 한시라도 빨리 숙소에서— 마구간에서 잠들고 싶은 심정이었다.

설마 짚무더기의 감촉이 이렇게나 사랑스러우며 또한 그리워지는 날이 올 줄이야!

—하지만…….

아무리 마구간의 숙박비가 무료일지언정 식사를 하는 데는 돈이 필요했다.

그리고 라라자의 주머니에는 이미 돈이 없었다. 지금 주점에 가지 않으면 내일도 줄곧 배를 곯아야 한다.

"……가야지. 가면 되잖아?"

선택의 여지는 없다. 라라자가 어쩔 수 없이 결단을 내렸을 때—.

"오, 뭔가. 돈벌이를 못 했나?"

《미궁》과 어울리지 않는 쾌활한 목소리가 등을 두드리는 것처럼 불쑥 날아들었다.

깜짝 놀란 라라자가 반사적으로 고개 돌리니 그곳에는 여섯 명…… 다섯 명과 한 구로 이루어진 파티가 있었다.

선두에 선 용 머리 투구를 쓴 전사는 어깨에 큼지막한 자루를—시체 자루를 짊어지고 있었다.

"시체가 아니라 산 녀석을 데리고 돌아오다니, 많이 아쉬웠겠어."

"너를 본받고 싶군."

이알마스가 말했다.

"죽은 건 호크인가?"

"그 바보는 죽이고 싶어도 안 죽어."

대답한 자는 전사의 뒤쪽에서 기다리고 있던 엘프 여성이었다.

승복 차림임을 보고 알았다. 용 머리 투구의 전사. 엘프 여승려. 게다가—.

"독침으로 판단하고 도적이 보물상자를 열었는데 실은 폭탄이더라고. 아이고, 아이고."

"가끔 호크윈드가 아닌 녀석과 파티를 짜면 이렇게 되니 난감하지."

"후배가 훈련을 시켜달라고 부탁해서 말이야. 이래서는 뭐, 아니, 면목이 없어."

차례차례 대화에 끼어드는 드워프 고승, 인간 마술사, 레아 도적.

결정적이었던 호크윈드라는 이름이었다.

《스케일》에서 명색이 도적임을 자처하는 인물이라면 한 번은 들어본 적이 있었을 이름.

라라자도 간신히 주워들은 정도일지언정 어쨌거나 알기는 했다. 저 사람들은—.

—세즈말의 파티……?!

"아, 아는 사이였던 거냐……?!"

소곤소곤 말을 건넸으나 당연히 가비지는 별 흥미를 보이지 않고 우짖을 뿐.

물을 상대를 잘못 골랐다.

그러나 라라자에게는 일류 모험가들과 태연하게 대화 나누는 틈에 끼어들 용기가 없었다.

가만히 서 있는 두 사람을 여성 엘프— 사라가 고양이처럼 배시시 웃는 얼굴로 바라본다.

"이알마스, 아이네한테 다 들었어. 드디어 파티를 짜서 탐색을 다닌다더라?"

사라가 호기심으로 눈을 반짝거리며 다가온다. 흔들거리는 버들잎 같은 귀가 증거였다.

"저 아이들, 맞지? 아이네는 여자아이랬는데 남자애도 같이 있었구나."

"아……."

이알마스는 대답할 말을 찾기 어려웠는지 하늘만 올려다봤다.

마치 백 마디의 말을 찾는 것처럼 시선이 이리저리 방황하다가 결국 세즈말에게 가서 멈춘다.

투구는 무정하게도 좌우로 흔들렸다. 용의 머리가 따라서 같이 움직인다.

"나도 사정은 잘 모르잖나. 못 들어줄 부탁이야."

"하기야."

한숨을 쉰 이알마스는 자신이 회수해서 가져온 짐을 등에 고쳐서 메더니 다시 한번 숨을 내뱉었다.

"술을 살 테니 좀 거들어주겠나."

"기꺼이 도와주지."

세즈말은 — 투구에 가려졌으나 아마도, 분명 — 만면에 미소 짓고 있으리라.

다만 불쾌한 느낌을 받지 않는 까닭은 아마도 이 사내의 인덕 덕분일까.

곧장 나머지 동료들에게 「한잔 마시러 가지!」라고 외쳐서 모두 신바람을 내는 모습을 곁눈질한 뒤 이알마스에게 다시 묻는다.

“그래, 실제로 어떤가. 나도 흥미는 갖고 있네만.”

“글쎄.”

이알마스는 팔짱을 낀다. 라라자는 저도 모르게 침을 삼켰다. 대답을 기다린다.

“소질은 좋다. 다만 경험은 부족하지.”

“그런가, 그렇군!”

그 말을 듣고 세즈말은 더더욱 기분이 좋아졌나 보다. 싱글벙글 웃으며 라라자의 등을 두드렸다.

“으엇?!”

장갑이 닿은 충격에 놀라며 고꾸라졌다.

“잘됐구나, 소년. 그리고 가비지 양. 이 녀석, 자기 딴에는 칭찬으로 한 말이다.”

세즈말은 비틀거리는 라라자를 놔둔 채 가비지의 머리를 쓰다듬기 시작했다.

“yelp! yelp!”

개와 비슷한 곱슬머리가 마구 흐트러지니 소녀가 항의해도 무시한다.

이윽고 항의가 무의미함을 깨달았는지 얌전해진 소녀는 본체만체하고 이알마스는 어깨를 으쓱거렸다.

"무슨 뜻으로 한 말이지."

"뭐, 오늘의 술안주일세. 아무튼, 어서 출발하지! 모험을 끝낸 뒤 마시는 술은 맛있다네!"

"어, 아, 잠깐……?!"

그야 방금 전 나눈 이야기의 흐름상 갈 생각이기는 했지만.

라라자는 발언할 기회도 허락받지 못한 채 세즈말에게 끌려가며 또 비틀거렸다.

팔을 붙잡는 장갑의 굳센 악력은 아픔은 없는데도 마치 철제 수갑처럼 꿈쩍도 하지 않는다.

그뿐 아니라 주위에는 유명(올스타즈) 모험가들이 모여 있었는데 놓아줄 낌새도 전혀 없었다.

"이, 이봐, 잠깐……!"

마치 연행당하는 죄수와 같은 모양새인지라 라라자는 도움을 청하고자 흑의를 입은 남자를 쳐다봤다.

목이 꽉 막힌다. 아마도 처음으로 토해내는 말이었던 것 같다.

"이알마스…… 가비지!!"

대답은 있었다. 몹시도 맑고 투명해서 샘물과 같이 푸르른 눈동자가 라라자를 빤히 쳐다보고 있었다.

"Bow!"

그 소리는 인사였을까, 격려였을까, 체념의 말이었을까, 아무 의미도 없었을까.

가비지는 한 차례 우짖고 쫑쫑거리며 주인을 쫓아가는 강아지처럼 이알마스의 뒤에 붙는다.

이알마스는 어깨를 으쓱거리더니 느긋하게 걸음을 옮길 뿐이다.

전혀 도와주려는 분위기가 아니다.

—뭐, 됐어.

라라자는 가만히 생각했다. 나쁜 기분은 들지 않았다. 예전 클랜에 있을 때보다는 훨씬, 까마득하게.

"잘 기억해놔라!"

소리 지르고 웃고 한마디를 덧붙이기로 했다.

"나는 라라자다!!"

결국 주점에서 고승— 터크 선사에게 쭉 감정을 받았건마는 보물상자의 내용물은 푼돈이나 받을 싸구려만 잔뜩이었다.

다만, 이때의 푼돈에는 《미궁》의 수확물치고라는 전제가 붙는다.

외지로 갖고 나가면 평생은 아니더라도 수십 년은 놀고먹을 수 있는 큰 재산이 되어줄 테지.

이알마스는 약속한 대로 터크 선사에게 수수료를 지불한 뒤 공평하게 돈을 분배했다.

하지만— 라라자는 돈이 생겼는데도 도시를 떠나자는 생각은 들지 않았다.

소년이 생각한 것은 《미궁》 탐색, 이알마스라는 인물, 가비지의 행태, 동료의 추억, 의뢰인의 정체다.

이어서 다음에는 더욱 잘 해낼 수 있다고 결론 내린 뒤 만족한 소년은 마구간의 짚더미에 몸을 맡기기로 했다.

적어도— 당분간은.

제 3 장
스케일

"기뻐 보이는군."

"그렇게 보이나요?"

실제로 아이네는 이알마스의 물음에 은근히 들뜬 목소리로 답했다.

그날의 사원, 오후에 접어들었을 때였다.

납색의 구름, 그 틈을 지나서 내리쏟아지는 햇살은 따뜻하고 포근하다.

게다가 아름다운 은발의 엘프, 시스터 아이닛키와 대화를 나눌 수 있다면 부러워하는 남자도 많을 것이다.

적어도 장소가 영안실— 모험가들의 시체를 보관하는 곳만 아니었더라면.

"기분이 좋아 보이기는 하군."

이알마스는 이유를 전혀 알 수 없었다. 딱히 알아주기를 기대하지도 않았지만.

—기분이 좋다면 좋아서겠지.

별반 흥미도 없이 이알마스는 가만히 받아들이는 남자였다.

어쨌든 자기 자신의 감정 제어조차 어려운 처지였다. 알아서 해석해준다면 더할 나위 없다.

"네."

그런 무관심함에 아이네는 특별히 불편한 마음을 느끼지도 않으며 대답했다.

"당신에게 동료가 생기는 날이 올 줄은 꿈에도 생각하지 못했으니까요.”

“동료?”

고개를 갸웃거리고 바라보는 시선 너머에는 바닥에 쭈그리고 앉은 소녀가 있었다.

“woof!”

어쩐지 원망스럽다는 듯이 신음한다.

“동료…….”

조용히 중얼거리고 바라보는 시선 너머에서는 라라자가 푸념을 늘어놓으며 전사자의 유품을 뒤지고 있다.

이알마스는 숨을 내쉬었다.

“딱히 그런 생각은 아니었다만.”

“당신의 주관이 아니라 제 주관이니까요.”

“흠.”

요컨대 객관적인 시점이라는 말인가. 이알마스는 굳이 부정하지 않고 중얼거렸다.

뭐, 확실히 어디까지 동행할지는 별개로 쳐도 함께 《미궁》에 가는 관계임은 틀림없군…….

“그럼 이것저것 준비를 갖춰야겠군.”

“좋아요, 기꺼이 따라가드리죠.”

“음?”

혼잣말처럼 중얼거린 말에 아이네가 대답했다.

의도를 이해하지 못한 이알마스에게 아이네는 손가락을 세우며 말했다.

"장비 구입이죠? 맞아요?"

"뭐, 그렇다."

이알마스는 고분고분 인정했다. 부정할 필요는 없다.

"그럼 물어볼게요."

시스터 아이닛키는 여전히 웃는 얼굴로 말을 이었다.

"무엇이 필요하신가요?"

"그야—."

이알마스는 새삼스럽게 가비지와 라라자를 봤다.

쭈글쭈글한 빨간 머리. 삐쩍 마른 몸. 투박한 목걸이. 누더기와 다를 바 없는 의복. 널찍한 칼.

덥수룩한 까만 머리. 꾀죄죄한 몸. 고물과 다를 바 없는 갑옷에 무기라고 불러줄 수 없는 단검.

쭉 살펴본 뒤에 이알마스는 중얼거렸다.

"무기와 방어구. 그리고 약과 두루마리군."

가게에서 파는 물건의 품질이야 뻔하다지만 구색은 갖춰야 한다.

투구, 둥근 방패. 갑옷도 사슬 갑옷이나 가슴 보호대. 구리를 쓴 손목 보호대는 가게에서 파는 물건이 있었던가.

약과 두루마리도 대단한 것은 취급하고 있지 않겠지만, 주문 사용자가 적은 파티에서는 귀중하게 쓰인다.

게다가 이알마스 본인이 회복 술법을 하나도 습득하지 못한 처지이니까.

물론 최대의 문제는 기부금을 외상으로 해주고 있는 이 수녀가 추가 지출을 과연 허락해주느냐에 달려 있다만.

"기막혀라……."

시스터 아이넛키는 언젠가 했던 똑같은 말을 이번에는 웃으며 입에 담았다.

"그런 생각이나 할 줄 알았어요."

"역시 안 되겠나."

"네, 절대 안 되는 건 아닌데 많이 어려워요."

끄떡 고개를 움직인 아이네는 「여러분」 하고 소년과 소녀를 불러들였다.

"yap!"

가장 먼저 가비지가 한 차례 우짖더니 뛰어와서 아이네― 혹은 이알마스가 있는 곳으로 날아왔다.

아이네가 가느다란 손을 뻗어서 빨간 머리를 쓰다듬자 소녀는 기분 좋게 눈을 감는다.

그 뒤를 따라온 라라자는 발걸음이 몹시 무거웠다.

"……기운이 빠지는군……."

라라자는 쇳소리를 동반하며 커다랗게 부풀어 오른 큼지막한 자루를 바닥에 던졌다.

그것들 전부가 이미 사라져버린(로스트된) 모험가의 장비품이다.

오랜 시간 《미궁》에서 방치된 시체는 상태와 관계없이 다시 일어서고자 하는 의지를 잃는다.

혹은 아무도 소생시키러 와주지 않을 것이라고 판단되어 매장이 결정된 자들.

혼의 소실. 등록의 말소. 재로 바뀔 기회조차 없이 사라져버렸다는(로스트되었다는) 것.

그 사실을 알았을 때 라라자는 기묘하게도 몹시 조바심을 느꼈었지만— 어쨌든 지금은 옛날이야기다.

지쳐버리면 번민에 시달릴 여유조차 사라지는 법이다.

발단은 시체를 짊어지고 사원에 복귀한 이들 세 사람에게 아이네가 미소 지으며 건넨 말이었다.

『더 이상 인수자를 기대할 수 없는 분들의 유품을 정리하고 처분하려는데요, 잠시 도와주실 수 있으실까요?』

수수료는 잘 쳐서 챙겨드릴게요, 라는 말에 「진짜?!」라며 만면에 희색이 돌아 수락했던 것이 라라자의 실수다.

노동에 대가가 따라오는 것은 당연하다. 즉, 대가에 비례하여 노동도 더욱 힘들어진다.

일단 단순하게 시체의 수가 많았다. 게다가 모두 하나같이 전사한 자들의 시체다.

장비를 해제한다는 게 말은 간단한데 뭉개지고 부서지고 찌부러지고 타서 녹아내린 갑옷과 투구를 떼어 내는 것은 중노동이다.

—그나저나, 대체 뭐에 어떻게 죽은 거야……?

상상하자마자 라라자는 갑자기 배 속 깊숙한 곳부터 싸늘해지는 감각에 휩싸였다.

덧붙여서 시체에 파고든 장비들을 억지로 잡아떼는 작업은 손가락이 찌릿찌릿 저릴 지경이었다.

집게와 쇠가위, 쇠망치, 톱과 철제 줄칼 따위를 써봤자 결국은 육체노동이다.

그리고 떼어낸 뒤에 기다리고 있는 것은 분류 작업이다.

쓸만한 물건과 그렇지 않은 물건. 팔릴만한 물건과 그렇지 않은 물건.

그렇다, 팔릴만한 물건이다.

부장품으로서 함께 매장하지 않는다면 장비 대부분은 사원에서 처리하게 된다만—.

—요컨대 사원에서 챙기는 몫이라는 뜻이군.

이알마스는 딱히 탐욕이라는 생각을 하지 않았지만, 욕설을 듣게 되더라도 무리는 아니라는 생각은 가지고 있다.

"꽤 좋은 훈련이 되었잖아요?"

아이네는 웃는 얼굴로 뿌듯하게 말했고, 라라자는 차마 말이 안 나오는 모습으로 신음할 뿐이었다.

가비지와 라라자의 표정을 보고 아이네의 미소는 더욱더 흐뭇한 모양새로 바뀌었다.

"꼭 믿지 못해서는 아닌데, 그냥 맡길 수 없거든요……."

은발 엘프의 아름다운 눈동자가 힐끔 이알마스에게 향한다.

"제가 따라가드릴게요."

§

정확히 말하자면 수수료를 더 쳐줄테니까 무구와 방어구를 매각할 곳까지 옮겨달라는 의뢰였다.

이왕 시작한 일이니 끝을 봐야겠지. 라라자는 등을 파고드는 중량에 이를 악물고 버티며 걸음을 내디뎠다.

"제길……. 진짜 돈 제대로, 줘라……!"

"약속드린 이상은 당연한 대가예요."

오후 무렵의 《스케일》은 몹시 이완되고 나른한 분위기로 가득 차 있었다.

왜냐하면 모험가들은 대부분 아침에는 《미궁》에 가고, 나머지는 휴식 중이니 당연하겠다.

다만 이 도시의 시끌벅적한 활기가 수그러들지는 않았다.

떠들썩한 것은 모험가들 이외의 부류.

모험가가 갖고 귀환한 재보와 모험가가 소비하는 돈에 몰려드는 사람들.

"안 쓰는 무기와 방어구를 거래합니다! 모험가분들은 견적도 무료!"

"귀금속, 장신구를 발견하시거든 저희 가게로 오십쇼! 최고가로 매입해드립니다!"

"오래 놀려면 횃불을 들어드리는 도우미는 어떠신가?! 《미궁》과 달리 어두움 속에서도 안심할 수 있다오!!"

"서방의 포도주! 북방의 벌꿀주! 서방의 각종 미주, 원하시는 대로 다 들여놓았습니다!"

"여신에게 사랑의 지도를 받고 싶은 분, 지금 오시면 당장 준비해드릴 수 있다네!"

"추가로 은화 한 닢이면 양쪽 다 즐길 수 있어요!!"

대로를 다니기만 해도 끊임없이 기운찬 호객꾼의 목소리가 울려 퍼진다.

오후부터 난잡한 말이 마구 오가는데, 이는 모험가들의 한바탕 기분 전환을 위함이다. 당연하다고 말할 수 있겠다.

시스터 아이닛키는 혐오감을 일절 드러내지 않으며 맵시 있는 동작으로 다리를 움직이고 있다.

옆쪽에서 걷는 이알마스에게 수상한 눈빛이 모여드는 까닭도 이때문일까.

아니면 빨간 머리 여자아이와 도적 소년, 그리고 시스터를 대동하고 있는 남자가 이알마스임을 깨닫지 못한 것인가.

혹은— 시스터 아이닛키를 **밤의 꽃** 가운데 한 사람으로 오해했기 때문인가.

—그렇다면 벼락을 맞아도 할 말이 없다.

소문에 따르면 야음을 틈타 묘지 및 신전에서 일을 치르는 그런 여성도 있다는 말은 들린다.

확실히 앞에서 걸어가는 은발 여성은 엘프라는 것을 제외하더라도 아름답고 살집도 잘 붙었다.

라라자가 태어나 자란 시골에서는 도저히 구경도 할 수 없을 여인이다만—.

“무슨 일 있나요?”

“아, 아무것도 아니야…….”

어쨌든 간에 라라자는 열심히 힘껏 화물을 옮길 뿐이다.

“진짜로.”

그렇게 소년은 마음속에 솟아난 떳떳하지 못한 생각을 지워 없애고자 되풀이한다.

“검이라든가, 사주는 거냐?”

“그 부분은 이알마스 님의 관할이지요.”

아이네는 라라자의 속마음을 꿰뚫어 본 것처럼 키득키득 소리를 내서 웃었다.

“전 조금 참견을 할 뿐이랍니다.”

“장비를 잘 갖춰야 좋은 것은 분명하니 말이지.”

멍하니 고개를 끄덕이는 이알마스를 무시한 채 라라자는 생각했다. 대검을 휘두르는 자신을.

물론 라라자는 제대로 된 검술을 모른다.

몽상하는 전투 장면은 쫑쫑거리며 길을 걷는 소녀와 똑같았다.

“arf?”

“아무것도 아니야.”

빙글 고개를 돌린 소녀는 「에이, 뭐야」라고 말하고 싶은 표정을 짓고 또 앞을 쳐다본다.

유흥의 선전 문구를 전혀 이해하지 못하는 소녀는 시끌벅적 떠드는 소리에 얼굴을 찌푸리며 머리를 흔들고 있었다.

다만 한편으로 노점에서 풍겨 나오는 고기구이의 냄새에는 흥미진진하게 코를 실룩거리고 있기도 했다.

"으엑……."

라라자는 얼굴을 찌푸렸다.

"너, 용케 식욕이 생기는구나……."

"yap?"

라라자처럼 가까이 붙어 작업하지는 않았어도 그렇게나 많은 시체를 목격한 참이잖은가.

어리둥절하는 가비지는 전혀 힘들어하는 기색이 없었다.

당장이라도 냄새를 좇아 뛰어갈 것 같은 소녀의 빨간 머리가 투박한 검은색 장갑에 덥석 붙들렸다.

"식사는 나중이다."

"woof……."

아주 불만이 많은 목소리로 신음하면서도 가비지는 더 이상은 보채지 않았다.

거역하지 않고 고분고분 뒤를 쫓아가는 광경을 보면 잘 다루는 것 같기는 한데…….

—저 둘의 관계도 잘 모르겠단 말이지.

다만 의문을 느끼면서 라라자도 등에 멘 짐을 다시 고쳐 메고는 불평 한마디 없이 모두의 뒤를 쫓아간다.

이런 정도의 잡일은 예전 클랜에 있던 시절을 떠올리면 아무것도 아니니까.

게다가 전부 끝내면 보수와 장비라는 정당한 대가도 손에 들어오니까—.

—반항하는 게 멍청한 짓이다……!

이미 몇 차례 《미궁》에서 귀환하며 경험을 쌓은 라라자는 과연 깨달았을까.

평범한 사람이라면 도저히 옮길 수 없는 중량의 장비를 짊어졌는데 줄곧 한 발짝도 다리가 흔들리지 않는다는 것을.

무게는 비록 어깨에 파고들지언정 다른 피로감은 느끼지 않는다는 것을.

하지만— 설령 깨달았더라도 라라자는 고작 신체의 상태 때문에 넋이 나가지는 않았을 것이다.

소년의 시선은 똑바로 앞을, 단 하나의 물건을 주시하고 있었다.

쫑쫑거리며 느긋하게 길을 걷는 가비지. 저 녀석의 등에서 흔들리는— 거대한 쇳덩이, 널찍한 검 하나만을.

따라서 소년의 변화를 인지한 아이네가 「어머나」라며 미소 지어도 개의치 않는다.

라라자는 단지 묵묵히 집중하며 걸음을 옮길 뿐이었다.

§

이윽고 큰길을 벗어나서 간판 하나를 앞에 두고 이알마스는 멈춰 섰다.

"……어머."

시스터 아이닛키가 눈을 반짝이고, 가비지가 살짝 소리를 내며 고개를 갸웃거린다.

"여기냐?"

라라자는 등에 짊어진 화물을 고쳐 메고는 간판을 올려다봤다.

간판에는 검과 방패의 문양 옆쪽에 고양이의 꼬리가 완만(캣 로브)하게 호를 그리고 있었다.

《캣 로브 상점(트레이딩 포스트)》.

무기를 파는 가게일까. 라라자는 간판을 바라보며 철커덕하는 소리와 함께 화물을 내려놓았다.

"이 가게냐? —어, 뭐야, 무슨 일 있냐?"

"아니. 으음……."

이알마스는 누구에게 하는 말인지 혼자 중얼거리고 고개를 옆으로 흔들었다.

"이 가게는 언제 봐도 그리운 이름이라는 생각이 들었을 뿐이다."

"예전에도 이 가게를 자주 이용했는지도 모르겠네요."

"이름만 기억하고 있을 뿐이겠지."

"그래도 바람직한 일이에요."

어쨌든 이 남자가 《미궁》 탐색 이외에 흥미를 나타내는 대상은 손에 꼽아야 할 만큼 적었다.

—과거를 떠올리기 위한 실마리는 많으면 많을수록 좋은 법이에요.

시스터 아이닛키는 들뜬 모습으로 가늘고 긴 귀를 흔들거리며 거듭 고개를 끄덕거렸다.

"옛날 기억을 떠올리면 당신이 《미궁》 탐색을 고집하는 이유가 사라질지도 몰라요."

"그건 무리가 있는 바람이군."

이알마스는 웃으며 문을 열었고, 가비지가 쫑쫑거리며 뒤를 쫓아서 안으로 들어간다.

빙글 돌아다본 소녀가 우짖는지라 아이네는 한숨을 쉬고 문에 손을 가져가—.

"—응?"

의아하다는 표정을 짓는 라라자를 발견하고 멈춰 서서 고개를 휙 돌렸다.

"왜요?"

"아니."

조용히 중얼거리는 말이 이알마스와 같았던 터라 라라자는 무의식중에 얼굴을 찌푸렸다.

"옛날…… 기억이라니?"

묻다가 잠시 망설였던 까닭은 모험가의 과거 따위 구태여 물을 게 되지 못하기 때문이었다.

라라자 본인이 좋은 예였다. 고향 마을, 예전 클랜, 떠나보낸 소녀.

누가 물어봐도 이야기하고 싶지는 않다— 다만, 그럼에도 신경 쓰였다.

온통 새까만 장비를 갖춘 마술사인지 전사인지도 알 수 없는 정체불명의 남자.

그 남자의 그림자 한 자락이라도 붙잡아보고 싶다는 충동이 솟아버렸기에 어쩔 수 없다.

질문을 받은 아이네는 주저하지 않고 출입구에 선 채로 가게 안쪽으로 힐끔 눈길을 줬다.

"저 사람요, 소생되기 이전의 기억이 없거든요."

"뭐……?"

라라자의 입에서는 저절로 반문이 새어 나왔다.

시스터 아이닛키. 짧은 교류였으나 그럼에도 이 사람의 말을 의심했던 적은 없었던 듯싶다.

그러나, 그럼에도 대체 뭔 소리냐며 황당해하는 감정은 목소리로 넘쳐 나왔다.

"역시 믿어지지 않겠죠."

키득, 웃음소리를 목 안쪽에서 굴려뜨린 뒤 아이네는 이미 가게의 안쪽에 들어가 있는 남자를 보고 중얼거렸다.

"몽마(서큐버스)에게 정기(레벨)를 흡수당해도 비슷한 현상이 나타난다는 말은 들었지만요……."

—몽마라니.

라라자는 당연히 그런 무시무시한 괴물과 조우했던 경험은 없다.

남자로서 만나보고 싶은 마음은 있었으나 남자로서 겉에 드러내지도 않았다.

“몽마든 뭐든 저 녀석이 여자한테 놀아난다는 게 상상이 안 되는데.”

“그러게 말이에요.”

몽마에게 홀려 정신을 놓을 사람으로 보이진 않잖아요, 라며 아이네는 숨을 내쉰다.

만약 몽마에게 모든 것을 다 흡수당해서 죽었다면 소생이 이루어지지도 않았다.

혼의 완전한 소실(로스트)을 의미하니까 지금 이곳에 살아있지도 못한다.

아이네가 고개를 옆으로 돌리자 은빛 머리카락이 반짝반짝 빛나며 나부꼈다.

“자, 들어가죠. 이 가게에서는 분명 괜찮은 무기를 찾을 수 있어요.”

라라자도 뒤를 따랐다. 아이네의 미소 때문인지 곧 무기를 갖게 될 흥분 때문인지 분간이 되지 않는 두근거림을 가슴에 품은 채.

§

“어서 보세요, 어때요? 정말 멋지죠?!”

시스터 아이닛키는 반짝반짝 빛나는 미소를 머금은 채 손에 든 상품을 승복의 가슴께로 끌어안는다.

이곳이 평범한— 예컨대 옷가지를 파는 가게였다면 저 모습에 정신없이 시선을 빼앗기는 남자도 많았을 것이다.

하지만 이곳은 무기 상점이고 꼭 끌어안은 물건은 대검이며 상대는 하필 이알마스였다.

힐끔, 아이네의 가슴에 안긴 도검을 보고 한마디.

"가비지에게는 어울릴지도 모르겠군."

압도될 만큼 수많은 물건이 있기는 했다.

라라자는 한 발짝 가게의 안에 걸음을 들여놓자마자 아무런 말도 못 하며 주변의 선반에서 느껴지는 박력에 압도되었다.

그곳에는 지금까지 라라자가 봐왔던 것보다 훨씬, 훨씬 더 많은 숫자의 무구가 진열되어 있었으니까.

빼곡하게 채워서 담은 선반에는 검, 방패, 갑옷과 투구, 지팡이, 망치 등등.

창 따위의 기다란 장비와 활과 화살이 적은 까닭은 《미궁》에 가는 모험가들은 휘두르는 무기를 주로 원하기 때문이려나.

오래도록 방치된 것으로 짐작되는 장비여도 먼지 하나 뒤집어쓰지 않은 광경은 기묘하기까지 했다.

—생각보다 더 넓다…….

다만 좁았다.

라라자는 주위를 가득 메운 선반에 압도되면서도 그런 감상을 뇌리에 떠올렸다.

아마도 무구와 방어구의 숫자가 많기 때문만은 아닐 것이다.

아이네가 끌어안고 있는 검의 칼날이 가게의 어두운 음영 안쪽에서 파랗게 빛을 발하고 있다.

마법 무기였다.

둘러보면 저것 말고도 드문드문 비슷하게 빛을 발하는 무구가 선반에 놓여있었기에 라라자는 꿀꺽 침을 삼켰다.

전설에서 일컬어지는 《로드즈 가브(군주의 성의)》까지는 아니더라도…….

—엘프의 사슬 갑옷이 있을지도 모르겠군…….

그렇게 무시무시한 무기가 방출하는 위압감, 공기의 무게감이 라라자를 내리누르고 있었다.

"《메이지 매셔》가 있으면 좋겠는데……."

"어머, 그것보다는 《카시나트의 검》이 더 좋지 않겠어요?"

태연하게 대화 나누는 두 사람과 지루해하며 멍하니 흘려듣고 있는 가비지가 오히려 이상하다.

그렇듯 라라자에게 압박감을 주는 분위기가 이 가게— 캣 로브의 안에 넘치도록 가득 차 있었다.

"손님인가?"

따라서 불현듯 목소리가 울려 퍼졌을 때 가비지가 얼굴을 들어 올렸는데도 라라자는 반응하지 못했다.

작고 가냘픈데도 불구하고 신기하게 먼 곳까지 잘 울려 퍼지는 기묘하게 아름다운 목소리였다.

다만 이때 말하는 아름다운의 의미는 악기의 선율 같다는 뜻이 아니라 예리하게 연마된 단검의 칼날과 비슷한 범주일 테다.

라라자가 움찔 떨면서 가게의 안쪽, 계산대 건너편의 어두운 곳으로 눈을 돌린다.

그곳에는 그림자밖에 없는 듯 여겨졌다.

그런데 그 그림자가 천천히 움직였다.

"……엇?!"

"북해에 있는 영구동토의 냄새. 시스터 아이닛키구나."

"오랜만에 찾아뵈어요."

그림자는 핼쑥하게 핏기 없는 피부가 눈에 띄는 엘프 남성이었다.

여느 엘프와 같이 연령은 알 수 없다. 어차피 고목의 나이를 알아맞히고자 하는 격이니까.

남자는 라라자를 무시한 채 아이네에게 기묘한 예절을 갖춘 동작으로 합장한 뒤 살짝 머리를 수그렸다.

그리고 힐끗 쳐다본다.

"그리고 오래된 재. 이알마스. 아직껏 살아있었구나."

"죽지는 않았다."

이알마스는 멍하니 고개를 끄덕였다.

"간판을 보고 당신을 보니 위화감이 느껴지는군."

"다들 불러주는 이름 아닌가. 어쩔 수 없겠지."

그 대화를 듣고 간신히 라라자도 이 지긋한 엘프의 정체를 알아차렸다.

가게의 주인— 캣 로브 본인이다.

—엘프가, 무기 가게를?

보통 이러한 가게를 운영한다면 드워프가 더욱 잘 어울리는 것 같다는 생각이 드는데…….

"그리고 금강석의 광채—. 다른 하나는, 원석인가…… 아니면, 석탄인가."

흥. 캣 로브는 살짝 코웃음을 치고 라라자에게 고개 돌리며 말했다.

"신입이군."

"arf!"

"그, 그래……."

태연하게 우짖고 서 있는 가비지의 옆에서 라라자는 거북함을 주체하지 못하며 이리저리 시선을 돌렸다.

이알마스에게서는 무감정한 시선. 의지가 되지 않는다. 아이네가 고개를 끄덕거렸다. 후유, 숨을 내쉬었다.

"매, 매입을, 의뢰하러 왔다."

라라자는 있는 힘껏 힘차게 소리를 내고자 노력했다. 그리고 허둥지둥 한마디를 덧붙인다.

"사원에서 왔다."

그렇게 말한 뒤 라라자는 끌어안고 있던 자루를 계산대 위에 올려놓았다.

캣 로브는 자루 속 물건들을 손으로 더듬어서, 다만 이 같은 표현을 쓰기가 주저될 만큼 매끄러운 움직임으로 검사한다.

—눈이.

라라자는 이 남자가 아무것도 보지 못함을 깨닫고 오싹해져서 몸을 떨었다.

분명 잘 보이는 사람의 행동거지인데도— 실제로 이 오래된 엘프의 눈은 기능하지 않는다.

그렇게 캣 로브의 보이지 않는 눈동자가 힐끗, 라라자의 가슴 안쪽까지 꿰뚫었다.

"파손품이 많군."

"음……."

라라자는 침을 삼켰다.

"어쩔 수 없잖아. 떼어내는 게 좀 힘들어야지……."

"갑옷이며 장비가 구부러지잖나."

"그럼 어떻게 떼어 내라는 거야……."

"시체를 잘랐어야지."

"으엑……."

속이 메스꺼워지는 광경을 상상하며 라라자는 비명과 비슷한 신음을 쏟아냈다.

지금까지 계속 괴물 녀석들에게 무참히 죽어 손상된 시체들과 한참 씨름하다가 왔단 말이다.

다만 이러한 라라자의 동요를 **보고 알아차린** 것처럼 캣 로브는 손을 내밀어줬다.

엘프로 여겨지지 않는 투박함과 엘프다운 섬세함이 같이 느껴지는 신기한 손바닥이었다.

"도적이군. 도구를 꺼내봐라."

"도, 도구……?"

"자물쇠 따는 공구 말이다, 설마 없다는 말은 안 하겠지."

라라자는 시키는 대로 도구를 꺼냈다.

가비지와 이알마스는 물론 아이네까지 생글생글하며 가만히 지켜보고 있다.

괜히 쑥스럽기도 하고 괜히 반발해봤자 너무 어린애 같지 않겠는가.

자기 몸 하나만 챙겨서 이알마스로부터 도망칠 수 있도록 언제나 소중하게 들고 다니는 여러 도구들.

그것들을 계산대 위에 쭉 늘어놓자 캣 로브는 손가락이 한 개 닿았을 뿐인데 노골적으로 얼굴을 일그러뜨렸다.

"……뭔가 이건. 쓰레기인가?"

"시끄러워."

라라자는 성질부렸다.

"필요한 건 전부 있잖냐."

"자작품인가."

"불만이냐."

"당연히 있지."

볼품없고 조잡하다. 라라자가 절실히 필요성을 느끼고 죽기 살기로 만들었던 도구들.

그것을 이리 대놓고 부정당했는데 화를 내지 않을 사람이 과연 있을까. 다만—.

"시간을 내서 조만간 다시 들러라. 조금은 제대로 된 물건을 마련해줄 수 있을 것 같군."

네가 얼간이가 아니라면야.

은근히 핀잔을 주는 것 같아서 라라자는 힘차게 입을 다물었다.

어쨌거나 끝내 거부를 하지 않은 이유는 소년이 스스로의 미숙함을 진절머리 나도록 잘 알고 있었기 때문이다.

자력으로 끝까지 살아남아야 했다. 그렇다면 다른 사람의 도움은 아무리 많이 받아도 부족할 지경이다.

쓸데없는 참견이라며 사양하기에는 라라자는 자신이 약하다는 것을 너무나 잘 알고 있었다.

"대금은 감정을 마친 뒤 사원으로 보내주지."

"네, 그렇게 처리해주세요."

캣 로브는 이미 이야기는 다 끝났다고 생각했는지 아이네와 거래 이야기를 시작했다.

"원하는 대로 해라."

이알마스가 말했다.

"기량(레벨)을 올리는 건 개인의 자유잖나."

의견을 묻기 위해서 슬쩍 쳐다봤더니 돌아온 대답이다. 아니, 딱히 자신은 이 남자의 부하로 지내는 것도 아니지 않나.

예전의 클랜과는 입장이 다르다. 따라서 라라자는 「그러냐」라며 투덜거리기만 하고 끝냈다.

그러므로 시선을 보낸 방향은 변함없이 꼼짝을 않고 멍하니 서 있는 빨간 머리의 여자아이.

오싹할만큼 맑은 눈동자가 무슨 용건이냐고 묻는 것처럼 라라자를 향해 움직인다.

"arf?"

"……너는 참 좋겠다, 속 편해서."

말도 못 하며 노예와 마찬가지인 취급을 받아왔던 소녀.

거짓인지 진실인지 알 수는 없으나 과거가 기억나지 않는다고 말하는 무뚝뚝한 남자.

라라자는 이런 두 사람과 비교하면 자신이 조금이나마 더 낫다는— 생각을 가질 수 없었지만.

§

"도적에게 무기가 왜 필요한가."

검을 갖고 싶다는 라라자의 주장은 가게 주인의 말 한마디에 내쳐졌다.

"방어구도 필요치 않다."

"그냥 죽으라는 소리냐……."

답답해하며 라라자가 말을 꺼내도 「도적의 본분은 보물상자이지 않나」라는 반문에는 할 말이 없었다.

“굳이 전투에 끼어들 이유가 없지.”

“하지만.”

그때 옆에 서 있던 이알마스가 나서서 거들어줬다.

“이 녀석은 전위이다만.”

“네놈은 빨리 여섯 명이나 채워라.”

이알마스는 답하지 않고 어깨를 으쓱거린 뒤 다시 라라자에게로 무감정한 눈을 돌렸다.

“마음대로 골라서 가져와라. 대금은 내가 부담하마.”

“……괜찮겠냐?”

“어차피 아이네가 나한테 달아놓겠지.”

이곳에 온 중간 과정과 흐름을 떠올려본다면. 이알마스의 말에도 아이네는 미소가 흔들리지 않는다.

“그러면 저는 이 아이와.”

아이네는 가비지의 어깨를 붙잡았다.

“장비를 찾아보도록 하죠.”

“yap?”

아이네는 어리둥절하며 고개를 갸웃거리는 소녀의 빨간 머리를 가느다란 손가락으로 빗겨주며 귀여워했다.

그 손놀림이 기분 좋았는지 가비지의 눈에 따뜻하게 웃음이 떠올랐다.

“목걸이도 풀어주고 싶은데 말이에요……. 억지로 부수면 목을 다쳐버릴 것 같거든요.”

그랬다. 아직 가비지의 목에는 투박하고 묵직하며 까맣게 빛나는 고리가 변함없이 달려 있었다.

라라자는 꽤 무거울 것 같다는 생각도 했었지만, 정작 가비지는 당연하다는 듯이 받아들일 뿐이다.

태어났을 때부터 차고 다녔다는 말이 나와도 납득할 수 있겠다고 라라자는 생각했다.

시스터 아이넛키는 애처로운 아이를 대하듯이 가비지를 바라보다가 숨을 내쉰다.

“자, 가볼까요? 멋진 검과 갑옷을 골라줄게요.”

“whine…….”

가비지는 반항하지 않았다.

작게 콧소리를 내더니 아이네가 이끄는 대로 가게 안쪽으로 들어갔다.

남겨진 라라자는 시선을 좌우로 움직였지만, 더 이상은 타박하는 말이 들려오지 않는다.

“어, 으음…….”

결국 주뼛주뼛하며 라라자 또한 《미궁》을 헤매듯이 가게 안으로 걸음을 옮기기로 했다.

—굉장하군.

감상은 한 마디면 충분하다.

아무리 신대(神代)의 괴물과 같은 적들을 상대하는 입장이라지만, 무구에 특별하게 대단한 기능이 갖추어진 것은 아니다.

결국은 강철이었다.

철저한 연단과 단조를 거친 강철의 푸른 반짝임. 그런 것이 쭉 늘어서 있는 광경을 보고 라라자는 숨을 죽인다.

자신이 들고 다니며 썼던 작업용 나이프와는 비교가 안 된다. 어쩌면 클랜 녀석들의 검과도.

"이게…… 《미궁》에서 발견된 물건인가?"

"몇몇은 맞다."

딱히 대답을 기대하지 않은 혼잣말이었다. 그런데 캣 로브가 나지막한 목소리로 라라자의 말에 답했다.

"하지만 대부분은 사람의 손으로도 제작할 수 있지. 진실된 의미로 《미궁》에서 출토되는 무구는 소수뿐이야."

"……?"

"전설이라는 수식어가 붙는 물건이지."

캣 로브는 어딘가 시를 읊조리는 듯한 말투였다.

라라자는 상상도 할 수 없었다. 이곳에 진열되어 있는 검들도 라라자에게는 전설적이다.

하지만 캣 로브에게는 아닌가 보다.

저자는 마치 잡동사니의 산을 앞에 둔 것처럼 땅이 꺼져라 한숨을 쉬었다.

곧이어, 지나치게 떠들었다고 생각했는지 캣 로브는 입을 다물어버렸다.

라라자는 눈앞의 선반을 장식하고 있는 나이프에 무심코 손을 뻗어서 칼집에서 빼냈다.

살며시 칼날에 눈을 가져가면— 얼마 전 얼핏 보았던 예리한 칼의 광채가 뇌리에 되살아났다.

검은 지팡이와 비슷하게 생긴 기병도. 그 검을 장비한 남자. 라라자의 눈이 동요로 흔들거린다.

"이알마스."

"뭐지."

"……너도, 그런 물건을 갖고 싶다는…… 생각을 하냐?"

"열심히 찾아다녔던 것 같기는 하군."

이 남자가 꺼낸 말이라기에는 몹시 애매한 대답이었다.

마치 자신의 머릿속에서 여태껏 걸어왔던 길을 되돌아보는 듯한 말투로 가만히 중얼거리더니 고개를 옆으로 흔들었다.

"어쨌든 결국은 수단이지. 목적을 위한 수단에 불과하다."

"수단……."

"손에 넣으면 편리하지만 말이다."

이알마스는 살짝 웃었다. 아마도 웃은 것 같았다.

"다만 없으면 없는 대로 다른 방법이 얼마든지 있다."

필수는 아니다. 그렇게 담담하게 말하는 모습을, 태도를, 라라자는 잘 이해할 수 없었다.

—아무튼 이 녀석이 쓰는 무기는 무슨 대단한 전설의 보물은 아니라는 건가.

그렇다면 자신도 평범한 나이프만 열심히 휘두르면 언젠가 저 녀석과 비슷한 경지까지 올라갈 수 있을까.

라라자는 손에 든 단검을, 난생처음으로 들어본 명품을 어색하게 만지작거렸다.

캣 로브가 땅이 꺼져라 한숨을 쉬는 소리가 들려온다.

"이래서 네놈은 마음에 들지 않는다."

그때 불현듯 가게의 문이 열리더니— 손님이 한 명 들어왔다.

§

"……아?"

라라자는 손님— 외투를 머리끝까지 푹 뒤집어쓴 인물에게 기시감을 느꼈다.

아니, 정확하게 말하자면 저 외투를 보았을 때 받은 느낌이었다.

기묘하고 애매한 기억. 다 그린 그림의 위에 물을 떨어뜨린 것처럼 묘하게 번진 형상.

—마술사인가?

"아……!"

며칠 전 주점에서 마주친 모습과 연결된 순간, 외투의 안쪽에서 칼날이 번쩍였다.

쌍검.

라라자가 파악한 것은 거기까지였다. 큰일났다. 의식과 사고를 몸이 쫓아가지 못한다.

아니, 틀렸다.

의식과 사고가, 몸을 쫓아가지 못한다.

칼날이 자신을 베었다고 생각했을 때 라라자는 상체를 젖혀 회피가 성공했음을 깨닫지 못했다.

"으, 어, 와, 아앗?!"

—피했다……?

놀라움의 이유는 기습이 아닌 스스로의 신체 반응이 더욱 큰 비중을 차지했다.

《미궁》에서 겪은 농밀한 죽음의 냄새는 미처 깨닫지 못한 동안에 라라지의 몸을 재구성했던 것이다.

그것은 물리적인 구조가 아니라 정신, 집중력의 문제다.

라라자 본인은 깨닫지 못했더라도 라라자의 육체는 불쑥 들이닥친 죽음의 위협에 민감하게 반응한다.

경악하는 반응은 쌍검을 든 남자도 마찬가지였나 보다. 외투의 깊숙한 곳, 두 눈이 커다랗게 뜨이는 것을 볼 수 있었다.

"으아, 앗?!"

하지만 거기까지였다. 라라자는 의식이 몸을 따라잡은 순간, 균형을 잃고 볼썽사납게 자빠졌다.

벌러덩 나자빠진 라라자의 시야에 보이는 것은 천장뿐. 그리고 번쩍 올라가는 쌍검, 죽음.

"bark!!!!"

그리고 가비지는 더욱 빨랐다.

한 차례 짖고 라라자를 뛰어넘어서 나타난 소녀는 등에 멘 쇳덩이를 뽑아 한껏 휘둘렀다.

—인간이라고.

라라자의 머리에 스친 것은 정말 얼간이 같은 말이었다.

그렇다, 인간이다. 괴물이 아니다. 라라자의 몸이 거꾸러졌던 이유도 이 같은 위화감 때문이었으리라.

그런데 가비지의 몸놀림은 수없이 반복한 것처럼 몹시 매끄러웠다.

"—읍?!"

쌍검을 번쩍 치켜들어서 맞서 휘두른 남자는 역시 또다시 눈을 커다랗게 뜨며 경악해야 했다.

날카로운 금속음과 함께 두 자루의 검이 부서져 흩어진다. 소녀의 가느다란 팔에서는 상상도 할 수 없는 호쾌한 일격의 검.

본래는 다음 순간 남자의 머리가 두 개로 양단되었을 것이다.

그러나 두 자루의 곡도가 헌신해준 덕에 남자는 살얼음판을 밟아 디디듯이 목숨을 부지할 수 있었다.

"Eek?!"

다음 순간, 쇳덩이로 바닥을 친 가비지가 비명을 지르고 기겁하며 얼굴을 감싸 잡았다.

—바늘 암기다!

라라자는 상대의 입을 경계하면서 자신이 찰나의 순간 공격의 실체를 인식했다는 데 생각이 미쳤다.

—제기랄, 도대체 뭐지……!

의식과 몸의 속도 차이를 쫓아가지 못한다. 근육도, 신경도, 눈도, 모든 것이 지나치게 빠르다.

마음만 자꾸 공회전을 하고, 육체가 답답해서 제멋대로 행동에 나선다. 당황스럽다. 제대로 움직일 수 없다.

"Waah?! Waah……!!"

가비지도 마찬가지— 다만 저 소녀의 경우는 틀림없이 얼굴에 꽂힌 바늘 때문이다.

휙휙 머리를 흔들어서 털어버리고자 애써도 가느다란 은침이 저런 동작에 빠질 리 없다.

"이봐, 그건 건드리지 마라."

캣 로브가 평탄한 목소리로 경고를 날렸을 때 간신히 라라자는 남자의 행동을 깨달았다.

무기를 잃은 남자가 벽에 손을 뻗어서 진열되어 있는 검 한 자루를 붙잡았던 것이다.

검을 빼내자 진면목을 드러낸 것은 엷은 보라색의 요기(妖氣)를 발산하는 기이한 칼날.

그게 전부는— 아니었다.

"……."

자객의 눈동자는, 지금까지는 의지와 살기의 빛이 깃들어 있던 부위가 불현듯 생기를 잃고 탁해졌다.

검을 손에 들고서 흔들거리며 서 있는 모습은 공격 자세는 물론이고 방금 전과는 모든 부분이 확연히 달라졌다.

그럼에도 불구하고 넋이 나가버린 상태는 절대 아니다. 초점이 흐릿해진 눈은 라라자를 향하고 있었다.

원인으로 떠올릴 수 있는 것은 단 하나.

"마…… 마검……?!"

비틀비틀 몸을 일으킨 라라자는 전율하면서 여전히 손에 들고 있었던 단검을 간신히 상대에게 겨눴다.

가비지는 아직껏 바닥에서 몸부림치고 있기에 이 조그만 소녀에게는 도저히 의지할 수 없다.

더 정확하게는 라라자의 가슴속에 있는 작고 소중한 무엇인가가 그 선택지를 달가워하지 않는다.

어쨌든 그건 그렇다 치고—.

"이봐, 구경만 할 거냐?!"

"뭐지? 저…… 무딘 검은."

이 상황에 대처할 수 있는 남자가 혼자 느긋하게 팔짱을 끼고 관전만 하는 이유는 대체 무엇인가.

"《소드 오브 스위셔(양날의 검)》다. 개인적인 수집품이지. 파는 물건은 아니야."

보이지 않는 눈동자로 사태를 방관하는 가게 주인은 가게 주인대로 무척이나 진지하게 즐거워하는 말투였다.

"참으로 좋은 검이지 않나? 실전된 고대의 대장장이 기술의 산물이지. 저주받은 것은 사소한 문제일 뿐."

"《브로드 소드(양날의 검)》인가."

이알마스는 기묘하게 표현을 고쳐 말하더니, 웃었다.

"지긋지긋한 이름이군."

"무슨 이상한 말을……!!"

지껄이냐는 라라자의 말은 목소리로 나오지 못했다.

흔들흔들 비틀거리던 자객, 마치 꼭두각시 인형과 비슷한 움직임으로 구사한 일격이 소년을 덮쳤기 때문이다.

"우, 어와아앗!!?!"

한쪽 팔이 반사적으로 튕겨 올라가 단검으로 흘려 넘기기(패리). 어두운 가게 내부에 불꽃이 흩날렸다.

무의식중에 뒷걸음치고자 했던 라라자는 바로 뒤쪽의 바닥에서 가비지가 웅크리고 있음을 떠올린다.

소녀의 작은 몸을 밟았다가는 혹시 뼈가 부러질까 봐 라라자는 이를 악물어 버티고 앞으로 나아갔다.

"에라앗……!!"

엉망진창의 공격이다. 다만 손에 든 단검은 신기하리만큼 손바닥에 달라붙어 움직여줬다. 아니—.

—굉, 굉장한데……!

흥분, 감동, 전능감. 밑바닥의 초보자였던 자신이 마검을 상대로 맞서 싸우고 있다는 실감.

용을 앞에 두었을 때와는 달랐다. 그때는 압도적인 괴물과 직면

하여 어떻게 살아남느냐의 문제였다.

지금도 비슷한 상황이다.

한 번, 두 번, 세 번. 꼭두각시 인형이 아무렇게나 휘둘러 대는 칼날을 라라자는 사력을 다해 흘려 넘겼다.

방어만 하기에도 벅찬 상황. 손이 저릿거린다. 솔직히 이길 자신은 없다. 하지만…….

—어쩌면, 가능하겠다.

이길 수 있겠다, 어쩌면. 제대로 상대하고 있다. 이 같은 실감이 의식을 가뿐하게, 가볍게 만들어준다.

그렇다, 아직 육체의 속도를 따라잡지도 못했는데 의식만 들떠 버렸다.

"아앗……?!"

부웅. 욕심을 부려 공격하고자 휘둘렀던 팔이, 칼날이 상상 이상의 기세를 발휘하며 허공을 갈랐다.

큰일났다. 직감한다. 치명적인 빈틈. 다가드는 칼날. 죽는다. 고작 한 번의 실수. 치명적인—.

"타아아앗……!!"

울려 퍼지는 소리는 사랑스러움마저 느껴질 만큼 늠름한 기합이었다.

쿠웅, 바닥이 진동함을 느꼈다. 색깔을 띤 바람이 라라자의 옆을 지나가는 듯 보였다.

낡은 나무 바닥에 연기를 피워 올리는 발자국을 남기며 뛰어든

은빛과 흑빛의 그림자.

그림자는 대검을 한껏 휘둘러 올린 시스터 아이닛키의 모습으로 나타났다.

"이이이야앗!!"

가녀린 몸이 한계까지 비틀리는가 싶더니 용수철 장치처럼 튕겨 날아간다.

검풍이 불어닥치며 칼날이 한 가닥의 궤적이 되어 달려갔다. 소리는 없었다. 빛이 번쩍거리는 것 같았다.

"—."

다만— 아무런 일도 벌어지지 않는다.

그저 실이 끊어진 것처럼 남자의 팔이 아래로 축 늘어졌을 뿐이다.

—빗나갔, 나……?

지척에서 보고 있었던 라라자조차 그렇게 생각했다.

그러나 다음 순간, 남자는 무릎부터 털썩 허물어졌고, 그리고— 검붉은 꽃이 활짝 피었다.

목이, 절단되었다.

자세가 기울어지는 몸 위쪽에서, 상체 위쪽에 얹혀있었던 머리가 데굴데굴 소리를 내며 바닥을 구른다.

머리가 굴러떨어진 뒤 나머지 몸, 목의 단면에서 피가 분출되어 내리쏟아진다.

피의 비라는 말은— 이런 상황을 뜻하는 것이라고 라라자는 생각했다.

“아무쪼록 신의 곁에서 바람직한 죽음을 맞이하시기를—.”

뚝뚝 떨어지는 핏방울을 뒤집어 쓴 아이네는 숨을 내쉬고 빙글 돌아섰다.

“저기요, 이알마스 님!”

라라자의 코앞으로 검이 지나가서 흑의를 입은 남자에게 검을 겨눈다.

“가만히 구경만 하시는 것은 문제가 좀 있지 않나요?!”

“굳이 간섭하지 않아도 대처할 수 있으리라 판단했다.”

이알마스는 귀찮다는 듯이 선혈에 끈적하게 젖은 칼날을 손가락으로 밀어낸 뒤 어깨를 으쓱거렸다.

동요도 놀라움도 없다. 걱정이나 안도도 없다. 그저 단순히 사실을 언급했다는 듯한 말투였다.

“역시 단순히 《미궁》에서 경험을 쌓은 것만으로는 기량(레벨)이 올라갔다고 말할 수 없겠군.”

도시에서 휴식. 완급을 조절한다. 그것이 중요하다. 이알마스는 담담하게 대답한 뒤 계속 말했다.

“나도 마찬가지였다. ……아마도.”

이어서 라라자의 어깨를 가볍게 두드렸을 때, 목이 긴 신발에 밟힌 피 웅덩이에서 철벅거리는 물소리가 났다.

이알마스는 그대로 가비지의 옆에서 몸을 굽히더니 무릎이 붉게 물드는데도 가만히 소녀의 얼굴을 들여다본다.

“빼주마. 움직이지 마라.”

"whine……."

짤랑 소리를 내며 은침이 바닥 위에 흩어졌다.

운이 좋았는지 바늘은 가늘고 예리했음에도 박힌 정도는 깊지 않은 듯했다.

눈꺼풀에서 바늘이 뽑히자 가비지는 주뼛주뼛하는 모습으로 자신의 푸른 눈동자를 떠본다.

"arf!"

깊은 호수와 같이 맑고 또렷한 색이 몇 차례 깜짝이는 것을 확인하고 라라자는 숨을 내쉬었다.

아니, 더 정확하게는— 일부러 의식하고 싶지 않아서 눈을 돌렸는지도 모르겠다.

"못살아, 정말……."

어쩔 수 없다며 한숨을 쉬는 시스터 아이닛키가 상대의 피를 뒤집어쓰고도 태연하게 있는 모습을.

이렇듯 직접 보고도 믿기지 않아 당황하는 라라자의 반응을 알아차렸나 보다.

"어머나, 세상에."

작게 중얼거리고 소년과 주위를 쭉 둘러본 아이네는 이어서라며 침음을 흘려보냈다.

곧 뺨은 부끄러움으로 — 피와 다르게 장미색으로 — 물들고 무척 민망해하며 몸을 자꾸만 움찔거리다가.

"……죄송해요, 저도 모르게."

그리고 부끄러움을 주체하지 못한 아이네는 대검을 마치 유행하는 옷처럼 끌어안고는 말했다.

"이 검은 구입해야겠죠……?"

§

예정에 쌍검 한 자루를 더해서 장비 구입은 무사히 종료되었다.

"수지가 안 맞는군……."

"아까는 정말 죄송했어요……."

해 저무는 시간의《스케일》의 거리를 지친 표정으로 걷는 라라자.

아이네는 옆에서 내내 민망해하고 석양에 금색으로 물든 은발을 흔들며 깊이 머리를 숙였다.

"됐어."

이렇게나 미안해하니 상당히 부끄럽다. 라라자는 통명스럽게 대답을 했다.

"심부름꾼 노릇은 익숙하니까."

결국은 시체 운반이다.

『피는 어쨌든 간에 목 없는 시체를 가게 안에 방치하지 마라. 네 녀석의 업무 아닌가.』

그 후 캣 로브의 극히 정당한 주장에 따라 자객의 시체를 사원으로 옮기게 됐다.

그렇다 해도 이알마스는 라라자와 가비지의 장비를 구입해야 한다.

아이네가 직접 옮기겠다며 나섰지만, 피투성이가 된 몸으로 시체를 짊어지고 걸어가게 둘 수는 없는 노릇이었다.

가비지에게 맡기는 것은— 여러 복잡한 의미에서 걱정이 됐다.

결국은 라라자밖에 없던 셈이다.

마지못해서, 어쩔 수 없어서, 의무감. 라라자는 무엇인지 알 수 없는 감정에 휩싸인 채 요청을 받아들였다.

—시체를 옮길 수 있다는 게 예전 처지보다는 나아.

《미궁》에 내버린 채 방치하지 않아도 되는 것에 아주 조금이나마 마음이 가벼워진다.

물론— 이번 상대는 딱히 《미궁》에서 죽음을 맞이한 모험가가 아니었기에 경우는 좀 다르다만.

그러니까 문제는 사원까지 가는 길, 오는 길에 써야 할 이동 시간과 체력 소비, 시간 따위가 아니었다.

무엇이 큰일이었냐고 묻는다면—.

"다른 신관님들한테는 이알마스 녀석이 강도를 냅다 베어버렸다고 말해뒀어."

"정말 죄송합니다……."

설마 당신네 신관이 가게 안에서 대검을 마구 휘둘러 목을 날려버렸다는 말을 할 수는 없지 않은가.

라라자의 윤리관이라고 부르기에도 애매한 판단 기준으로도 신세를 진 사람의 체면에 먹칠을 할 수는 없었다.

—뭐, 이알마스라면 딱히 상관없겠지.

그렇게 적당히 날조해서 꾸민 사정을 진짜 신관들에게 천연덕스레 떠들고 왔다.

"나는 태어나서 한 번도 오늘처럼 신관님들이랑 얼굴 마주하고 진지하게 대화를 나눠본 적이 없었군……."

"arf?"

걸어가던 가비지가 문득 라라자를 쳐다보고 의아해하며 콧소리를 낸다.

제법 인정머리가 있는 녀석이었다. 앞에서 가는 이알마스는 고개를 돌려 쳐다보려는 시늉조차 하지 않았으니까.

아무튼 간에 이렇듯 정서적으로 잔뜩 지쳐버린 상태를 숨길만한 기력이랄까, 허세랄까…….

"피, 곤하다……."

여력을 전혀 남기지 못했다는 것이 라라자의 미숙함이라고도 평가할 수 있는 부분이다.

결코 불만은 아니고 당사자로서는 별것 아닌 푸념이었으나 아이네는 역시 마음이 편치 않은가 보다.

라라자가 사원까지 달려갔다가 온 사이에 무엇인가 주문이라도 썼는지 지금은 차림새가 깨끗해졌다.

단순하게 옷만 갈아입었다면 뺨이나 머리카락에 달라붙었던 끈적끈적한 피까지 씻어 내지는 못했을 테지.

무엇보다 톱밥을 뿌리지도 않았는데 바닥의 피 웅덩이까지 깨끗하게 사라져버렸으니까.

어쩌면 캣 로브의 가게에 모종의 장치가 있을지도 모르겠으나— 각설하고.

어쨌든 초저녁의 《스케일》은 낮보다도 더욱 떠들썩하게 활기를 띤다.

《미궁》에서 귀환한 모험가들이 막 벌어들인 돈을 꽉 쥐고 개선을 하기 위하여 나타나기에.

피투성이로 걸어다니는 부류도 드물지는 않으나— 신관 혼자서 다니면 쓸데없이 시선을 끈다.

만약 아직껏 검붉게 핏자국이 묻은 상태였다면 시스터 아이넛키는 분명 쥐처럼 움츠러들었을 것이다.

혹은 죽음을 불사하는 신앙심이 이 여성을 태연하게, 당당하게 가슴을 펴고 거리를 걸어가도록 등을 밀어주었을까.

—그건 좀 싫은데.

그런 행동을 하는 사람은 이알마스와 가비지 두 명으로 이미 충분하다는 생각이 든다.

"마, 맞아요……!"

불쑥 아이네가 손뼉을 짝 쳐서 호들갑스럽게 일행의 주의를 끌고자 했다.

큰길 한복판에서 갑자기 멈춰 선지라 사람들의 흐름이 일행 때문에 두 갈래로 나뉘어졌다.

의아한 눈빛을 보내며 지나쳐 가는 사람들은 아랑곳 않고 아이네는 생글거리며 말을 이었다.

"방금 전 도와주신 답례로 오늘 밤에는 제가 주점에서 식사를 대접할게요! 맞아요, 그게 좋겠어요……!"

"yap?"

"어때요!"

"진짜냐."

"물론이죠!"

말뜻을 알아듣지 못하는 가비지도 놀라는 라라자도 시스터 아이넷키는 놓아주지 않는다.

물론 라라자 또한 도망치려는 의도는 없었다만.

배는 고프고 목도 말랐다. 다리는 욱신욱신 쑤시고 몸이 무겁다.

라라자 본인은 알 도리가 없겠으나 집중력이 바닥나서였다.

설령 전투에 임하지 않을지라도 지치는 경우는 종종 있었다.

따라서 문제는 역시 선두에서 가는 흑의의 남자였다.

"주점인가."

남자는 한숨을 쉬듯 말을 토했다.

"별로 기대를 하진 않는다만……."

라라자는 이알마스가 한 불평의 의미를 알 수 없었다. 다만 아이네는 아니었나 보다.

기막힘과 친절과 답답함이 한데 뒤섞인 모습으로 이알마스에게 손가락을 척 들이댔다.

"딱히 주점은 동료를 모집하기 위해서만 가는 곳이 아니랍니다?"

"달리 무슨 목적이 있지."

"식사와 술을 즐기며 인생을 누리는 데 꼭 필요한 곳이에요!"

"이 녀석."

그 순간 라라자는 망설이지 않고 말로써 이알마스의 등을 찔렀다.

—아깐 구경만 했지? 죽을 뻔했던 억울함을 풀어야겠다.

"내가 쭉 봤는데 맨날 보리죽만 먹더라."

"어쩜, 세상에……!! 못살아, 정말!"

고운 눈썹을 거꾸로 치켜 올리며 아이네가 멈춰 선 곳은 어느 주점이 있는 건물 앞.

고대의 투신을 간판에 건 가게의 이름은 《두르가의 주점(터번)》이었다.

§

"우, 와아……?!"

문을 통과한 직후에 확 밀려드는 소음은 마치 드래곤의 숨결 같았다.

무심코 상체를 뒤로 젖힌 라라자에게 마구 쏟아지는 정보의 덩어리.

지하 몇 층에 뭐가 나왔다. 고가의 파이프 담배 냄새. 요리의 기름내. 술. 금화가 짤랑거린다.

살아서 돌아온 것을 기뻐하고, 금화를 이백 닢인가 벌었다는 것을 자랑하고, 동료의 혼이 사라진 것을 한탄한다.

《미궁》에서 살을 찌우는, 혹은 《미궁》을 살찌우는 모험가들의 무리.

이곳 《두르가의 주점》이 《스케일》에서 가장 큰 모험가의 숙소(어드벤처러즈 인)다.

라라자는 얼마 전에야 겨우 안 사실이었다. 오늘로 두 번째임에도 아직 익숙해지지 않았다.

왜냐하면 평소는 이 숙소가 맞기는 해도 마구간에서 숙박을 하는 처지이니까.

초저녁의 가장 떠들썩한 주점 안 분위기와는 전혀 인연이 없었다— 예전에도, 지금도.

“자, 어서요, 잔뜩 드셔주세요. 사양하지 말고요. 모험가는 잘 먹는 게 중요하니까요!”

그렇게 혼잡한 곳을 마치 바다를 가르듯 거침없이 선도하며 아이네가 헤치고 간다.

이어서 이알마스는 그림자처럼, 다만 라라자와 가비지는 이리 치이고 저리 치이는 신세였다.

앞쪽 두 사람이 지나간 길을 따라가서 겨우 도착한 원탁에 라라자는 털썩 주저앉았다.

—드, 드디어, 자리에 앉았다…….

신기하게도 서 있는 동안에는 별로 느껴지지 않았었는데 하루의 피로가 한꺼번에 들이닥친다.

하지만 아직 오늘은 끝나지 않았다.

톡, 의자에 앉은 가비지의 옆에서 라라자는 남은 온 힘을 쥐어짜 원탁에 매달렸다.

"가비지 씨는 고기 요리가 좋죠?"

"yap!"

—이 녀석의 기운은 어디에서 나오는 걸까?

아이네의 말은 못 알아들어도 감정 같은 어떤 의사가 통하는 듯싶다.

발랄하게 목소리부터 신이 난 가비지에게 라라자는 수상쩍어하는 시선을 보냈다.

여하튼 이쪽에 말을 걸어오는 녀석은 매한가지다.

"너는 어떻게 할 테냐?"

"……먹어야지."

라라자는 마지못해서 무슨 생각을 하는지 알 수 없는 저 음침한 남자에게 대답했다.

"그런가."

고개를 끄덕거린 이알마스는 적당히 점원을 불러 세워서 담담하게 주문을 전달했다.

"그리고 나는 보리죽이면 된다."

"안 돼요."

즉각 아이네가 딱 잘라 쏘아붙였다.

이어서 빠른 말투로 잘못 들은 게 아니라면 북방의 강렬한 술과 몇 가지 요리를 주문했다.

그리고 이알마스의 팔을 꽉 붙잡아서 대검을 들었을 때와 같은 동작으로 끌어안았다.

"라라지 씨, 죄송한데요, 이 아이를 부탁드려도 괜찮을까요?"

흘깃, 엘프의 아름다운 눈동자가 이알마스를 노려본다.

"저는 잠시 이알마스 님과 이야기를 나눠야 하거든요."

"설교냐."

"정답이에요!"

가부를 답할 겨를도 없다.

라라자는 마음속으로 이알마스의 명복을 빌어주고 가만히 배웅했다.

시스터 아이넛키와 마지막 시간을 보낼 수 있다면 그리 무서운 죽음은 아닐 것이다—.

"……으엑."

그 순간이었다. 생명을 잃고 늘어진 시체가, 방금 전까지 등에 짊어졌었던 무게가 다시 떠오른다.

라라자는 얼굴을 찌푸렸다. 고기라고? 도저히 먹을 생각이 안 든다. 하지만…….

"음식 나왔습니다!"

"arf!"

점원이 거칠게 내려놓는 접시와 그 위의 고기를 보고 가비지가 소리 질렀다.

철판 위쪽에서 기름이 지글지글 소리를 내며 튀어 오르고 있다. 아이네는 정말 인심을 크게 써줬나 보다.

"Yay!!"

뜨겁게 달군 철판 요리가 아니었다면 가비지는 분명 손으로 덥석 집어서 입에 가져갔을 것이 틀림없다.

소녀는 나이프도 포크도 푹 찌르는 도구로 쓰며 고기에 덤벼들었다.

—진짜 잘 먹는구나…….

방금 전 참극을 떠올리면 라라자는 역시 위장이 꽉 조여드는 기분이 들었다.

사람에게 맞아 나가떨어진 경험도 살해당할 뻔한 경험도 있었지만…….

—정말 죽이려고 했던 것은…….

죽이고 싶은 충동이 아니라 정말 죽이려고 달려들었던 것은 오늘이 처음이었다. 아마도.

괴물을 죽일 때와는 경우가 다르다. 자신이 이알마스를 기습했을 때도 본때를 보여주겠다는 정도였다.

그럼에도 불구하고 이 소녀는— 아무 망설임도 없이 커다란 칼을 들고 덤벼들었었지.

—대체 어떠한 삶을 살아왔을까.

가느다란 목에 끼워진 투박한 목칼. 지성인지 이성인지는 야생의 개와 다를 바 없다만, 말을 못 한다. 오직 검뿐이다.

"—?"

그런 생각을 하며 멍하니 쳐다봤기 때문일 테지. 가비지가 얼굴을 들어 올렸다.

맑은 호수처럼 바닥을 가늠할 수 없는 어슴푸레하고 푸르른 눈동자가 라라자에게 똑바로 날아와 박힌다.

저절로 숨을 멈춰졌다.

“munch?”

무슨 뜻인지 굳이 고민하지 않아도 알 수 있었다.

“……먹는다. 안 줄 거다.”

“arf.”

에이, 뭐야. 흥. 가비지는 코웃음을 치고 다시 두꺼운 고기와 격투를 벌이기 시작했다.

라라자도 숨을 내쉬고 나이프와 포크를 손에 붙든다.

먹지 않는다면 지는 기분이었다. 그게 어쩐지 몹시 거슬렸다.

게다가 머리에 남은 광경만 떨쳐내면 이렇게나 질 좋은 고기를 먹을 기회는 절대 흔하지 않다.

적어도 지금까지는. 앞으로는? 잘 모르겠다. 생각이 정리되니 식욕도 솟아났다.

“……좋아!”

마침내 라라자가 기세등등 고기에 덤벼들었고—.

“오, 소년! 아직 살아있었나!”

무척이나 쾌활한 목소리가 들린 동시에 세차게 등을 강타당했다.

§

“하하하하하, 이런, 미안하다, 미안해!!”

세즈말의 파티가 앉은 탁자였다.

호쾌하게 웃는 이 자유 기사의 앞에서 라라자는 「어어」라든가 「아니」라면서 우물우물하는 소리를 냈다.

이게 두 번째. 비록 친근하게 대해줄지언정 자신보다 월등히 높은 경지에 있는 실력자가 여섯 명.

그렇다, 오늘은 여섯 명 전원이 모여서 자신을 둘러싸고 앉아 있는지라 정말 넋이 빠져버릴 것 같았다.

엉겁결에 같이 끌려온 가비지가 맞은편에서 태연하게 고기를 먹고 있다는 것이 믿기지 않는다.

“세즈말은 언제나 이렇다니까. 신입은 좀 친절하게 격려해주렴.”

“그런 사라도 언제나 새침스럽게 선배 행세를 한다는 걸 나는 알고 있다만.”

“잠깐, 프로스페로! 이 레아한테 뭐라고 말 좀 해줘!”

“난 사실 세즈말과 네 행동이 똑같이 부담스럽다고 생각해.”

“지금, 뭐라고……?!”

“시끄럽구나. 감정에 집중이 안 되질 않느냐! 호크를 본받아라, 호크윈드를!”

왜냐면 이런 꼴이니까.

엘프 승려와 레아 도적이 말다툼하고, 마술사가 나 몰라라 하고, 드워프 고승이 호통을 친다.

모두가 라라자와 가비지는 절대 범접할 수 없는 역전의 강자들이다.

—으에엑…….

주변을 포위당한 라라자는 내심 지금 당장 도망치고 싶어서 못 견딜 지경이었다.

얼마 전에는 없었던 여섯 번째 인물— 흑의를 두른 남자의 시선이 특히 버거웠다.

저 남자, 호크윈드는 단지 묵묵히 탁자 한구석에서 술잔을 기울이고 있을 뿐이다.

앞에 놓아둔, 보리죽이 들어있었던 그릇은 이미 텅 비었고 단지 동료들과 자리를 함께하고 있을 뿐.

하지만 말없이 이쪽을 주시하는 저 사람을 평가하는 듯한 눈빛이…… 몹시 거북했다.

어떻게 된 영문인지— 그렇다, 어째서인지 이알마스와 비슷한 기척이 느껴졌다.

사람을 사람으로 생각하지 않는 듯한…… 그런 기이한 눈빛이었다.

"……."

라라자는 마른침을 삼켰다.

저 남자는 무슨 말을 걸어와도 위험하리라— 그런 예감이 든다.

"아니, 으음, 그러니까……."

반사적으로 라라자는 시선을 이리저리 돌리며 빠져나가기 위해 화제를 찾았다.

원탁의 위에 산처럼 쌓인 재화. 그리고 그것들을 정성껏 조사하고 있는 드워프 노인. 이거다.

"터크…… 씨."

"스님이라 부르면 된다."

드워프 고승은 젊은 모험가에게 인자한 할아버지처럼 바위를 부드럽게 깎아낸 웃음으로 답했다.

"뭔가 물을 게 있더냐, 젊은 친구."

"저번에도 감정해주셔서 그때 도움을 받았습다만…… 가게에다가 맡기지는 않슴까?"

이렇게 많은 분량이라면 스스로 처리하는 것이 오히려 번거롭지 않냐는 물음.

그냥 적당히 다른 이야기를 하고 싶었을 뿐이었지만, 라라자가 느낀 의문이기도 했다.

"캣 로브 말이냐?"

터크 선사는 얼굴을 찌푸렸다.

"고놈은 바가지를 씌운단다."

"진짜 웃기지, 감정료랑 무기 매입 가격이 똑같다니까!"

"그 녀석은 취미로 가게를 운영하니까 손님의 사정 따위 안중에도 없다네."

사라와 프로스페로도 저마다 동조하며 보태는 말은 캣 로브에

대한 산더미 같은 불평이다.

묘하게 저주받은 장비는 고가에 매입해준다만, 저주를 풀면 돈을 받아서 챙기고도 물건은 돌려주지 않는다며 이러쿵저러쿵.

—그야…….

무심코 라라자는 웃고 말았다. 경련하다시피 어색한 웃음이었으나 힘겹게라도 웃고 소년은 말했다.

"그 사람, 수집해서 장식하니까 빼먹는 거 아닌가?"

"그냥 악취미잖아."

"전설의 무기……. 뭐, 특별히 이름이 난 물건은 아니었다만, 녀석은 그런 무기에 눈이 돌아버렸으니까 말이지."

레아, 모라딘이 소리를 죽여 웃으며 중얼거리더니 파이프에 담배풀을 채우기 시작했다.

마법처럼 능란한 손놀림으로 불을 붙이고 뻐끔거리며 입에서 고리 모양으로 만든 연기를 내뱉는다.

모라딘은 그 고리의 구멍에 실을 끼워 넣듯이 가느다란 연기를 불어 넣은 뒤 라라자에게 시선을 줬다.

"뭐, 이 도시에 오는 녀석은 크든 작든 무언가 목적이 있기 마련이지. 다들 뻔하지 않겠냐."

"그러면—."

—이알마스도 그런가?

기억이 없다. 잃은 기억을 찾아다니는 것인가. 그럼 예전의 녀석은 어떤 인물이었을까?

갑자기 라라자가 입을 꾹 다물자 레아 도적은 어떻게 해석했을까.

혹은 선배로서 같은 직업을 가진 후배에게 보내는 호의였는지도 모르겠다.

모라딘은 레아에게 어울리지 않는 몹시도 심각한 말투로 더듬더듬 라라자에게 이렇게 말을 건넸다.

"조심해라, 꼬마. 강력한 마법 도구는 단지 존재하는 것만으로도 사람을 망가뜨려버린다."

"레아가 말을 하니까 함축이 느껴지는구나."

"아주 동감일세!"

어깨를 으쓱거리는 모라딘의 옆에서 터크 선사는 라라자에게 사려 깊은 마음씨가 배어나는 눈동자를 향했다.

"하지만 마법 무기가 위험하다는 것은 아니야. 진짜 무서운 것은 그걸 쓰는 사람의 마음이지."

"마음?"

"요컨대 자신이라면 잘 사용할 수 있다, 손에 넣을 수 있다, 손에 넣으면 멋지게 활약할 수 있다."

"자신이라면……."

"아무렴."

터크 화상은 고개를 끄덕였다.

"오만은 죽음을 초래하는 병이라고 하지 않더냐."

"스님도 선배 행세는 잘하는걸."

사라가 깔깔 웃었다.

엘프는 제법 취했는지 귀까지 빨갰다. 그래서인지 선사도 진지하게 상대하려는 기색은 아니었다.

—조금은 이해할 수 있다.

라라자는 주위 모험가들의 떠들썩한 여러 소리와 홀로 분리되어 사고의 바다에 잠겼다.

어쨌든 자기 자신부터가 얼마 전— 예의 《악마의 돌》 사건에서 봉변을 당하지 않았던가.

그럼에도 불구하고 소년은 이미 사라진 돌을 「잘 쓰면 편리하겠다」라고 생각했다.

라라자는 별 이유도 없이 허리에 찬 단검에 손을 가져가서 칼자루를 가볍게 만지작거렸다.

물론 마법 무기처럼 대단한 장비는 아니다. 다만 과거의 자신은 감히 상상도 못 했던 명품이다.

이런 물건을 손에 넣은 자신이 또 오늘처럼 추태를 부리지 않으리라고 어떻게 장담할 수 있을까?

"무기로 장난치면 복이 달아난다네."

"으앗?!"

갑자기 방금 전 등을 덮쳤던 것과 똑같이 굳센 목소리가 라라자에게 떨어졌다.

혀를 내두를 만큼 쾌활하며 시원한 웃음을 지은 — 투구를 벗은 — 세즈말이다.

"새로운 검을 손에 넣어서 자꾸 만져보고 싶은 마음은 이해가 된다. 그러니까 즐거운 생각을 떠올리고자 노력해봐라."

"앗, 아니야, 난 그냥—."

—뭐, 확실히 맞는 말이었다.

자만심은 병이라는 말을 막 들었지만, 낙관적으로 좋은 생각을 떠올리는 것은 비슷한 듯하면서 실상은 다를 것이다.

지금까지는 일단 살아서 버텼다. 오늘은 새로운 단검을 장만했고, 눈앞에는 식사가 있다.

왜 침울해하지? 이상하다. 즐겨야 한다.

"그나저나 《미궁》에 들어갔다가 온 것도 아닌 듯한데, 어떻게 된 일이지?"

따라서 질문을 받은 라라자는 씩 웃더니 호들갑스레 떠들기 시작했다.

"사실은 이알마스 녀석이 시스터 아이닛키한테—."

§

《두르가의 주점》 한쪽에서 큰 소리가 쏟아졌다.

진심으로 유쾌하다는 듯이 탁자를 두들기고 술을 마시며 껄껄 웃는 모험가들.

그 중심에 위치하며 라라자는 얼떨떨한— 방금 전보다는 괜찮은 표정으로 말했다.

"이봐, 아이네 씨는 진짜로 시스터가 맞나?"

매섭게 대검 휘두르는 모습을 본 탓인지 도무지 납득이 안 되는 심정이었다.

이른바 성당 기사, 성기사, 군주(로드)는 설마 아니겠지만—.

“노코멘트. 그보다 이알마스 말이야!”

질문에 대답한 — 대답인가? — 자는 사라였다.

“아이네랑 둘이서 식사를 하는 것도 용서가 안 되는데 감히 이렇게나 귀여운 애를 방치하다니!”

사라는 어느샌가 자신의 가느다란 팔로 가비지를 단단히 끌어안고 있었다.

커다란 칼을 떼어놓고 본다면 조그마한 몸집에 삐쩍 마른 소녀다. 무릎 위쪽에 올려놓으니 정말 강아지 같았다.

“그치? 가비지도 같은 생각이지?”

“woof…….”

물론 본인은 답답해하는 모습인지라 애정 표현은 일방통행인 듯싶다만.

뺨 비비기를 당하며 원망스럽게 이쪽을 쳐다보는 푸른 눈동자를 라라자는 미련 없이 무시했다.

도와주고 싶어도 이곳에 있는 여섯 중 한 명에게 덤벼들 용기가 도저히 솟지 않아서였다.

“사라는 이알마스에게 엄격하군.”

세즈말이 그 모습을 보고 웃었다.

“그 녀석은 특별히 나쁜 남자가 아니잖나?”

"문제는 그게 아니란 말야."

사라는 고기를 먹고자 하는 가비지를 마구 쓰다듬어주면서 짜증스럽게 말을 이었다.

"《미궁》은, 사람에 따라 보이는 방식이 다르다는 건 알지?"

"이알마스에게는 어떻게 보이길래?"

"암흑과 그냥 하얀색 선."

사라는 가만히 말한 뒤 주위를 흘겨봤다.

"믿을 수 있어?"

"에이, 아니겠지. 말이 되나."

레아가 작은 손을 휘휘 흔든다.

"그건 너무한데."

"하하하! 글쎄, 나는 그런 광경도 나름 정취가 있어서 멋지다고 생각한다!"

"이알마스도 나와 마찬가지로 마술사지. 그렇다면 더욱 심도 있게 세상을 내다볼 수 있을 것이다."

"의외로 단지 자네의 기량이 낮아서 환영에 휘둘리는 것뿐인지도 모르겠군."

모두 저마다 내키는 대로 떠들고 있는 와중에— 호크윈드만은 무뚝뚝하게 입을 다물고 있었다.

아니, 한 마디도 입을 안 열기는 라라자도 마찬가지였다.

—이 도시에 오는 녀석은 크든 작든 무언가의 목적이 있기 마련이지.

이알마스도 마찬가지일까.

방금 전에도 뇌리를 스치고 갔던 말이 되살아난다.

기억을 잃고도 계속 《미궁》에 도전한다. 잃어버렸기 때문인가.

그 녀석은 정체가 무엇이고, 어디에서 왔고, 어디로 가려 하는가.

아니, 애초에—.

"애초에……."

불쑥 새어 나온 말을 라라자는 의식하지 못했다. 자연스럽게 입에서 흘러나왔을 뿐이다.

"이알마스라는 이름도 본명이 맞기는 한지 의심스럽지……."

"뭐, 가명일 테지."

몹시 담담한 대답은 담배를 피우는 모라딘에게서 나왔다.

"가명?"

"왜 아니겠어? 나도 진짜 이름은 숨긴다. 미스터 캣 로브도 마찬가지고."

그게 캣 로브라는 이름에 어울리는 귀여운 얼굴이냐. 모라딘은 심술궂게 웃는다.

"모험가니까 자기가 좋아하는 이름을 써도 상관없는 거야."

라라자는 본명을 그대로 쓰는 자신이 괜히 민망해져서 몸을 움찔거렸다.

아마 숙달된 레아 도적은 그런 라라자의 심경도 이해하고 있을 것이다.

아주 약간이나마 목소리가 부드러워졌다— 부드럽게 들린 것은 착각일지도 모르겠다만.

"뭐, 별명이나 칭호로 불리고 싶어서 자기가 떠들고 다니는 것보다는 괜찮은 셈이지."

"……너희도?"

그래서 라라자는 숨을 내쉬고 여섯 명의 모험가들(올스타즈)에게 말을 건넬 수 있었다.

어쩌면 대화 짬짬이 긴장해서 맛도 기억나지 않는 술을 마셨던 까닭일지도 몰랐다.

다만 아무튼 간에 상관없었다. 배짱은 라라자가 진심으로 원하는 것이었기 때문에.

"본명이란다."

세즈말이 웃었다.

"먼 옛날의 영웅에게 빌려서 지은 이름이지."

"마술사는 진실된 이름을 숨기는 법이다."

"나는 아니야."

프로스페로의 대답은 시시하다는 듯이 사라가 거친 콧김과 함께 계속해서 말했다.

"가비지가 본명이라면 부모를 아주 혼쭐내줘야 하니까."

"……Meh."

여전히 무릎 위쪽에 있는 가비지는 계속 귀여움을 받고 있었다.

저항을 포기했기 때문일까, 축 처진 모습으로 고기를 입가로 가져갈 뿐이다.

도와달라는 시선이 날아왔음에도 라라자는 무시했다.

"그러고 보니까 호크도 별명인가?"

"뭐, 별명 아니겠나? 물어본 적은 없지만 말이다. 어때, 별명이 맞나?"

불쑥 질문을 받은 호크윈드는 단지 말없이 어깨를 으쓱거렸다.

그런 반응마저도 라라자에게는 사고의 바깥에 있었다.

결국 그 후에— 라라자는 밤이 깊어질 때까지 더 이상 아무런 이야기도 꺼내지 않았다.

§

그리고 성난 파도와 같았던 하루는 끝을 맞이했다.

사원에서 시작한 하루의 끝까지 쭉 휩쓸려 다닌 것처럼 농락당하다가 다다른 곳은 마구간의 볏짚 잠자리 위다.

아이네는 사원에 돌아갔고, 이알마스는 숙소로 향했으며 가비지는 종종거리며 이알마스의 뒤를 쫓아갔다.

라라자는 홀로 녹초가 된 몸을 짚더미에 푹 누인 채 멍하니 천장을 바라봤다.

—피, 피곤하다…….

너무나도 많은 일들이 연속해서 일어났다.

아침부터 밤까지 정말 여러모로.

시체를 짊어졌고, 무기 상점에 갔고, 강도 비슷한 남자에게 공격받았고, 단검을 샀고, 주점에 갔다.

잘 해냈던 일들, 실수한 일들. 개인적으로는 실수가 더 많았다.

—그나저나, 그 남자…….

주점에서 라라자에게 의뢰를 맡긴 남자. 아니, 표현이 좀 주제넘은가. 어쨌든 자신을 자객으로 내세웠던 외투 차림의 남자.

그것과 같은 외투를 걸치고 나타났었지. 어쩌면…… 동류일까.

목을 베어서 날려버렸으니 더는 아무것도 알 수 없지만. 대가 없는 소생은 있을 수 없는 일이니.

—그건 그렇고…….

더욱 잘 해낼 수 있지 않았을까. 녀석도, 자신도.

방어만 하는 처지였을지언정 헛손질이나 한 것은 반성해야 한다.

만약 《미궁》이었다면— 아니…….

—시스터 아이닛키가 아니었다면 죽었겠지.

그 사람의 움직임은 정말 무시무시했다.

가비지도 비록 공격에 실패했을지언정 자신과는 아예 비교도 안 되는 움직임이었다.

그리고, 이알마스.

아울러, 지난날 《미궁》에서 언뜻 보았던 녀석의 움직임은 반응할 엄두도 안 날 만큼 빨랐다.

그렇다면 분명 세즈말을 비롯한 올스타즈 역시 비슷한 수준으로 빠를 것이다.

지금의 자신도 예전보다는 제법 빨라졌지만, 그보다도 훨씬 더

현격한 차이가 있겠지.

—경험의 차이라고 딱 잘라 정리하면 더 할 말은 없겠지만…….

몸을 사용하는 방법, 움직이는 방법의 차이도 크게 작용하리라.

몸에 휘둘리는 상태여서는 아무런 발전도 없다.

—하다못해 지금의 내게 좀 더 익숙해져야겠지…….

세상의 끝 너머. 그것을 보러 가기 위해서라도 기반이 부실해지지 않게 단단하게 다져야 한다.

적어도 예전 파티에 있던 때와는 달리 터 다지기에 충실할 수 있는 상황이니까.

이렇듯 느긋하게 몸을 누이면 여러 고민이과 목표가 머릿속에서 정리되고—.

—아.

『나도 마찬가지였다……. 아마도.』

그런 뜻인가.

라라자는 깨달은 사실에 숨을 내쉬었다.

그렇다, 이알마스다.

자신이 지금껏 살아있는 것도 이렇듯 미처 상상하지 못했던 나날을 보내고 있는 것도.

모든 것은 웬 까만 옷차림 남자 때문임이 — 덕분이라는 말은 못하겠다— 틀림없었다.

다만 동시에, 라라자는 아무것도 알지 못한다.

이알마스가 시스터 아이닛키와 무슨 이야기를 나눴는지는 알지 못한다.

가비지가 무슨 생각을 하는지도 마찬가지다.

—다들 도대체 어떤 심정으로 어떻게 살아가는 걸까.

아이네도, 가비지도. 그리고 올스타즈와, 이알마스.

그들은 어째서, 어디에서 왔고, 어디로 가려 하는가.

자신도— 라라자 본인도 대체 어떠한 인간일까. 어떠한 인간이 될 수 있을까.

꾸벅꾸벅 졸면서 이런저런 생각을 떠올리는 동안 라라자의 의식은 뚝 끊어져 어둠에 가라앉았다.

의식이 다시 떠오르는 때는 마구간에 아침 햇살의 첫 번째 한 줄기가 비치는 순간일 테지.

아침이 와버리면 분명 이 사색도 완전히 사라질 것이다.

그리고 또— 《미궁》이 기다리고 있다.

제 4 장
가비지

"전멸했다……."

발단은 《주점(터번)》에서 들린 혼잣말이었다.

아침나절 《두르가의 주점》. 떠들썩할지언정 북적거리지는 않으며 넉넉하지는 않을지언정 자리는 있다.

구석에서 보리죽을 먹고 있었던 이알마스는 말소리가 불현듯 들려옴에도 얼굴을 들어 올리지 않는다.

이알마스는 말없이 숟가락을 입으로 가져갔다.

그날은 휴일이었다.

물론 이알마스는 딱히 원해서 휴식을 취하는 부류는 아니었다.

그러나 안타깝게도 동료 중 승려는 없다. 승려가 없는 이상 체력을 자력으로 회복시켜야 한다.

따라서 오직 필요에 따라 부득이하게 모험을 쉬고 숙소에서 며칠씩 지내는 때가 있었다.

이 같은 시기를 일부러 노려서 나타났다는 생각마저 들었다.

남자는 불현듯 — 평소와 마찬가지다 — 주점의 문을 열더니 혼자 허우적거리며 들어왔다.

노상강도(부시웨커)라는 말이 나와도 납득할 수 있을 몰골의 초라한 남자였다.

이곳에 올 때까지 이미 술을 많이도 들이켰는지 발걸음이 후들거렸다.

그런 남자가 헛소리를 하듯 되풀이하며 중얼거린다.

"전멸했다……."

그래서 어쩌라는 말인가. 별것 아니다.

드문 이야기도 아니었다. 누구 한 사람도 저 말을 들어주지 않는다. 이알마스는 가만히 보리죽을 먹었다.

《미궁》에서 모험가가 괴멸하는 사태는 딱히 소문이 날 만한 화제가 못 되는 법이다.

만약 유명한 파티라면 — 가령 세즈말을 비롯한 여섯 명처럼 — 경우가 달라지겠으나.

흔한 떨거지 모험가, 어느 나라의 영웅이라며 으스대는 부류는 지천으로 넘쳐나니까.

그리고 그 남자는 드문드문 있는 빈자리 가운데 이알마스의 바로 뒤쪽을 골라서 자리 잡았다.

털썩 허물어지는 듯한 소리에 이알마스는 한쪽 눈썹을 살짝만 올렸다.

"3층이다……."

남자는 계속 말했다.

"3층 깊숙한 곳……. 비밀 문……. 그곳에서, 아아……."

이알마스가 무시하며 보리죽을 먹는 동안에도 남자는 말을 늘어놓는다.

누군가에게 들려주는 것도 아닌 혼잣말이라기에는 구체적인— 전멸을 당한 경위.

3층 깊숙한 곳, 아직껏 아무도 발견하지 못했던 비밀 문, 그 너머, 괴물 떼, 보물상자, 함정…….

"남은 사람은 한 명……. 나 혼자만……. 동료는…… 아직……."

누군가에게 들려주는 말도 아닌데 묘하게 귀에 잘 들려온다. 그런 음량으로 남자는 한바탕 말을 늘어놓았다.

이윽고 만족했는지 남자는 느릿느릿 일어나서 비틀비틀 흔들리는 움직임으로 걸음을 뗀다.

어디로 가려는지는 알 수 없으나 주점을 뒤로하고 도시 안으로 훌쩍 사라질 테지.

나타났을 때와 마찬가지로 누구 한 사람도 남자의 동향에는 주의를 기울이지 않는다.

이알마스도 마찬가지였다.

굳이 뒷모습까지 확인하지 않아도 마술사에게 어울리는 외투를 걸치고 있을 것이라고 짐작된다.

"거참."

이알마스는 빈 그릇에 숟가락을 던져 넣은 뒤 웃었다.

"너무나 뻔한 수작이지 않나."

§

"인마, 진짜 적당히 좀 해라……?!"

"arf!"

뒤에서 짜증 부려도 변하지 않는다. 가비지는 오늘도 의기양양하게 《미궁》을 걷고 있었다.

소녀에게는 일상과 같다.

커다란 칼을 한 손에 들고 지하로 훌쩍 내려간다. 괴물을 베어 넘긴다. 보물상자를 찾아낸다. 연다.

아니, 잘못 열었다가 이상한 사태가 벌어지는 경우도 많기 때문에 혼자였을 때는 쭉 방치했었다만.

오늘도 또 힘차게 숙소에서 나가려는데 요즘 따라다니는 쪼그만 녀석이 자꾸 떠든다.

까만 녀석이 데려가라며 몸짓을 한 터라 데려와봤는데 역시 떠든다.

슬슬 시끄러워 못 견딜 지경인지라 가비지는 일찌감치 작정하고 무시하기로 마음먹었다.

라라자는 속이 터질 것 같았다.

—제길, 못된 자식……! 신경 쓰이면 따라가보라고 지껄이더니……!

이런 여자아이 혼자서 《미궁》에 가는 게 걱정된다는 말은 도저히 할 수 없었다.

그야 잔반이잖은가. 하지만 혼자 지하에 내려가겠다고 하니 제정신이냐고 생각한 것도 사실이다.

그래서 따라와봤더니— 이런 꼴이다.

"howl!!"

"아, 이 녀석, 말을 하자마자……!"

가비지는 한 차례 짖더니 막 눈에 들어온 묘실의 문을 차 부수고 들어가 버렸다.

당연히 라라자에게는 쫓아가는 것 이외의 선택지는 없었다.

어둑하기에 바로 앞만 간신히 보이는 《미궁》에서 혼자 남겨지는 신세는 사절이다.

설령 동행자가 잔반이며 가는 길에는 괴물 떼가 잔뜩이더라도.

"BOW?!"

"ROOAAAR!!"

묘실 안에서 꿈틀거리고 있었던 것은 분홍색으로 들끓는 점액 덩어리에 인간형의 생물 몇 마리.

—버블리 슬라임과 코볼트인가?

그렇다면 운이 좋다. 이 계층에서는 비교적 약한 적이다—. 《미궁》 안에서의 이야기다만.

"woof!!"

하지만 라라자가 다른 생각을 하는 동안에 가비지는 몸을 날리고 있다.

숫자 앞에서는 위축될만 한데도 전혀 아랑곳하지 않는다. 소녀는 쇳덩이를 힘차게 휘둘러서 내리찍었다.

"AAAHHH!"

비명이 터져 나오고 피가 흩날린다. 두툼한 칼날로 날린 일격은 개 머리 괴물을 어깻죽지부터 갈라서 목숨을 빼앗았다.

"아, 진짜……! 못 봐주겠네……!"

뛰쳐나가려는데 온몸이 삐걱이고 쑤시며 아프다.

—제기랄, 몸이 작살났군……!

간이침대 때문이었다. 아니, 더 정확하게는 이알마스 때문이라며 라라자는 신음했다.

라라자가 마구간에서 숙박하고 있음을 안 뒤에 이알마스가 말없이 자신을 간이침대에 던져 넣었던 것이다.

불만을 제기하고 싶어도 떨떠름한 얼굴로 「시스터 아이닛키가 화를 낼테니」라잖은가.

—그야 뭐, 확실히 무섭긴 하군.

자신도 전면적으로 동의할 수밖에 없는 말이었던지라 입을 다물어야 했다.

간이침대의 장점은 비록 간이일지언정 엄연히 침대이기는 하다는 것이다.

나무 상자를 적당히 붙여 놓은 물건이어도 변두리의 숙소가 손님을 선 채로 재우기 위해서 쓰는 밧줄과는 큰 차이가 있다.

마구간의 지푸라기 잠자리도 못 견디게 나쁜 수준은 아니지만, 어쨌든 간에 침대의 폭신한 감촉에는 놀랐다.

하지만—.

—적응이 안 된다……!

이게 이유였다.

"에라, 아아앗!!"

그럼에도 얻은 것이 없다고 우긴다면 거짓말이다.

매서운 기합 소리와 함께 라라자가 끝까지 휘두른 단검이 코볼트의 몸을 갈랐다.

"UGHHH?!"

날카롭게 비명 지르며 몸부림치는 개머리 수인을 걷어찬 뒤, 라라자는 거리를 벌리고 숨을 내쉰다.

—베었다……!

크게 휘두를 필요는 없다.

이미 라라자의 움직임은 빠르고 예리하니까.

이제는 매번 의식을 집중해서 상대의 급소를 노리고 찔러야 한다. 꿰뚫어야 한다.

그러면 된다— 그러려면 더욱 침착하게 적을 직시해야 한다.

—이번 공격은, 깊이가…… 모자랐군……!

"growl……!!"

한편.

가비지는 자신의 몸이 점액투성이가 되는 것을 개의치 않고 쇳덩이를 무자비하게 휘두르고 있었다.

베어버리든 박살을 내든 개의치 않는 전법인가.

엉망진창이라 배울 게 없다. 라라자의 눈으로 봐도 제대로 된 부류의 검술은 아니었다.

다만, 그렇다. 온몸을 용수철처럼 비틀어 쓰는 저 움직임은—.

—시스터 아이닛키의……?

움직임과 비슷하다는 인상마저 받았다.

펑, 귀가 따가운 소리. 풍선을 터뜨리는 듯한 소리와 함께 점액이 터져 쏟아진다.

폭발에 휘말린 코볼트들도 혈육으로 바뀌어— 아, 진짜!

"너는 무서운 녀석이구나……!!"

"bark?"

"이대로 막 날뛰라는 소리다!"

그나저나 — 새로 장만한 단검을 휘둘러 대며 — 라라자는 생각했다.

이 녀석은 무슨 생각을 하고 있을까. 얼마나 말을 알아들을 수 있을까.

빨간 머리 여자애. 두렵도록 싸늘한 푸른 눈동자의 소녀. 들개 같은 아이.

목에 달린 철제 고리는 묵직하게 무게가 있고 손에 든 쇳덩이는 균형이 맞지 않는 커다란 손톱이다.

괴물을 죽이고도 아무 감흥을 느끼지 않는다. 물론 라라자도 마찬가지다. 다만 대상이 사람이어도 똑같은가?

《미궁》에 끌려왔을 때는 노예였다고 소문은 들어서 안다.

하지만 지금 이렇게 혼자 《미궁》에 진입하는 것은 무엇을 위해서일까?

이알마스에게 의리를 지키려는 생각 같지는 않다.

아마도, 라라자는 무엇인가를 — 혹은 누군가를? — 찾아다니는 것 같아 보였다.

다만 그것이 무엇인지를 묻는다면—.

—알 수 없군.

라라자가 간신히 마지막 한 마리를 처치했을 때도 가비지는 아주 태연하게 서있었다.

얼마 전 시스터 아이닛키가 사준 새 의복도 온통 검붉게 물들어서 더러워졌다.

소녀는 뺨을 외투로 문지르며 멍하니 서있다가—.

"sniff…… sniff……."

"앗, 인마……!"

코를 실룩거리며 묘실의 한쪽 구석으로 달렸다.

몹시 당황하며 라라자가 뒤를 쫓아가보니 그곳에는 불쑥 나타난 보물상자가 하나.

"거참……. 뭔가 찾았으면 일단 말부터 해라."

이렇게 핀잔을 줘도 안 통하겠지만, 라라자는 가비지를 타이른 뒤 보물상자 앞쪽에 쪼그려 앉았다.

—그런데 왜 이런 것들이 튀어나오는 걸까?

괴물도 의문이고 보물상자도 의문이다.

《미궁》이기 때문이라고 생각하면 더는 할 말이 없겠으나 불가사의한 부분은 많다.

이런 기묘한 장소에 있고, 자신은 모험가로 살고 있다. 까만 옷의 남자와, 빨간 머리의 여자애와.

불과 며칠 전까지는 상상할 수 없던 상황이다.

클랜의 말단으로 막 부려 먹히던 때와는 하늘과 땅 차이.

대우의 차이는 말할 나위도 없다. 주변 녀석들은, 뭐, 잘 모르겠다만.

조금이나마 즐거워졌다는 것 자체는 부정할 수 없다—.

"어, 으앗……?!"

딴생각이 너무 지나쳤기 때문이었을까.

갑자기 덜컹, 커다란 소리가 나며 눈앞의 보물상자가 격하게 흔들렸다.

함정인가.

얼굴을 휙 들어 올렸을 때 보이는 것은 싸늘한 눈빛의 가비지.

"yap."

빨리 열라고 말하는 듯 불손한 태도로 보물상자를 걷어차고 있었다.

"이, 이게 진짜……!"

라라자는 부들부들 떨면서 일어섰다.

"야, 맞지? 넌 내가 부하로 보이는구나!"

"arf!"

답할 필요도 없는 물음이었다.

§

"잠깐 시간을 내줄 수 있겠나."

"상관없네."

세즈말의 장점 중 한 가지는 식사 중 말을 걸어도 웃는 얼굴로 대응한다는 것이다.

탁자 옆쪽에 놓아둔 철 투구를 톡톡 가볍게 두드리며 옆에 선 친구를 올려다본다.

"고맙군."

이알마스는 검은 외투 안쪽의 검은 지팡이— 철제 칼집을 살짝 드러내며 대답했다.

해 질 무렵의 《두르가의 주점》에서 이루어진 만남이었다.

"언제부터 내려갈 수 있지?"

"언제까지인데?"

"급하진 않으나 빠른 게 좋겠지."

"그러면—."

다소의 차이는 있을지언정 이 주점은 시간에 관계없이 떠들썩하며 장사가 잘되고 금화가 잔뜩 굴러다닌다.

모험가들에게 날짜와 시간을 헤아리는 감각은 몹시 애매모호하기 때문이다.

그들에게 시간은 《미궁》에 갈 때, 복귀했을 때, 《미궁》에 가지 않는 때의 세 가지뿐.

그 모두가 끼니와 뒤풀이, 휴식이니 주점은 언제나 선택지에 올라가는 법이다.

따라서 세즈말과 이알마스가 대화를 나눠도 굳이 관심을 기울이는 자는 없었다.

시체를 운반하는 이알마스는 물론 자신이 기사임을 표방하는 남자도 또한 괴짜다.

괴짜와 괴짜가 대화를 나누는데 굳이 다가든다면 같은 괴짜가 아니겠는가.

그때 문이 열리며 검붉은색으로 지저분해진 작은 몸집의 잔반(가비지)까지 끼어들었다면 더더욱.

"Arf!"

"그래, 같이 식사할 테냐?"

"yap!!"

돌아왔다고 한 차례 짖는 소녀를 이알마스가 적당히 상대해주자 가비지는 또 짖는다.

소녀가 마치 꼬리를 흔드는 듯한 기세로 손가락질한 원탁에 몸을 던지자 합석 상대가 비명을 질렀다.

"인마……! 조금은 몸을 깨끗하게 닦고 앉아라!"

"woof?"

합석 상대, 즉 뒤따라 들어왔던 라라자가 피와 점액이 잔뜩 묻은 원탁을 보고 불만을 늘어놓은 것이다.

투덜투덜하며 탁자의 참상을 보고 얼굴을 찌푸리는 소녀에게 가비지가 시치미 떼는 얼굴로 고개를 갸웃거린다.

이알마스가 말없이 보리죽 그릇을 밀어주자 소녀는 곧장 「yap!」라며 소리 높였다.

라라자에게는 「원하는 것을 주문해라」라고 말했더니 「……그럼 고기로」라고 답한다.

그리고 소녀가 보리죽에 얼굴을 박을 기세로 먹는 모습을 보고 세즈말이 피식 웃었다.

“뭐지?”

“익숙해졌다는 생각이 들어서 말이야.”

이알마스가 묻자 세즈말은 턱을 까딱거리며 가비지를 가리켰다.

“단독(솔로)으로 보내는 건가?”

“이 녀석이 언제 외출을 하든 자유잖나.”

보호자도 따로 붙여주었고. 이알마스는 짤막하게 말을 덧붙였다.

“그런가.”

세즈말은 맞장구만 치고 말았다.

이알마스라는 남자는 딱히 쑥스러움을 감추려는 것이 아니라 진심으로 다른 의도가 없을 법한 모험가다.

그저 단순히 뒤치다꺼리라는 생각을 하고 있음이 분명하겠다.

사라는 이를 납득하지 못하고 취한 채로 상당히 시비를 걸었다는 것 같은데, 세즈말은 그러지 않았다.

그는 자신의 장점을 솔직하며 성실하고 단순하며 쾌활한 성격이라고 스스로 인식할 수 있는 남자였다.

“게다가 물어본들 목적은 알 수 없으니까 말일세.”

“yap?”

자신을 불렀다고 생각했는지 얼굴을 드는 가비지에게 세즈말은 아무것도 아니라며 손을 흔들었다.

이 소녀의 본명조차 — 만약에 있다면 — 알지 못하는 상태잖은가. 다른 배경은 말할 나위도 없겠다.

세즈말은 혼자서 납득한 뒤 계속 말했다.

“그래, 우리가 갈 곳은 어디인가?”

“3층이다.”

이알마스는 대답했다.

“귀에 들려온 이야기가 있었거든.”

“낮은 계층이군.”

적어도 최하층의 땅속 깊숙한 바닥, 어디까지 이어지는지도 알 수 없는 《미궁》에서는 낮은 편이다.

그러나, 그럼에도 아직 탐색이 다 이루어졌다고 말할 순 없다. 괴물도 1층, 2층과는 크게 다르다.

“일단 알려줄 수 있는 범위에서 설명을 듣고 싶은데.”

“아마도 3층 깊숙한 곳에서 비밀 문과 묘실을 발견한 녀석들이 있다는 것 같다.”

“오호라.”

“그곳에서 폭탄 함정에 걸린 파티가 붕괴, 승려의 《로크토페이트(귀환)》로 긴급 탈출을 했다.”

“장비도 동료의 시체도 내버려 두고 말인가.”

세즈말은 중얼거렸다.

“폭탄에 맞은 승려가 살아남았다?”

“군주(로드)일지도 모른다만. 대강 파악이 됐나?”

"숨겨진 방 안쪽에는 시체와 장비가 산처럼 남아있겠고."

세즈말의 말에 이알마스는 고개를 끄덕였다. 세즈말은 팔짱을 꼈다.

"출처는 시스터 아이네인가?"

"주정뱅이가 내가 들으라는 듯이 떠들고 갔다."

"수상하군."

"동감이다."

이알마스와 세즈말은 나지막한 목소리로 덤덤하게 웃었다.

전에 겪은 사건을 물론 잊어버리지는 않았다. 그런데 잘 기억하고 있다고 해서 무엇이 달라지나?

수상함도 위험성도 전부 《미궁》과는 비교되지 않는다.

느닷없이 자객이 들이닥치는 것과 괴물에게 습격당하는 것이 무엇이 다른가?

설령 함정일지라도 세즈말은 보물상자에 설치되어 있는 함정이 더욱 두렵다고 생각한다.

"재미있겠군. 좋다, 참가하지."

오히려 탐색을 쉬는 파티의 휴식 기간 중 지루함을 달래기에는 딱 좋다.

친구와 함께 시간을 보내는 것도 보람차겠지. 이알마스는 세즈말에게 「고맙다」라고 중얼거렸다.

이어서 「라라자」라며 가만히 귀를 기울이고 있었던 도적 소년의 이름을 불렀다.

"너도 따라올 테냐?"

"……."

소녀은 이제야 막 탁자에 올라온 고기를 뼈째 붙잡고 뜯어 먹으려다가 입가를 닦았다.

아마도 무척 망설여지는지 금방 답이 나오지 않았다.

라라자의 머릿속에서는 얼마 전 사건, 소문의 신빙성, 수상함, 자신의 실력이 빙글빙글 휘몰아친다.

위험과 이익을 천칭에 올린다. 안전성은 어느 정도인가.

세즈말이 따라와준다면 저번보다는 안심할 수 있다. 아마도.

"……돈이 된다면야."

"보장은 못 해주겠군."

간신히 쥐어짜서 말한 답변에 돌아온 것은 쌀쌀맞고 짧은 한마디.

라라자는 자포자기에 한없이 가까운 체념과 함께 얼굴을 찌푸렸다.

"그런데 몇명이서 가는 거야? 여섯 명은 아니지?"

《미궁》에 진입할 수 있는 모험가의 숫자는 한 번에 여섯 명까지라는 불문율이 있다.

여기에는 통로의 폭이나 묘실의 넓이 등 다양한 이유가 있지만—결국은 나중에 붙인 구실이다.

거대한 용마저 들여놓을 수 있는 묘실, 그런가 하면 숨쉬기도 답답할 만큼 비좁은 통로.

공간 및 거리마저 애매한 《미궁》 안에서는 대열의 의미 따위 전위이냐 후위이냐 정도밖에 없겠지.

따라서 이유는 단 하나뿐이다.

《미궁》에 여섯 명보다 많은 인원으로 들어가면 죽는다.

소문이다. 농담인 양 다들 수군거리는 말들, 하지만 사실은 모두가 믿고 있는 단순한 소문.

게다가 실제로 열 명으로 진입했던 파티는 돌아오지 않았다.

여섯 명 파티가 각각 진입하고 내부에서 합류한 뒤 열두 명으로 행동했던 녀석들도 마찬가지다.

전원이 어떤 말로를 맞이했는지도 분명하지 않았다. 돌 속에 갇혔는지도, 괴물에게 내장을 모조리 뜯어 먹혔는지도.

따라서 여섯 명. 더 많으면 안 된다. 적은 숫자는 괜찮다.

이때, 여섯 명이라는 숫자에는 물론 시체도 포함된다.

—이 녀석이 단독 행동을 했던 이유도.

납득할 수 있다고 라라자는 생각한다.

"그렇군. 세 명이다만……."

이알마스의 시선이 주점 구석에서 보리죽을 먹는 여자아이에게 향했다.

"너도 따라올 테냐?"

"Arf!"

"그렇군."

물음을 들은 가비지가 끈적끈적한 음식물이 묻은 얼굴을 접시에서 들어 올리며 짖었다.

차분한 표정으로 이알마스는 고개를 끄덕이고 있다만—.

—뭔 소리인지 전혀 모르겠는데…….

라라자는 질린 표정을 지은 채 세즈말에게 눈을 돌렸다.

세즈말이 말없이 미소지으며 라라자에게 손가락을 세운 손을 보여줬다.

네 명.

§

다음 날, 《미궁》, 지하 1층.

"으엑, 여전하군……."

라라자가 얼굴을 찌푸릴 만한 이유가 있다.

계단을 내려가서 《미궁》에 진입한 직후의 그곳은 모험가로 북적거렸다.

아직 이곳은 《미궁》에 의한 인식 저해가 약한 구역이겠지.

사람 무리를 피해 지나가며 한 구획이라도 앞으로 나아가면 눈 깜짝할 새에 사라지는 광경이라지만…….

"snarl……."

어쩐지 가비지조차 질색하는 표정을 짓는 것도 이해가 될 정도였다.

저들 가운데 몇 명이 《미궁》에 삼켜져서 영영 복귀하지 못할지 라라자는 알 수 없다. 관심도 없다.

자신도 똑같이 사라질 수 있는 신세잖은가. 가능한 생각하고 싶지 않은 결말이었다.

다만 궁금해지는 것은 있었다.

“이봐.”

라라자는 앞에서 가는 흑의를 입은 모험가의 등에 물었다.

“저 녀석들은 뭘 하는 거야?”

“상처 치료다.”

이알마스는 고개 돌리지도 않은 채 답했다. 그저 똑바로 《미궁》의 어둠 깊숙한 곳을 주시한다.

“마구간에서 자고 정신을 쉬게 해주며 주문을 회복한 뒤 《미궁》에 들어와서 주문으로 치료를 한다.”

“그래봤자 회복 주문도 하루에 몇 번씩 쓰지는 못하잖아……?”

“따라서 며칠씩 왕복을 하지.”

처음 이알마스가 어깨 너머로 라라자를 돌아봤다.

“마구간과 《미궁》의 입구만 쭉.”

“……진짜냐.”

이알마스의 말에 라라자는 침음했다.

행동의 목적은 짐작이 간다. 돈이 없기 때문이다.

땅바닥에서 몸을 웅크리고 있다가 동료 신관이 《디오스(약석)》를 써주면 지상으로 돌아간다.

같은 과정을 하염없이 반복한다 — 치료가 끝나 탐색을 재개해도 결국은 — 달라지지 않는다.

저런 행태는 외지의 사람들이 보통 상상할 법한 영웅적인 모험가의 모습과는 매우 거리가 있다.

하지만, 그렇다 해도—.

—예전의 나보다는 나은 처지겠구나.

라라자가 새삼스럽게 저들에게 의문을 가진 이유는— 아마도 여유가 생긴 덕분이다.

지금 파티에는 — 파티라고 불러도 될지 의문이다만 — 회복을 할 줄 아는 승려와 신관은 없다.

돈을 벌게 된 다음부터 라라자는 처음으로 제대로 된 침실에서 숙박할 수 있었다.

간이침대. 그것마저도 라라자에게는 상당한 사치다.

예전 클랜에 있던 시절에는 도저히 주위를 관찰할 여유가 없었다.

예전 클랜에서는 치료를 받아본 적이 없다.

소생은 논외, 치료조차 낭비다. 돈을 써서 살리는 것보다 신입을 낚아채는 것이 더 싸게 먹히니까.

라라자와 같은 — 그 소녀 가비지와 같은 — 대체용 모험가는 얼마든지 있다.

상처의 열과 아픔에 짚더미 속에서 하염없이 신음만 하고, 다음 날에도 매몰차게 방패로 혹사당하다가 결국 죽는다.

그런 동료를 몇 명이나 봐왔다. 그마저도 운이 좋았다. 살아남을 가능성 자체는 있지 않은가.

라라자처럼.

"뭐지, 저렇게 치료를 받은 경험이 없는 건가?"

두 사람의 이야기를 듣고 있다가 세즈말도 대화에 관심을 갖고 끼어들었다.

철컥철컥 갑옷 소리를 울리며 걷는 이 자유 기사는 일행 중 가장 중장비를 갖췄다.

"그야, 뭐……."

라라자가 우물쭈물하며 주눅들만도 했다.

적어도 이 《미궁》에서 이름이 알려진 모험가 중 하나. 자신과는 명백하게 격이 다른 인물.

주점에서 편하게 있을 때는 좀 나았는데, 이렇게 완전 무장을 갖춰버리면 차이가 더욱 와닿는다.

게다가 의외로 싹싹하다는 것이 라라자를 더욱 당혹케 하는 이유이기도 했다.

—차라리 저 녀석처럼 아예 무뚝뚝하거나 잘 이해가 되지 않았다면…….

그렇게 이알마스를 원망을 담아 쳐다본다만, 당사자는 이미 또 등을 돌린 채 걷는 중이다.

"……없어."

어쩔 수 없이 라라자는 솔직하게 군더더기 없이 대답했다.

"그러면 조금 더 좋은 대우를 보여주마."

세즈말이 오른손을 무척 호들갑스럽게 들어 올리더니 낭랑한 어조로 말을 읊조렸다.

"《밈아리프 페잔메 레 페이체(거대한 방패여, 저편에서 세차게 불어오거라)》."

"어, 엇……?"

무의식중에 라라자는 소리 높였다— 다만, 하지만, 아무런 반응도 없다.

"arf……?"

가비지조차 멈춰 서서 제 맑은 눈동자를 끔뻑거리고 있었다.

—아마 단순히 느닷없이 이 녀석이 큰 소리를 낸 탓에 놀랐을 뿐이겠지만…….

당황한 것은 라라자 또한 마찬가지였다. 주뼛주뼛하며 세즈말의 낯빛을 살폈다.

"어, 방금 뭐였어……?"

"좋은 신관이 있다면 탐색 전 미리 《마포픽(큰 방패)》를 써준다는 뜻이다."

앞에서 가던 이알마스가 한숨 쉬고는 중얼거렸다.

"자넨 군주(로드)가 아니니 못 쓰지 않나."

"와하하하하!"

쾌활한 웃음. 라라자는 어안이 벙벙하기도 해서 뭐라고 대꾸하면 좋을지 알 수 없었다.

—으음, 요컨대 방금 행동은 농담이었다……?

뭐지. 틀리지는 않다. 아마도.

"꼭 방어력이 단단해지는 게 전부는 아니니까 말이다. 마음 편하게 먹고 가자고!"

용 머리 장식이 달린 투구의 안쪽으로 세즈말이 한쪽 눈을 감았다 떴다. 아마도 그런 것 같다.

긴장을 풀어주려는— 말이었던 건가?

—그럼 농담이 나온 김에.

라라자는 마음을 굳히고 우스갯소리를 하는 것처럼 이알마스에게 말했다.

"목적지를 이미 안다면 전이 주문인지 뭔지를 써서 날아갈 수는 없나?"

언젠가 흘려 들은 지식이었다. 애당초 라라자는 주문을 자세하게 알지 못한다.

다만 실제로 겪었다. 낭비했던 《악마의 돌》은 무시무시하지만 아까운 물건이었다.

"그건 최고위 주문이잖냐."

세즈말이 어이없어하며 말했다.

공간 이동. 차원을 뛰어넘는 비기. 정말로 전설 속 이야기에서나 언급되는 절기.

승려가 사용할 수 있는 긴급 탈출과는 전혀 다르다. 원하는 장소로 날아갈 수 있으니까.

"우리 파티의 프로스페로도 아직 못 쓴다네. ……쓸 줄 아는 녀석이 있기는 하나?"

"주문은 귀중하다."

이알마스는 딱 한마디만 중얼거리고 앞으로 나아갔다. 가비지가 뒤를 따른다.

라라자도 허둥지둥 쫓아가다가— 찰나에 고개 돌려서 입구 방향을 힐끔 처다봤다.

이미 잔뜩 몰려 있었던 모험가들의 모습은 전혀 보이지 않았다.

《미궁》의 어둠에 삼켜졌거나— 혹은 반대로 라라자와 일행이 집어삼켜진 것처럼.

§

"솜씨가 꽤 괜찮군."

"woof?"

"괴물만 상대한 게 아니야. 사람도 베어봤지?"

"Alf!"

"그런가, 흠."

무척이나 느긋한 대화였다.

《워 슬레이어(짐승 분쇄기)》를 휘두르며 카피바라 및 자이언트 토드, 코요테를 다져버린 뒤가 아니었다면.

피투성이 가비지가 몹시 서투른 손놀림으로 널찍한 검을 소매에 끼워서 칼날을 닦는다.

익숙한 그 동작을 보고 세즈말은 무척 즐거워하며 가비지의 머리에 손바닥을 얹었다.

"woof?!"

묘실을 돌파할 때 되풀이되는 이런 대화에 라라자는 전혀 말을 보태지 않았다.

소년은 진지하기 짝이 없는 낯빛으로 보물상자와 마주한 채 개봉 작업에 주력하고 있다.

사실— 자물쇠를 따는 것 자체는 간단하다고 말할 수 있다.

문제는 함정의 종류를 식별하는 것, 그리고 종류에 따라 잠금장치를 푸는 과정이다.

이 단계만큼은 아무리 숙달된 도적이어도 확실하게 장담을 하지 못한다. 초보자라면 더더욱.

“《칼포(투시)》 주문을 쓸 줄 아는 신관이 있다면 좋을 텐데.”

세즈말이 묵묵히 탐침을 움직이는 데 집중하는 라라자를 바라본 뒤 중얼거렸다.

이어서 가비지의 곱슬머리를 강아지에게 하듯 쓰다듬었다가 항의받으며 계속 말했다.

“이알마스, 이왕이면 아이네도 영입하는 게 좋지 않았겠나?”

“돈을 받을 것 같군.”

대답은 단적이었다.

이 파티에서 유일한 주문술사인 흑의의 모험가는 벽면에 기대어 느긋하게 서있다.

어쨌든 가비지뿐이라면 모를까 세즈말까지 있어준다면 지하 1층, 2층의 괴물은 상대하기 수월하다.

귀중한 주문을 소모할 의미도 없다. 이알마스는 이동 중 라라자와 함께 후열로 물러나서 움직였다.

“하긴, 받겠지.”

편하게 다닐 수 있어 좋다며 시치미를 떼는 친구에게 세즈말은 그렇게 답하더니 소리 높여서 웃었다.

“다만 구두쇠 짓은 적당히 조절해서 해라. 목숨이 달려 있잖나. 이래서 잔소리를 듣는 거다.”

“그건 오히려 설교라고 해야 할 테지.”

“타당하군.”

시스터 아이닛키. 경건한 엘프 승려에게는 며칠 전에도 설교를 들어야 했다.

이알마스는 계속해서 세즈말과 시답잖은 대화를 나누며 멍하니 회상한다.

일마 전《두르가의 주점》에서 나눴던 말을.

§

“……모르는 편이 더 좋지 않을까요?”

떠들썩한 두르가의 주점 한구석.

오늘이나 내일 언제든 죽을 수 있는 모험가들의 떠들썩한 소리로부터 멀리 떨어져 나온 것 같은 자그만 탁자.

그곳에서 북방의 강렬한 증류주를 홀짝인 아이네는 조용하게 의미심장한 말을 꺼냈다.

“무엇을 말이지?”

"당신의 과거 말이에요."

평소 모험가들의 수다로 무척 북적거리는 이 《주점》은 이때도 역시 예외는 아니었다.

라라자와 가비지를 남긴 채 시스터 아이넷키는 이 남자를 원탁으로 끌고 왔다.

이알마스가 고분고분 의자에 걸터앉을 때까지 지켜보다가 은발의 엘프도 맞은편 자리에 사뿐 앉는다.

이알마스가 주문한 술은 흔한 보리주. 그러자 아이네는 난처해하며 미소 지었다.

"지난번 사건의 내용이요, 제 귀에도 들어왔어요."

"라라자에게 의뢰를 맡겼다는 녀석을 말하는 건가."

"네. 오늘 소동하고도 이어져 있지만요."

아이네는 몹시 진지한 표정으로 고개를 끄덕거렸다.

이런 때 이알마스는 언제나 말없이 이 여성의 이야기에 귀를 기울여준다.

이 세상을 살아가며 남이 내밀어주는 도움을 손길을 까다롭게 가리는 것은 배부른 행동이다.

"표적은 당신이거나 그 아이가 틀림없겠지요."

"그렇겠지."

"즉, 위험에 처한 거예요. 당신이나 그 아이는."

"어쩌면 양쪽 다."

"……."

아이네는 일단 말을 일단락 지었다. 머뭇머뭇하며 한 번, 두 번, 입을 살짝만 열었다가 닫는다.

그리고 살며시 눈을 감은 뒤 신의 이름을 읊조리고서 차분한 말투로 조심스럽게 질문했다.

"모르는 편이 더 좋은 일도 있다는 생각은 하지 않는다."

이알마스는 즉답했다.

주점에 모인 모험가들의 떠들썩한 잡음이 파도치는 소리처럼 밀려들었다가 빠져나간다.

잠시간 이알마스도 아이네도 아무런 말을 꺼내지 않았다.

서로의 말을 기다리는 것 같기도 했고, 대화가 끝난 것 같다는 인상도 있었다.

다만 이알마스는 「걱정해주는 건 고맙다만」이라며 굳이 자신이 먼저 입을 열었다.

"무엇을 결정하든 간에 알아야 한다. 지식이 없다면 선택은 불가능하지. 그렇잖나?"

"……."

아이네는 어떤 뜻으로 한 말인지를 이해하고 표정을 누그러뜨렸다. 체념한 듯한, 기막히다는 듯한 표정이었다.

"그렇게 말씀하실 것이라고 생각했어요……. 저도 요즘은 조금 알게 되었거든요."

"무엇을?"

"당신의 길을 말이죠."

"길?"

"네."

아이네는 무릎 위쪽에 손을 모아서 고쳐 앉더니 곧이어 아름답게 쭉 뻗은 집게손가락을 세워 보였다.

"선을 알아요. 악을 알아요. 마냥 깨끗하지는 않지만 완전히 탁하지도 않아요."

엘프의— 이제는 수명의 제약이 있음에도 쇠하지 않는 미모가 똑바로 이알마스를 주시했다.

"그러니 중립을 선택할 수 있죠."

"길 한복판을 단지 비틀비틀 걸어다니는 것뿐일지도 모른다."

"그럴지도 몰라요."

후훗. 아이네의 눈이 부드럽게 휘어졌다. 그 모습을 보고 이알마스는 어깨를 으쓱거렸다.

"그러고 보니 가비지를 버리라는 말은 안 하는군."

"당연하죠."

그러자 아이네는 뾰로통하게 답하며 목소리와 입술을 삐죽였다.

이런 표정을 지으면 곧장 엘프다운 면모가 사라지고 묘령의 아가씨가 되어버리는 것이 신기하다.

아이네는 멀리 원탁에서 선배 모험가들에게 둘러싸인 라라자와 가비지가 있는 곳으로 시선을 보냈다.

"그런 나쁜 짓, 언제든 해보세요. 악으로 기울어진 당신을 이쪽으로 잡아끌어드리겠어요."

"아니면 밀쳐 넘어뜨려서 결판을 내거나."

"고마워해야겠죠?"

"눈물이 나오는군."

이알마스는 웃었다. 시스터 아이닛키도 살짝 쑥스러워하며 미소 짓고 있었다.

저 얼굴을 보았기 때문은 아닐 것이다.

이알마스는 특별히 이유도 없이 문득 이야기할 마음이 든 자기 자신의 심정을 깨달았다.

일부러 숨겼던 것은 아니다. 말하고 싶지 않다는 거부감이 있지도 않았다.

단지 이야기해도 괜찮다는 생각이 들었을 따름이다.

어쩌면 이 같은 심경 변화야말로 지 경건한 성녀가 지닌 덕(카르마)에 감화된 영향일지도 모르겠다만.

"시스터 아이닛키."

"네?"

아이네는 은발을 흔들거리며 고개를 갸웃거렸다.

"부르셨나요?"

"당신은 두 가지 착각을 하고 있군—."

§

덜컹 소리가 나며 보물상자의 뚜껑이 묘실 바닥에 떨어졌고, 이알마스의 의식도 현실로 돌아왔다.

라라자가 이마에 난 땀을 훔치며 거하게 숨을 내쉬고 있던 참이었다.

"성공했나."

"그야, 뭐. 독침쯤이야 간단하지……."

그렇게 큰소리쳤으나 라라자가 몹시 지쳤다는 것은 한눈에 봐도 알 수 있었다.

도적의 개봉 작업은 언제나 긴장감— 그야말로 전투에 필적할 만큼 아슬아슬한 분위기와 이웃해야 한다.

함정 해제에서 실수가 발생했을 때 피해를 받는 사람은 자신이며 경우에 따라서는 즉사할지도 모른다.

애초에 함정 식별에 실패한다면 작업 전부가 스스로 죽음을 향해 나아가는 길을 포장한 것과 마찬가지다.

전술한 대로 신관이 있더라도 이 작업만큼은 누구에게도 의지할 수 없는 혼자만의 싸움이었다.

"yap!"

따라서 잔뜩 지친 라라자는 아랑곳않고 가비지가 한발 먼저 재보를 향해 달려들었다.

그래봤자 소녀는 정작 가치를 알아볼 줄 모른다만— 아니.

"arf! arf!"

반짝거리는 예쁜 물건이라는 의미에서는 가장 순수하게 재물의 의의를 이해하고 있는 셈인가.

한바탕 금화의 산을 휘젓고 만족했는지 소녀는 또 이알마스의 곁으로 온다.

"Bow!"

한 차례 짖고 의기양양하게 어떠냐, 라고 말하는 것처럼 금화를 한 닢 치켜들어서 보여줬다.

"너와 맞닥뜨리면 단순한 사냥감이구나, 이런 큰돈도."

"woof?!"

이알마스가 장갑 낀 손으로 소녀의 머리를 만지자 역시 들려오는 것은 항의의 목소리.

원망에 찬 눈빛으로 머리를 부여잡고 으르렁대는 가비지가 우습다만, 이렇듯 티격태격하는 것도 일상이다.

바닥에 주저앉아 물주머니의 내용물을 잔량도 신경 쓰지 않고 들이켜는 라라자 또한 역시 마찬가지.

"다음 묘실을 돌파할 때까지는 못 마신다."

"으엑……."

세즈말이 웃으며 말했다. 라라자는 호들갑스럽게 엄살을 떤다.

"3층이면 꽤 걸어야겠지……."

"승강기를 써도 괜찮겠지만 도중에 얻을 재보가 아까우니까 말이다."

이런 타당한 이유를 들려주면 아직 《미궁》의 초보자인 라라자는 반론할 말이 없었다.

어쨌든 세즈말은 최전선에 있는 모험가 중 한 명이다. 이알마스 또한 경험은 풍부할 테지.

—이 녀석, 잔반은…….

"arf?"

"아무것도 아니다……."

뭐 할 말 있냐는 듯이 고개를 살짝 갸웃거리고 있는 소녀는 어떨지 알 수 없지만 말이다.

아무튼 간에 중요한 문제였고, 라라자 또한 재보를 포기하기는 아쉬웠다.

만약 예전 클랜이었다면 몰라도 지금의 파티는 정확하게 분배해주지 않는가.

주머니가 두툼하다는 기쁨은 한번 알아버리면 쉽사리 포기할 수 없는 법이다.

그런 라라자의 속마음을 들여다본 것처럼 세즈말이 어깨를 두드려줬다.

"자꾸 불평은 늘어놓아도 이래저래 제법 익숙해진 것 같구나."

"그야 드래곤을 상대할 때랑 비교하면, 뭐……."

정말 강렬한 경험이었다. 두 번은 사절하겠다. 다만 모험가라면 불가피한 관문일 테지.

땅이 꺼져라 한숨을 쉬는 라라자에게 세즈말은 투구 안쪽으로 울리는 웃음소리로 답해줬다.

명백하게 놀림을 받는 상황이었으나 조롱이라는 생각은 들지 않았다. 신기하게도 쾌활함이 먼저 느껴져서일까.

그래서 라라자의 원망에 찬 눈은 멍하니 꼼짝 않고 서 있는 가비지의 옆으로 향한다.

쪼그려 앉은 채 큼직한 자루에다가 재보를 집어넣고 있는 흑의의 남자, 이알마스가 대상이다.

"……예전부터 궁금했는데 말이야."

"뭐지."

"결국 있잖아."

라라자는 무릎 위쪽에 팔꿈치를 올려서 턱을 괴고 힘없는 말투로 질문했다.

"넌 싸울 수 있는 마술사냐, 아니면 마법을 쓸 줄 아는 전사냐."

"모르겠군."

전혀 종잡을 수 없는 대답인지라 라라자는 몹시 오묘한 표정을 얼굴에 떠올렸다.

"arf?"

그 모습을 들여다보던 가비지가 별 관심도 없다는 듯이 소리를 냈다.

탐색 과정은 이렇듯 순조롭게 진척되는 중이었다.

§

"여기인가?"

"아마도."

이알마스는 고개를 끄덕였다. 파티의 눈앞에는 아무 특별할 것 없는 돌벽이 우뚝 서 있었다.

게다가 반들반들하며 이음매가 없는 통짜 바위로도, 돌을 쌓아서 올린 벽으로도, 암벽으로도 보인다.

이곳《미궁》에서는 모험가의 인식이 애당초 불확실하고 또한 애매하다.

다만 공통적으로 돌벽이라는 점 하나는 전원이 이해할 수 있었다.

묘실과 묘실을 이어주는 통로의 틈새.

코를 실룩거리고 있는 가비지의 옆에서 라라자가 주뼛주뼛 벽에 다가간다.

"그럼…… 조사해본다?"

"부탁하지."

라라자는 벽면에 손을 가져가서 위화감이 있는 지점을 신중하게 찾기 시작했다.

《미궁》에는 이렇듯 비밀 문이 존재한다는 사실이 알려져 있다.

일방통행의 문이나 평범한 방법으로는 열리지 않는 문도 있다고 한다. 어떠한 원리인지는 알지 못하지만.

"……."

긴장한 라라자에게는 다행일 텐데 문 자체에 함정이 있다는 이야기가 나온 사례는 없다.

괴물이 있더라도 문 너머에 위치한다.

침을 꿀꺽 삼키며 라라자는 한동안 문을 더듬고 쓰다듬었다. 옆에서 가비지가 하품하는 소리가 들린다.

그러다가 단검을 꺼내 들더니 벽의 한 모퉁이에 칼날을 세워 그음으로써 문의 형태로 베어냈다.

"이제 끝이다……. 아마도."

"제법 잘하는군."

세즈말이 꾸밈없이 칭찬하며 소리 높이자 라라자는 아무 말 않고 인중을 문질렀다.

이제부터는 전위가 나설 차례다. 물러나는 소년과 교대해서 전사들이 앞쪽에 섰다.

세즈말, 가비지, 그리고 이알마스다.

이알마스는 검은 지팡이와 비슷한 카타나의 칼자루 끝에 손바닥을 얹고 느긋한 자세로 비밀 문을 바라본다.

"지도에 기록해야겠군."

무엇이 우스운지 이알마스는 그렇게 말한 뒤 히죽 입꼬리를 끌어 올렸다.

"가볼까."

"리더는 자네일세."

세즈말이 가볍게 말했다.

"먼저 들어가시게나."

"그러지."

"woof!!"

허가를 받은 가비지가 몸을 문에 부딪쳐서 깨부순 뒤 모험가들은 묘실 안으로 우르르 들이닥쳤다.

거대한 묘실에는 수호자 격의 괴물 녀석들이 있는 법이다. 그리고 재보도.

한 번 죽여도 어느 틈인가 다시 나타나는 괴물들에 대한 경계는 당연히 필수였다.

암흑이 가득 들어찬 묘실 안, 오감을 예리하게 가다듬으며 주위를 살핀다.

냄새, 소리, 일렁이는 그림자, 혀끝에 느껴지는 쇳녹의 맛. 살갗에 닿는 공기의 흐름.

긴장 가득한 순간— 그런데 아무런 반응도 없다.

"……없나?"

"허탕일 수도 있겠지."

긴장이 풀려 무심코 숨을 내쉰 라라자에게 이알마스가 짧게 말했다.

"시체를 찾지."

"장비랑 보물도?"

"잘 아는구나."

칭찬받았다. 라라자는 잠깐 그렇게 생각했다. 어째서 그렇게 생각했는지 알 수 없다만.

라라자는 고분고분 지시에 따라 묘실의 어둠 속에서 모험가의 시체를 찾기 시작했다.

그런데 가비지는 움직이지 않는다.

"arf……!"

전투의 예감으로 흥분하고 있었던 가비지는 괜히 허탕만 쳐서 불만이 잔뜩인가 보다.

다만 소녀가 돌판을 깐 바닥을 지루하다는 듯이 걷어차는 순간에도 무기에서 손을 떼지 않는 인물도 있었다.

"괴물은 없군."

세즈말은 검을 겨눈 채 말을 꺼냈다.

"시체도 보이지 않고 말일세."

"어쩐지 이렇게 될 것 같기는 했어."

이알마스도 마찬가지였다. 검은 지팡이와 비슷한 애검에 손을 얹은 채 쿡쿡 웃고 있었다.

"상황이 재미있어졌군."

"동감이야."

"아무것도 없는데?"

잰걸음으로 돌아온 라라자가 불만스럽게 침음한다.

"거짓말 아니냐?"

그때였다.

불현듯 날카로운 금속음이 귀에 박히듯이 온 묘실에 울려 퍼졌다.

"chirp?!"

가비지가 비명을 지를 만했다.

귀를 부여잡고 쪼그려 앉는 소녀의 옆에서 라라자가 반사적으로 단검을 뽑아 들더니 자세를 낮추고 경계한다.

"뭐, 뭐야……?!"

"경보(알람)인가."

세즈말이 중얼거렸다.

"보물상자를 열지도 않았는데?"

"그런 경우도 없지는 않아."

이알마스도.

"시험관이라도 나타나려나."

"저게 뭐야……?!"

라라자의 외침과 같은 순간에 그림자가 꿈틀거렸다.

《미궁》을 가득 채우는 끝없는 어둠이 뭉게뭉게 부풀더니 형태를 갖춰 튀어나온다.

—괴물 녀석들이 느닷없이 습격을 개시했다.

§

"으, 어, 어, 와, 아앗!?!"

암흑을 베어 가르는 은빛을 라라자는 반사적으로 치켜든 단검으로 튕겨냈다.

충격이 커서 엉덩방아를 찧고 굴렀으나 또 곧장 전방에 칼날을 세워 막는다.

비명을 질러 대면서 물러났으니 집중력(HP)이 크게 깎였음은 분명하겠다.

"뭐, 뭐냐, 이 녀석들……?!"

어둠 속에서 나타난 괴물, 그것들은 인간의 형태를 하고 있었다.

모험가일까. 눈에 기이한 빛이 감도는 저것들은 잡다한 장비를 착용한 인간이었다.

게다가 묘실 안쪽의 어두운 곳에서 끊임없이 튀어나온다. 끝없이 솟아나는 것 같은 모양새였다.

"도망쳐야지?!"

라라자가 비명 질렀다.

"진짜 죽는다고!!"

"경보가 울리고 있는 한 도망칠 수 없어."

한 발 한 발 간격을 좁히다가 가차 없이 공격하는 괴물들.

이알마스는 참격을 칼날로 흘려 넘겨서 공격의 궤도를 어긋나게 한 뒤에 검의 번뜩임을 따라가듯이 몸체를 후려쳤다.

강철과 강철이 부딪치는 맑은 소리 다음에는 핏방울이 세차게 솟아나면서 한 사람이 허물어졌다.

"그립구나."

이알마스는 카타나에 묻은 피를 떨치고자 휘두르며 자세를 고친 뒤 자신이 중얼거린 말에 스스로 놀라고 있었다.

—그립다?

"아는 사이인가?"

"그런 느낌을 받았을 뿐이야."

같은 모험가 녀석들을 상대하는 세즈말의 말에도 고개를 흔들

뿐, 다른 대답은 하지 못했다.

"조금 더 깊숙한 곳이었던 것 같기도 하군."

"싱겁긴."

세즈말은 웃고 있었다. 언제나 이 자유 기사— 파이터는 웃음 짓는다.

큰 방패로 상대의 공격을 막아내고, 《짐승 분쇄기》가 날아다닌다.

이 장소에 있는 것은 사람뿐일지라도 사람 또한 짐승이다. 예리한 칼날 앞에서는 모두 평등하다고 말할 수 있다.

한 번, 두 번, 연속해서 검이 휘둘러질 때마다 섣불리 간격을 좁혀 다가들었던 전사가 베였다.

다만— 물론 세즈말 또한 자신이 유리하게 싸울 수 있는 이유를 잘 이해하고 있었다.

"주문이 날아들기 전에 정리하고 싶군. 이보게, 이알마스. 뭔가 좋은 주문을 써줄 수 있겠나?"

"승려의 《몬티노(침묵)》가 있다면 좋겠지만 말이다."

가볍게 농담조로 답하면서도 이알마스의 왼쪽 빈손은 아직 인(印)을 맺지 않았다.

만약 사용한다면 《라할리토(불꽃 폭풍)》인가—.

아니면 더욱 상위 위계의 주문인 《바코르츠(주문 봉인)》나 《마달토(동결)》인가.

다만 《바코르츠》는 상대의 마법 위력을 감퇴시킬 뿐이다. 그럴 바에야 《마달토》가 좋겠다.

시선이 닿는 범위의 적 중 주문술사는 없었다. 그러나 안쪽에 숨어있어서 아직 정체를 알 수 없는 부류는 어떠할까.
게다가 경보 때문에 끊임없이 솟아나고 있는 후속의 적에게는 《바코르츠》의 효과가 미치지 않는다.
물론 지금 있는 적들을 눈보라로 날려버려도 마찬가지이니 천칭에 올려 비교할 문제는 아니겠다만.
이알마스가 망설이는 까닭은 꼭 주문을 절약하고자 생각하기 때문은 아니었다. 적의 눈앞에서 무방비하게 버티는 것 또한 신경에 상당히 타격을 준다.
한 수를 낭비하고 싶지는 않다. 최선의 수를 두고 싶다. 그것이— 이유였다.
설령 선수를 빼앗기더라도 주문이나 브레스가 아니라면 파티가 붕괴하지는 않는다. 숙달된 모험가 두 사람이 이끄는 이 파티는 즉각 태세를 정비할 수 있었다.
그래봤자 가비지는 마구 날뛸 뿐이고 라라자는 방어에 전념하는 것이 한계.
상황을 정확하게 파악한 뒤 지시 내리는 자는 세즈말과 이알마스 두 사람뿐이다.
그리고 두 사람의 목이 같이 날아가는 사태가 벌어지지 않는 한 조금 까다로울지라도 열세라고 말할 순 없겠다.
뭐, 한 명이나 두 명쯤 사망자가 발생할지도 모른다만—.
"죽음은 모험을 멈출 이유가 되진 않는다."
적어도 사원으로 운반을 할 수만 있다면. 또한 기부금이 있다면. 이알마스는 단언했다.

물론 이러한 수단은 적극적으로 죽음을 택할 이유가 못 된다. 비록 언젠가 맞이하게 될지라도.

—그렇군, 확실히 아이네의 말은 숨은 뜻이 있어.

하물며 어리석은 전술 때문에 죽음을 겪는다면 그 신관은 매우 엄하게 화를 낼 테지.

이알마스는 사고를 거듭하면서 전장을 바삐 누비는 소녀의 위치를 확인했다.

"woof!!"

가비지는 물 만난 고기처럼, 혹은 사냥감을 발견한 사냥개와 같았다. 커다랗게 부르짖고 적진에 뛰어들더니 쇳덩이의 무게를 활용하여 적을 벤다.

자그만 몸이 오히려 쇳덩이에 휘둘리는 듯 보이나 실상은 정반대다. 도저히 저 가녀린 몸으로는 버티지 못할 것 같은 호쾌한 전법으로 무게와 기세에 맡겨 세차게 내리찍는 것이다.

몸통이 절단되고, 머리가 박살나고, 사지가 날아다닌다. 분명 제대로 된 검술의 부류에 속하지는 못하리라.

피바람이 마구 몰아치는 그곳에 이알마스는 망설임 없이 말을 건넸다.

"가비지!"

"arf!"

특별히 의미가 있는 부름은 아니었다.

일단 돌아오라거나, 물러나라거나, 아무리 크게 외쳐 지시하더라도 통하지 않을 것이라고 생각했기 때문이다.

다만 이름을 부르면 소녀는 응답한다. 움직임을 멈추고 고개 돌리고 얼굴을 보여준다.

맑고 푸르른 눈동자가 이쪽을 봤다. 이알마스는 자신의 얼굴이 비치는 것 같다는 느낌마저 받았다.

그리고 그 눈동자가 갑자기 가라앉았다.

“yap?!”

“아니……?!”

가비지의 비명. 언제나 침착한 이알마스도 놀라 소리가 새어 나왔다.

추락(슈트) 함정이다.

갑작스레 가비지의 발밑 바닥이 벌어지면서 소녀를 집어삼킨 것이다.

—이상하다.

시간이 끝없이 늘어진다. 피 한 방울이 이쪽으로 튀었다. 그 궤적을 눈으로 좇아갔다.

—가비지가 저 바닥을 밟은 횟수는 한 번이 아니다.

소녀는 시종일관 몸을 던지며 뛰어다녔고 이리저리 검을 휘둘러 댔다. 무게 때문에 벌어졌다면 처음 한 번의 내디딤이었어야 한다.

그러면 어째서인가. 왜 지금 벌어졌나. 움직임을 멈췄기 때문인

가. 목표를 겨냥했기에? 그렇다면. 요컨대.

—누군가가 《미궁》을 조작하고 있다?

"……흥."

웃음이 새어 나왔다. 사냥감을 발견한 굶주린 짐승과 같은 웃음이었다.

다음 순간, 이알마스는 묘실의 바닥을 차서 뛰어올랐다.

그림자와 비슷한 괴물 녀석들이 있는 바닥을 용케 지나쳐서 왼손에 내려뜨린 카타나를 투척한다.

그 칼날은 지금 막 닫히기 직전이었던 바닥의 빈틈에 박혔고, 삐걱삐걱 불길한 소리를 내며 제 임무를 완수했다.

"이알마스?!"

다만 저 카타나의 비명 소리도 세즈말의 목소리도 이알마스에게는 전부 관심 밖이었다.

곧장 카타나의 자루로 몸을 던져서 두 손으로 부여잡더니 강제로 바닥을 비틀어 열고자 했다.

"이봐."

이알마스는 말했다.

"전부 처리한 다음 너희는 계단으로 내려와다오."

"자넨 어떡하려고?"

세즈말은 이미 이알마스와 가비지가 빠진 전선의 구멍을 메우고 있었다.

커다란 방패로 근처에 있는 적을 죽인 뒤 라라자의 곁으로 바짝 이동한다.

"돌입한다."

이알마스의 답은 단적이다. 웃으면서 계속 말했다.

"그냥 복귀해도 상관없으니 알아서 해라."

"괜찮겠나?"

"같이 죽어달라는 말은 도저히 못 하겠군."

이알마스는 한쪽 다리를 빈틈에 억지로 밀어 넣으면서 세즈말을 바라봤다.

세즈말은 《짐승 분쇄기》를 상대의 늑골에 쑤셔 박아서 심장을 꿰뚫으며 이알마스를 바라봤다.

두 사람은, 덤덤하게 소리를 내며 같이 웃었다.

그런 두 사람의 모습을 보고 죽기 살기로 단검을 휘두르던 라라자는 도저히 못 믿겠다는 표정을 짓고 있었다.

다만 그것도 순간의 동요다.

소년은 있을까 말까 한 용기를 최대한 긁어모아서 차분한 얼굴로 말했다.

"……그 아이를 구하러 가는 거냐?"

"딱히 그런 것은 아니다."

이알마스는 라라자를 힐끔 쳐다본 뒤 다리에 힘을 넣어서 사람 한 명이 들어갈 틈을 만들었다.

라라자는 이 답이 얼버무리려는 의도로 한 말이 아님을 바로 깨달았다.

저 남자는 정말, 진심으로, 전혀, 어떠한 선의를 갖고 행동하는 것이 아니다.

—그럼 어째서?!

영문을 알 수 없었다. 영문을 알 수 없으면서도 라라자는 소리를 높여 외쳤다.

"위험하잖냐?! 대체 뭐 하자는 건데?!"

그렇다, 도대체 뭐 하자는 짓인가. 어째서인가. 뭐가 어떻게 된 일인가. 요컨대, 적어도—.

"혹시 상대는 이 《미궁》의 주인 아니냐?!"

이알마스의 대답은 명쾌했다.

"그 녀석에게 볼일이 있다."

곧이어 이알마스는 추락 함정에 뛰어들어서 사라졌다.

수십 번이나 되풀이한 것처럼 익숙한 움직임이었다.

§

"Hoooooowl!!"

부르짖는 소리는 어둠 속에서 울려 퍼지다가 허망하게 사라졌다.

가비지는 어둡고 싸늘한 《미궁》 통로에서 돌바닥에 털썩 주저앉은 채 주위를 둘러본다.

아무도 없었다.

"woof……."

소녀는 작게 코웃음을 쳤다.

차갑고 어둡고 조용한 돌로 된 방은 아주 익숙하다.

혼자만 남는 것도 줄곧 똑같은 신세였다.

가비지는 잠시 멍하니 앉아있다가 벌떡 일어서서 조용히 발을 움직였다.

소녀는— 그렇다. 딱히 복잡한 생각이나 구체적인 계획을 갖고 움직이는 것은 아니었다.

무엇을 해야 하는가, 목표도 알지 못한다.

소녀에게 있는 것은 언제나 앞일도 옛일도 아닌, 현재의 이때뿐이기 때문이다.

다만— 따라서, 그래. 오랜만에 가비지는 옛일을 떠올리고 있었다.

어느 날 갑자기 어두운 방에서 끌려 나왔고, 덜컹덜컹 흔들리는 상자에 갇혀야 했다.

상자가 한층 더 커다랗게 흔들리는가 싶더니 이번에는 더욱 넓은 장소로 내동댕이쳐졌다.

잘 알지 못하는 것들이 덤벼들었기에 죽지 않고자 죽이기로 했다.

음식을 준다는 사람이 목걸이를 달았다. 음식을 주니까 시키는 대로 따랐다.

가라고 하니 《미궁》에 들어갔다. 죽이라고 하면 죽였다.

묘하게 넓고 본 적 없는 묘한 푸른색 천장의 아래보다 돌로 된 방이 오히려 마음 편안하기도 했고.

그래, 나쁜 환경은 아니었다는 생각이 든다.

하지만— 배가 고팠다.

배가 고파서 못 견딜 지경이었다.

그랬기에 원하는 만큼 먹어도 딱히 혼나지 않았을 때는 놀랐다.

그런 경험은 처음이었다.

무엇인가를 「해라」라는 말도 안 들은 지 분명 시간이 꽤 지났을 것이다.

그러니까, 뭐, 조금 더 머물러도 괜찮지 않을까 하는 생각은 갖고 있었다.

만약 헤어지게 된다면 어쩔 수 없지 않겠냐는 생각도 든다.

—같이 지내는 기분이 나쁘지는 않았어.

소녀가 자기 마음을 딱히 말로써 정확하게 떠올린 것은 아니었다만.

"……."

그렇게 잠시 정처없이 《미궁》 내부를 헤매며 걸은 끝에 불현듯 소녀는 걸음을 멈췄다.

그곳은 넓은 공간이었다.

다만 묘실이라고 부르기는 어렵다. 왜냐하면 통로와 사이를 가로막는 문이 없었으니까.

회랑이라거나 대청이라거나 명칭은 다양하겠지만—.

"Spiiiiit……!"

가비지는 저 안쪽에서 거슬리는 냄새를 감지했다.

"얌전히 객사했다면 좋았을 텐데 추하게 목숨을 부지하다니……."

정말 구제불능이다. 냄새의 근원은 어둠 깊숙한 곳에서 인간의 형태를 취한 채 모습을 드러냈다.

고급스러운 **로브를 입은 남자**다.

한 명이 아니었다.

남자에 이어 검은색 복장의 남자들이 그림자 속에서 걸어나왔다.

줄줄이, 줄줄이. 거듭 겹쳐지는 모양새로 가비지를 포위하면서 나타난다.

가비지는 커다란 칼의 자루를 굳세게 쥐고 허리를 낮게 떨어뜨렸다.

다만 남자들은 마치 어떠한 위협으로도 여기지 않는다는 듯한 태도로— 간격을 좁혀 다가든다.

거슬리는 냄새가 더욱 강해졌다.

"거참……. 네년과 같은 들개를 죽이기 위해 이 호부까지 바깥에 가지고 나오게 될 줄이야……."

못마땅하게 말을 내뱉은 자는 선두에 선 로브 차림의 남자다.

남자의 목에는 불가사의한 물건이 휘늘어져 있었다.

파랗게 불타오르는 빛을 담아낸 저 물건은 무엇인가의 파편(샤드)— 호부(애뮬릿)과 비슷한…….

"분수를 알지 못하고 나댔구나. 네년이 이름을 날리는 때는 오지 않으리라."

남자는 그 호부를 꽉 쥐고 못마땅하게 한탄한 뒤 가비지를 똑바로 쳐다봤다.

적의는 없다. 자만도 없다.

그저 오로지 모멸뿐. 또한 귀찮은 뒤치다꺼리를 떠맡았다는 따분함의 감정만이 새어 나왔다.

남자의 말에 맞춰서 주위의 부하들이 로브 안쪽으로 장비한 검의 주둥이를 풀어내는 소리가 들려온다.

"어차피 짐승만도 못한 계집일 뿐. 짐승에게 말한들 이해를 할 수 있겠는가. 얌전히 이곳에서 죽어라."

그 말이 맞았다.

가비지는 남자의 말 따위 이해하지 못했다. 심지어 귀를 기울이지도 않았다.

가비지는 그저 남자들에게 감도는 저 냄새가 진심으로 싫었다.

좁고 어두컴컴하고 싸늘했던 돌로 된 방에서 유일하게 마음에 들지 않았던 것이 냄새.

이따금 나타나서 가비지를 보고 뭐라고 떠든 뒤 사라진다.

언제부터인가 가비지는 그 녀석들의 냄새를 분명하게 기억하게 되었다.

따라서 넓은 곳으로 내던져진 뒤 이때껏 딱 하나 자신이 먼저 나서서 했던 행동이 있다.

그 냄새를 두른 녀석이 가까운 곳에 나타날 때마다 가비지는 이렇게 생각했던 것이다.

"—**릴가민 왕가**의 사생아(바스타드) 년!"

—없애주겠다.

§

쇳덩이가 날아다닐 때마다 시체가 또 하나 쌓였다.

"……."

"growl……!!"

가비지의 투쟁심은 약해지지 않는다.

여전히 말없이 예리한 칼날을 번쩍 치켜들며 들이닥치는 자객들과 맞서서 소녀는 한 발짝도 물러나지 않는다.

포위망의 중앙에 뛰어들어서 닥치는 대로 쇳덩이를 휘둘렀다.

울리는 바람을 따라 한 걸음 파고들었다가 가느다란 다리를 기점 삼아서 대검을 등 뒤로 쭉 휘둘러서 빼낸다.

도무지 올바른 검술이라고 말할 수 없다. 질량과 중량만 믿고 설치는 데다 억지스럽고 난폭한— 검무.

스텝을 밟아 춤추듯이 검과 춤을 휘두르며 주검을 쌓아 올리는 모습은 죽음의 무도라고 표현하기에 지장이 없을 것이다.

아무런 말 없이 덮쳐드는 자객들과는 대조적이었다.

"……."

"spit……!"

단검을 겨눈 채 다른 동료가 얼마나 죽어 쓰러지든 전혀 주저하지 않는 기모노 차림의 남자들에게 가비지가 으르렁거렸다.

자객 녀석들의 움직임은 무척 날렵한지라 언제나 소녀의 급소를 노려서 칼날을 박아 넣고자 달라붙는다.

간신히 피하고 있기는 하다.

다만 언제나 죽음과 이웃하며 지내는 모험가일지도 이렇듯 쉴 새 없이 들이닥친다면 부담이 컸다.

기력이 깎여 나간다. 집중력이 흐트러진다. 숨이 차오른다. 땀이 방울지고 호흡이 가빠진다.

"……woof!!"

그럼에도, 끝내. 가비지는 엄니를 드러내며 자기 자신을 분기시키고 다음 사냥감을 향해 뛰어들었다.

아무리 수가 많을지언정 결코 무한하지는 않다.

소녀는 이처럼 어려운 개념을 이해하지는 못했지만, 모조리 죽이면 다 죽일 수 있다는 것은 알았다.

다만— 소녀는 뛰어난 전사일 뿐, 결코 더 나아가지는 못한다.

"역시 짐승인가. 날뛰는 것밖에 재주가 없어 보이는구나."

로브를 입은 남자가 비웃음을 숨기지도 않고 중얼거렸다.

자객 집단의 벽 너머에서 전황을 살펴보고 있는 남자에게 칼날을 휘두르기 위해서는 아직 시간이 더 걸린다.

"bow!!"

가만히 기다리고 있으라는 듯이 가비지가 으르렁거려도 로브 남자는 전혀 개의치 않았다.

남자는 목 아래로 늘어뜨린 호부를 꽉 쥐더니 진실된 힘을 발휘하는 말을 읊조리기 시작했다.

보이지 않는 부정한 자여, 형체를 구성하라
"《신잔메 튜잔메 레 다루이》."

곧장 이변이 발생했다.

바람을 타고 불현듯 몹시 불쾌한…… 살점이 썩는 것 같은 냄새가 물씬 차올랐다.

그것은 눈 깜짝할 사이에 충만하여 가비지의 폐부를 더럽힌다.

"yap?!"

소녀가 처음으로 고통스러워하며 얼굴을 일그러뜨렸다. 하지만 진정으로 무시무시한 사태는 이후에 발생했다.

"GRAAAHHHHGG……."

"RRAAAAUUUUGGHH……!!"

쓰러진 시체에서 살점이 썩어 떨어졌다.

그럼에도 불구하고 시체들은 마치 생명이 있는 유기체라도 되는 양 비틀비틀하며 일어서기 시작한다.

부패한 시체(로팅 콥스)로 전락한 자객들은 명확한 적이었다.

남자가 읊조렸던 것이 《소코르드》(소환) 술법이었음을 누가 알까.

설령 알았더라도 이 술법의 절대적인 위력 앞에서는 분명히 눈이 휘둥그레졌을 것이다.

그렇다. 틀림없이 이것은 제5위계의 술법이었다.

괴물 몇 마리를 이계로부터 불러들이는 수법이며, 전설에 등장하는 마술사의 능력 중 하나.

그러나, 몇 마리다.

수십에 달한 시체들 전부를 망자로 다시 일으켜 세우는 것은 도저히 넘볼 수 없는 위업이니까.

"Grr……!!"

마치 벌 떼처럼 몰려드는 상황에서 끝내 쇳덩이를 손에서 놓지 않은 채 소녀는 계속 저항했다.

숨 내쉴 틈조차 없이, 멈추면 곧 죽음이 맞이한다는 사실을 본능적으로 이해하고 있는 것처럼.

그 모습은 칭찬을 받아 마땅하며 결코 조롱을 당해야 하는 자세는 아니었다.

피와 땀으로 검붉게 더러워지면서, 그럼에도 끝내 표적을 향해 돌격하는 한 자루의 칼날과 같았기에.

다만 이 같은 순수한 고결함도 아름다움도 지금 상황에서는 아무 의미를 갖지 못하고 퇴색되었을 뿐.

"《카프아레프 타이 눈잔메(혼아, 멈춰라, 그대의 이름은 미몽이로다)》."

"Eek?!"

너무나 무자비한 《카티노(수면)》 술법이었다.

비명을 지른 가비지의 다리가 곧장 뒤얽히며 볼썽사납게 돌바닥 위로 나동그라진다.

경련하는 몸으로 물에 빠진 사람처럼 허우적대며 다시 일어나고자 악을 써봐도 헛된 발버둥질이다.

이미 소녀의 전신은 근육부터 쭉 힘이 빠져서 뜻하는 대로 움직여지지 않는다. 왜냐하면 몸을 움직이려는 의사마저 사라져 가는 중이기에.

망자들이 소녀의 수척한 몸에 달라붙는다. 손을 뻗는다.

소녀는 푸른 눈동자를 커다랗게 뜨면서 소리 없는 소리를 질러 입을 움직였다.

"죽이고자 하면 죽을지어다……."

로브의 남자는 제1위계의 주문이 만든 결과를 보고 대단히 만족하며 중얼거렸다.

이 인물의 이름은 에감 이뷔프라고 했다.

에감에게 이번 임무는 모든 면에서 전적으로 불만 가득한 요소뿐이었다.

마도의 길을 익히고 극에 달함으로써 왕궁에서 영달을 이루고자 했던 결과가 이따위 짐승과 같은 계집아이의 상대라니.

게다가 바깥 세계에서는 숙달된 마술사가 겨우 다다르는 영역이 《미궁》에서는 초보 중의 초보.

이 같은 실상은 이제껏 술법을 습득하기까지 소모했던 시간을 떠올리면 몹시도 속이 끓는 심정이기는 했다.

다만 이렇듯 《미궁》 안에서도 절대적인 위력을 발휘했다는 결과가 마술사의 자존심을 한껏 채워준다.

저따위 계집 하나에게 이 많은 자객단이 살해당한 것은 비록 유감스럽다만—.

—결국은 이 몸 앞에서 굴복하고 용서를 빌다 엎드려 죽을 수밖에 없도다.

"설마 전하께서 불장난으로 낳은 계집에게서 가증스러운 상제(오버로드)의 피가 깨어날 줄이야……."

정말이지 끔찍한— 짐승과 같은 계집이다.

전설에 등장하는 미치광이 옛 왕, 증오받아 마땅한 옛 존재는 기필코 숨겨야 하는 치부였다.

다만 머지않아 왕의 혈통은 갈기갈기 찢어진 뒤 망자의 입에 들어가서 지상으로부터 소실되리라.

이후에 남는 것은 정당한 왕가의 핏줄뿐.

그것은 틀림없는 위업이다.

에감은 자신의 공을 이루는 순간을 똑똑히 지켜보고자 눈에 힘 주고—.

나의 목소리에 휘몰려 두려워하라, 흩어져라
"《밈아리프 밈잔메레 라이신》!"

트루 워드
느닷없이 진언이 울려 퍼지자 눈을 휘둥그레 떴다.

"ARAAAAGUU!!"

"AAAAAAHHHHH?!"

"아니……?!"

경악한 자는 에감뿐만 아니다. 망자들 사이에서 이변이 퍼져 나가고 있었다.

애초에 통제가 되는 상태도 아니었다지만, 그럼에도 본능에 등 떠밀려서 소녀에게 몰려들었던 주검들.

그 전부가 몸을 젖히거나 뒤틀고 비명 지르며 몸부림치기 시작한 것이다.

공황
"《마모리스》 주문…… 이라고?!"

에감은 지금 사태의 이유를 깨달았다. 제5위계, 고위 마술.

정신을 교란하여 두려움을 자극한다. 그 효과는 죽은 자가 조금이나마 가지고 있는 혼의 잔재에도 평등하다.

하지만―.

―능숙하군.

에감은 침음했다. 알 수 있었다. 이 정도라면 반쯤 의식을 잃은 저 계집에게는 영향을 끼치지 않는다.

망자들을 고작 한 수로 봉하는 데 성공한 술사는, 《미궁》의 어둠 속에서 나타났다.

흑의를 입은 남자.

손에 쥔 검은 지팡이가 빛나자 사자의 목이 날아올랐다.

바닥으로 허물어지자마자 재가 된 시체를 걷어차고 짓밟아서 똑바로 전진하는 모험가.

지팡이로 보였던 저것은 가느다란 기병도(사벨)와 같이 생겼다. 검이, 불길한 소리를 내며 울린다.

“《밈아리프 카프아레프 눈이 타잔메(폭풍에 휩쓸린 자갈과 같이 부서져라)》!”

세차게 휘두른 칼날에 치명적인 마력이 깃들어 불가시의 일격이 공간 자체를 후려갈겼다.

에감은 자신의 몸에 쏟아지는 《마카니토(치사)》를 무방비하게 받아들인다.

썩둑. 허망하리만큼 맥없이 로브의 남자는 몸체를 대각선으로 양단 당한 뒤 나가떨어졌다.

“……arf?”

바로 옆쪽에 선 남자의 기척을 느낀 가비지는 작고 쉰 목소리로 반응했다.

휘휘 머리를 흔들더니 비틀거리며 일어선다. 옷은 찢어졌다. 장비도 파손되었다.

다만 손에는 검이 있었다. 투쟁심도 약해지지 않았다.

왜냐하면—.

“저 멀리 동방에 마법을 능숙하게 구사하는 전사들이 있다는 소문은 전해 들었다만…….”

분명히 두 덩어리로 절단된 에감에게서 말소리가 나왔기 때문이다.

호부가 파랗게 빛을 발하자 양단되었던 육체가 눈 깜짝할 사이에 맞붙어 봉합되더니 아문다.

쏟아졌던 선혈도, 내장도 에감의 육체로 빨려 들어가서 제 위치에 안착했다.

심상치 않은 광경이었다.

이윽고 에감은 처음부터 멀쩡했던 것처럼 태연하게 몸을 일으켰다.

그리고 소녀의 옆에 선 모험가의 모습을 바라보다가— 에감은 슬며시 눈웃음을 지었다.

“……사무라이라고 했던가. 아직껏 살아남았을 줄은 몰랐다만.”

“나도 네가 누구인지는 모른다. 한 가지를 제외하고.”

흑의를 입은 사무라이— 이알마스는 오랜만에 만난 친구에게 말을 건네듯 웃음 지었다.

“호부(애뮬릿)로군?”

“그렇다면— 도저히 살려놓을 순 없겠군.”

에감은 자신도 모르게 목 아래로 내려뜨린 파편— 호부를 단단히 붙잡아 쥐고 있었다.

파란빛이 그곳에서 은은하게 흘러넘친다. 마력의 광채. 예지의 빛. 힘의 근원.

이번 임무에 임하며 하사받은 이 호부가 바로 에감을 기쁨으로 채워주는 물건이었다.

이것을 지닌 자신이 설마 이딴 《미궁》에서 왕가의 허드레꾼 노릇을 하다가 끝날 리 없지 않겠는가.

더욱 강해지리라. 더욱 높은 경지로 올라가리라.

그러한 욕망으로 도취된 표정을 짓는 에감과 마주하며 이알마스는 작게 코웃음을 쳤다.

“움직일 수 있나?”

묻는 대상은 아직 호흡도 거칠고 혀를 내민 채 가쁘게 숨을 몰아쉬고 있는 가비지였다.

소녀는 멍한 모습으로 이알마스를 올려다봤다. 맑고 푸르른 눈동자에 초점이 잡힌다.

“…….”

망설임인가, 시름인가. 어쩌면 또 다른 이유로 생겨났을 침묵이 몇 초. 그리고 대답은 한 마디.

"arf!!"

"좋다."

이알마스는 투박한 장갑에 감싸인 손을 뻗어서 가비지의 머리를 벅벅 쓰다듬었다.

소녀는 항의의 목소리를 내지 않았다.

그 대신 쇳덩이를 꽉 쥐고 에감이 있는 방향으로 눈을 돌린다.

"bow!!"

§

"그 녀석은 결국 뭐야?"

그것은 단둘이 탐색을 계속하던 와중에 라라자의 입에서 무심코 새어 나온 의문이었다.

탐색이라고 표현하니 그럴싸하기는 하다. 실상은 단지 밀려드는 적과 싸우며 버티는 것뿐이다.

전사, 마술사, 승려와 도적으로 — 흑의는 호크윈드를 연상케 했다 — 구성된 집단.

라라자는 필사적이었다. 단검을 힘껏 휘둘러서 막고 튕기고 흘린다.

일단 버티면 매 순간마다 세즈말의 《짐승 분쇄기》가 적을 죽였다.

주문이 날아오면 죽는다. 위기감이 고조되니 저절로 사력을 다하게 된다.

그림자에 숨어서 등 뒤를 잡아 급소를 찔러 꿰뚫고자 시도하지 않았다면 일찌감치 죽었을 테지.

—역시 《미궁》 안에서는 뭔가 다른데…….

신기하게도 망설임은 없었다. 무기 상점에서 공격받았을 때와 비교하면 전혀 달랐다.

이미 사람이 아닌 괴물이라고 생각을 정리했기 때문이려나.

과거의 자신과 마찬가지로 이미 눈동자에 의식의 빛이 남지 않은 마술사의 등을 단검으로 찔러 꿰뚫는다.

그리고 허물어진 상대의 주검으로부터 뛰어 물러나는 동안에 라라자는 문득 자신의 마음에 여유가 생겨났음을 깨달았다.

입을 열어서 말을 나눌 수 있는 여유다.

"뭐라고 생각하나?"

세즈말이 마치 잡담이라도 나누는 양 대꾸하며 또 한 마리의 적을 《짐승 분쇄기》로 무찌른다.

라라자가 죽기 살기로 적 하나를 처치하는 동안에 저 기사가 해치운 적의 숫자는— 산처럼 많다.

"기억 상실이라는 말은 들었어."

싸우는 와중에 대화하는 모습을 순간 이알마스와 겹쳐 본 라라자는 머릿속 상념을 떨쳐 내려는 듯이 말했다.

모든 것이 너무나 다르다. —아니, 아직도 멀다.

"착오로 소생을 받았다는 소문도."

"뭐, 틀린 소리는 아니구나."

갑자기 세즈말의 손이 멈춘다.

《짐승 분쇄기》를 거하게 휘두른 기사는 희미하게 웃고 있는 것 같았다.

“그 녀석이 누구인지는 나도 꽤 궁금하단다. 다만 녀석이 무엇인지는 알고 있지.”

“……뭐라고?”

“**시체**다.”

세즈말은 웃었다.

“우리가 미공략 지역에 진입했을 때 발견한, 시체다.”

“그게 무슨—.”

라라자는 말문이 막혔다. 말도 안 된다. 믿을 수 없다. 반문이 튀어나오려고 했다.

왜냐하면, 요컨대, 미공략 계층에 있던 시체, 아무도 도달하지 못한 장소에 있었던—.

“그래, 무섭게도 녀석이 **모험가**라는 것은 틀림없는 사실인 셈이지.”

혹은 녀석답다고 말해야 할까. 세즈말은 웃으며 검을 어깨에 얹었다.

그리고 손바닥 안쪽으로 자루를 빙글 돌리더니 고개조차 돌리지 않고 후방에서 달려드는 적을 한 번 찌른다.

옆구리 너머로 몸을 꿰뚫린 흑의를 입은 그림자— 목을 노리고자 했던 자객은 비명도 지르지 못한 채 숨이 끊어졌다.

라라자는 그 광경을 보고 한 차례 머리를 흔든 뒤 눈을 부릅뜨며 전장으로 의식을 집중시켰다.

저 너머에 마술사가 있다. 숨을 멈추고 기척을 죽이고 느릿느릿 등 뒤로 몰래 다가들다가…….

"……!!"

그리고 마술사의 입을 꽉 붙잡아서 목을 가로로 그어 베어버리며 귀만 기울인다.

"그 시체를 챙겨 복귀한 뒤 소생시켜봤더니 다시 살아나버렸고……. 이게, 전부다!"

세즈말은 사람 없는 들판에서 걷는 것처럼 길을 열어주었다.

짐승이 아니더라도 세즈말의 칼날 앞에서는 문제가 없는가 보다.

아니면 사람도 역시 짐승임을 주장하는 것일까. 《짐승 분쇄기》는 피를 빨아 마시며 더욱 예리해졌다.

좌로 우로 검을 휘둘러 적을 베어 넘김으로써 세즈말은 착실하게 묘실의 출구를 향해 나아가고 있었다.

―주문술사는.

대강 정리가 끝났다고 판단했을 테지.

라라자는 재빨리 뒤에 붙어서 기사의 후방을 ― 아마 필요는 없겠지만 ― 지키는 데 전념.

덮쳐드는 칼날을 단검으로 쳐서 흘린다. 불꽃이 흩날리고 손이 저릿거렸다. 별것 아니다.

집중력(HP)이 바닥날 조짐은 없었다. 그게 살짝이나마 기뻤다.

"그럼 기억이 없단 소리는?!"

"싸우는 방법은 잘 알고 있는데 정작 기억이 날아갔지. 그건 거짓말이 아니다. 다만."

"—?"

"너는 녀석의 배경이 안 보여서 신경 쓰이는 것 같은데, 당연한 거다."

세즈말은 묘실의 출구, 그곳을 가로막고 있는 전사를 일격에 양단한 뒤 웃었다.

"그 녀석에게는 처음부터 있지도 않았으니."

§

"《신잔메 튜잔메 레 다루이(보이지 않는 부정한 자여, 형체를 구성하라)》."

대결은 에감이 다시 한번 《소코르디(소환)》를 사용하며 시작되었다.

호부에 깃든 무한의 마력을 봐라. 기껏해야 모험가 한 명이 늘어나봤자 무엇이 달라진단 말인가.

"GRAAAHHHHGG……."

"RRAAAAUUUUGGHH……!!"

다시금 몸을 일으키는 망자들. 아니, 개중에는 깊은 어둠으로부터 부름을 받아 나타난 자객들의 모습도 보인다.

그 전부가 지금은 모두 파랗게 빛나는 호부의 힘에 지배당하고 있다.

에감이 뜻하는 대로 움직이는 꼭두각시들은 방금 전과 마찬가지로 모험가들에게 달려들었다.

자객들은 예리하게 연마된 단검으로 급소를 노리고, 망자들은 오직 본능으로 물어뜯어서 찢고자 한다.

"잘 피해 다녀라."

"woof!"

반면 이알마스와 가비지의 움직임은 많이 달랐다.

이알마스는 수십, 수백 번 되풀이한 것처럼 숙달된 움직임으로 왼손에 인을 맺는다.

거의 동시에 옆을 지나쳐 달려가는 가비지의 뒤를 쫓아서 진실된 힘(트루 워드)을 발휘하는 말이 쏟아졌다.

"《라아리프 헤아 라이 타잔메(불꽃이여, 폭풍이 되어 불어닥쳐라)》!"

《라할리토(불꽃 폭풍)》 술법에 의해 솟아난 열풍이 《미궁》을 뒤덮는다.

제4위계의 강렬한 업화를 앞에 두고는 이제 막 몸을 일으킨 망자 따위는 버티지 못한다.

비명을 지를 틈조차 없이 불꽃에 휩싸여서 횃불처럼 타오르며 탄화, 재가 되어서 허물어진다.

"Foo! Oh!!"

그렇게 만든 길로 쇳덩이를 어깨에 올린 가비지가 뛰어들었다.

어깨에 멘 대검을 돌진의 기세에 실어 내던지다시피 전방에 찍어버린다.

어깻죽지부터 양단되어 쓰러진 자객에게는 시선도 주지 않은 채 반동을 받아 빙그르 한 바퀴를 돈다.

이어서 다음 한 걸음을 내디뎠다. 또 다른 적을 노려 칼날을 옆으로 휘둘러서 후려갈긴다. 척수가 뚝 부러지는 소리가 들렸다.

피와 내장이 쏟아지며 소녀의 신체를 더욱 검붉게 더럽혔지만, 오히려 소녀의 투쟁심을 자극했다.

움직임을 멈추면 검도 둔해진다. 가비지는 짐승의 습성을 따라 하듯 송곳니를 드러내며 덤벼들었다.

“혹시 망자들에게 둘러싸인다면 귀찮아지니…….”

베어 쓰러뜨린 자객이 잇따라 언데드가 되어 일어나던 중 이알마스의 예리한 칼이 날아들었다.

손 하나에 쥐여 휘둘러진 카타나는 사체의 목을 날려버렸고, 목표를 모조리 재로 만들어 혼까지 소실시켰다.

주문을 써서 신속하게 처리해야 할 대상은 마술사들의 집단이다. 자객 녀석들은 급소 공격만 방어하면 괜찮다.

역전의 모험가인 이알마스, 또한 천부적인 재능을 가진 가비지의 적은 아니었다.

다만, 어디까지나—.

—나의 손에 호부가 없었을 때의 이야기로다.

에감의 얼굴에는 여유로운 빛이 짙었다. 호부가 손에 있는 한 자신이 패할 이유는 없다.

그렇군, 사무라이인가. 제법 주목할 만한 무력일지언정 강력한 술법을 거듭 사용하지는 못하는가.

검을 다루는 솜씨도 위협적이긴 하나 접근만 막는다면 어떤 위협도 못 된다.

거리를 유지한 채 괴물들로 소모시키겠다. 방침은 달라지지 않았다.

왜냐하면 이 몸의 손에는 호부가 있으니까. 바닥나지 않는 마력. 무한이라고 말할 수 있는 괴물의 무리.

이제 똑같은 작업을 계속 되풀이하면 끝인가.

아무리 죽어 나가떨어지더라도 또 불러내고 공격을 지시하면 그만이니까.

얼마나 긴 시간이 걸리든 간에— 마지막에 이기는 것은 이 몸이다.

—정말로?

"……."

그때 에감의 두뇌가, 혹은 육감, 어쩌면 호부가 부여해준 직감이 속삭거렸다.

—정말로 확실한가?

전방에서는 아직 이알마스와 가비지의 분투가 이어지고 있다.

칼날이 으르렁대고, 술법이 쏟아지고, 망자는 재가 되고, 자객이 고꾸라지고, 그리고 시체가 다시 몸을 일으킨다.

상황은 뒤집히지 않았다. 서서히 모험가들이 다가오고 있을지언정, 단지 그뿐이다.

하지만—.

"……음?!"

이알마스의 눈이 자신을 보고 있었다. 검은 눈동자가, 마치 에감을 집어삼킬 기세로.

—무언가 있다.

체념도 아니고 자포자기도 아니다. 감정을 가늠할 수 없는 시선이 에감을 꿰뚫었다.

"《다루이라 타잔메(어둠이여, 오너라)》!"

호부를 꽉 붙들어 쥐고 에감은 부르짖다시피 진언(트루 워드)을 읊조렸다.

《딜토(암흑)》. 주위를 어둠으로 가두는 절기도 이곳에서는 제2위계의 초보 주문이다.

그럼에도 호부에 의해 팽창된 진언의 효과는 무시무시한 위력을 발휘했다.

허공에 나타난 것은 빛을 통과시키지 않는 진정한 암흑의 영역(다크 존).

그것에 감싸여서 가려진 에감의 모습은 감각 영역으로부터 소실되었고, 기척조차 감지할 수 없었다.

"woof……!!"

도망칠 작정인가. 아니면 도망은 허락하지 않겠다는 결의인가.

가비지가 조바심을 드러내며 소리 높이고 몸을 날리고자 했을 때—.

"잠깐."

"yelp?!"

이알마스의 손이 어깨를 꽉 붙잡아 가비지를 본래 위치로 끌어왔다.

소리 높여서 원망스럽게 흘겨보는 가비지의 눈동자에는 여러 감정이 흔들리고 있었다.

당혹감인가, 항의인가, 아니면 의문인가.

이알마스는 굳이 답하는 대신 누구에게 들으라는 말인지 나지막한 목소리로 속삭거렸다.

"잘 겨냥해서 베어라."

그리고 다음 순간, 어둠 속으로 몸을 던져 넣었다.

곧바로 오감 전부가 소실됐다.

지면도, 벽도, 적도, 자신도, 모든 것이 어둠에 녹아 사라져 간다.

이 같은 공간에서는 아무리 철저하게 단련된 사무라이일지라도 무력하리라.

사방팔방에서 밀려든 적이 — 자객인지 망자들인지도 알 수 없었다 — 팔을 뻗는다.

다음 순간, 이알마스의 신체는 갈기갈기 찢어졌다.

칼날이 깊이 박히고, 이빨에 깨물리고, 장기는 도려지고, 피가 용솟음친다.

틀림없는 치명상. 허물어지지 않은 까닭은 몸을 꿰뚫은 적의 공격에 부축을 받는 모양새이기 때문이다.

하지만—.

"보이든 보이지 않든 관계없다."

이알마스는 웃고 있었다.

당신은 두 가지 착각을 하고 있군—.

문득 뇌리에 시스터 아이닛키의 얼굴이 스쳤다. 목소리가 귀에서 되살아난다.

얼마 전. 이알마스는 분명히 말을 했었다.

어째서 《미궁》에 도전하는가. 이유. 아이네는 자세를 바로 하고 똑바로 자신을 바라봤었다.

—하나. 자신의 과거를 되찾고 싶기는 한데, 그것은 수단에 불과하다.

—그리고 또 하나. 확실히 나는 나의 옛 동료를 찾고 있으나, 그것은 수단에 불과하다.

"이알마스는 《미궁》의 주인을 죽여서 호부를 손에 넣고 싶다는 강한 욕망을 느끼고 있다."

고작 한마디의 여운. 그 순간 에감은 이 남자가— 이알마스가 보였던 검은 시선의 의미를 이해했다.

이 남자에게 자신 따위는 단지 — 적조차 아니었다 — 방해물이라는 인식밖에 없었다.

목적이 아니다. 하나를 뛰어넘어 다음 단계로 나아간다. 단지 돌파해야 할 대상이라는 인식.

그러기 위해서는 죽음조차 신경 쓰지 않는다.

에감은 공포에 휩싸였다. 그 공포는 절규가 되어 어둠에 메아리쳤다.

"네놈, 제정신이냐……?"

죽음조차 신경 쓰지 않는다. 말을 하기는 쉽다. 《미궁》에서라면 더더욱.

다만 죽음은 곧 두려움의 원천이다. 아픔. 고통. 그것들을 신경 쓰지 않는 사람이 있겠는가.

그리고 아무리 소생이 가능할지언정 완전하지는 않다. 혼이 사라질 가능성도 있다.

더 이상 소생을 기대할 수 없는 완전한 죽음. 이 세계, 우주로부터 삭제되는 완전한 소실(로스트)이다.

뒷면이 나오면 어떻게 할 생각이시죠?

이알마스는 웃었다.

—그때는 다음 모험가가 잘 끝내주겠지.

피에 젖은 왼손으로 인을 맺는다.

"《타이라(신속의 바람이여)》!"

수없이 되풀이했기에.

"《타잔메 워우아리프(빛과 더불어)》!"

절대로 잊을 수 없다.

"《이에타(해방되어라)》!!"

—《틸토웨이트(핵격)》.

"뭐—?!"

에감은 눈을 부릅떴다. 제7위계. 전설 속에서나 일컬어지기에 상상조차 할 수 없는 주문.

섬광은 순식간에 에감이 만들어 냈던 영역을 하얀 어둠으로 뒤덮고 맹렬한 열기가 되어 들이닥쳤다.

비명은 목소리조차 되지 못했다. 아픔조차 느끼지 못한다. 그저 오로지 뜨겁다는 감각만이 남았다.

눈동자가 끓어오른다. 살갗이 문드러진다. 숨도 쉬지 못한다. 그럼에도 끝끝내 에감의 의식은 모든 것을 지각했다.

에감은 애원하는 것처럼 호부를 꽉 쥐고 있었다.

이 호부가 에감의 목숨을 부지시켜주고 있다. 호부가 있다면 에감은 죽지 않는다.

호부가 자신의 모든 것이다.

"아—?!"

그렇게 호부를 쥔 팔이 잘려 날아갔다.

팔을 잃어서가 아니라 호부를 잃었다는 이유로 에감은 비명을 질렀다.

도대체 어찌 된 영문인가. 누가. 어떻게.

당혹감. 공포. 하얗게 탁해지는 에감의 눈동자에 마지막으로 비친 광경은.

조그마한 몸을 이알마스의 그림자에 슬며시 밀어 넣으며 열풍을 피하고. 암흑 속에서 겨냥을 마치고.

"growl!!"

자신의 목을 날려버리는 가비지였다.

제 5 장
아이닛키

"■■■■!!"

누군가가 이름을 부르고 있다. 무척 그리운 이름이었다.

남자는 어둠 속에서 눈을 떴다. 하지만 눈앞으로 뻗어 나가는 광경 역시 어둠이었다.

—아니.

시야에 비치는 것은 《미궁》의 어둠 속에서 이쪽으로 엄니를 드러내고 있는 이형의 괴물.

근육 섬유가 훤히 노출된 검푸른 거구와 형형히 불타오르는 눈동자.

상위 마신— 그레이터 데몬.

마치 거대한 나무와 같은 팔뚝이 내밀어지고, 그곳에서 치명적인 냉기와 눈보라가 불어닥친다.

《마달토(동결)》다! 남자는 소리를 지르고자 했다. 빙글, 시야가 뒤집힌다.

그때부터는 모든 상황이 어지럽게 전환을 거듭했다.

남자는 금강석의 광채를 띤 마법 무구가 혼자 공중에 떠올라 날아드는 광경을 봤다.

시험관을 자처하는 마술사와 전사, 닌자와 접전을 벌인 뒤 얼토당토않은 칭찬의 말을 들었다.

거대한 바위산 내부의 동굴을, 습격하는 원형질의 괴물을 피해 다니며 보주를 찾아 이리저리 떠돌았다.

언제 어느 때에도 남자는 모험가였고, 또한 그곳은 《미궁》이었다.

불길에 휩싸이고, 목이 날아가고, 돌로 굳어버리고, 정기(레벨)를 흡수당하며 헤아릴 수 없이 죽었다.

그리고 그때마다 남자는 재가 되었음에도 다시 되살아나서 《미궁》에 도전했다.

결국 그 망자들과 자신은 다른 게 없을지도 모른다.

남자는 문득 스스로를 되돌아보며 피식 웃었다. 자신이 무엇 때문에 웃는지도 알 수 없었다만.

이윽고 정신이 들었을 때— 남자는 어두컴컴한 묘실에 있는 자신을 발견했다.

혼자가 아니다— 모두가 같이 있다.

묘실에는 농밀한 마력의 기운이 가득 차있었다. 그 원천은— 눈앞에 있는 한 명의 남자. 노인.

눈동자에 불타오르는 것은 광기와 이성을 구별할 수 없을 만큼 뒤섞여버린 기이한 빛이다.

불사자들의 왕조차 사역하는 저 노마술사는 자신의 손에 파랗게 빛나는 무엇인가를 들고 있었다.

호부(애뮬릿).

남자는 직감적으로 이해했다.

저것을 기필코 손에 넣어야만 한다.

그러기 위해 남자는 왔다. 이곳에 있다. 오직 하나의 목적을 위해.

"■ ■ ■ ■!!"

누군가가 이름을 부르고 있다. 무척 그리운 이름이었다.

남자는 동료의 목소리에 반응해서 카타나를 꽉 쥐고 앞으로 뛰쳐나간다. 거리를 좁힌다. 간격을 좁힌다.

사람을 현혹하는 마술사의 입이 움직였다. 진실된 힘을 발휘하는 말. 신속의 바람이여, 빛과 더불어 해방되어라.

바람과 빛. 열기.

하얀 어둠이 모든 것을 뒤덮어 가고— 남자의 의식은 다시 가라앉는다.

더는 아무것도 보이지 않는다.

아무것도 들리지 않는다.

남은 것은—.

속삭임. 기도. 영창. 그리고 명령한다.

염원하라.

§

"이알마스!"

남자의 눈이 확 뜨였다.

파도에 흔들리는 듯한 곳에서 선잠에 들었다가 육지로 끌려 올라온 기분이었다.

입을 벌렸다. 숨이 안 쉬어진다. 그렇다. 이곳의 공기는 다르다. 다른 장소다.

못 견디고 상체를 일으켰다. 숨이 들이마셔지지 않는다. 목이 막힌다. 폐가 움직여주지 않는다.

"진정하세요, 괜찮아요."

귓바퀴를 타고 보드라운 목소리가 흘러들었다. 차갑고 하얀 손이 살며시 남자의— 이알마스의 등을 어루만졌다.

사신의 손길이어야 분명 이렇게나 아름답고도 다정할 것이 분명하겠다.

"……네, 괜찮아요. 당신의 삶은 허락되었습니다. 진정해요……."

진정해요. 괜찮아요. 거듭 되풀이되는 말보다 여성의 목소리가 훨씬 더 효과적이었다.

이알마스는 쉰 목소리를 목구멍에서 쥐어짰다. 산소를 몸에 받아들인다.

"……시스터 아이닛키."

"네."

이알마스의 곁에서 은발의 엘프가 미소 지었다.

"잘 돌아와주셨어요."

그때 간신히 이알마스는 자신이 《사원》의 제단에 놓여있음을 깨달았다.

이 또한 무척이나 그리운— 수없이 반복해서 경험한 장면처럼 느껴졌다.

이알마스는 입을 열어도 말이 나오지 않아 뭐라고 대꾸해야 할지 망설인 끝에.

"……죽은 줄 알았는데 말이다."

그렇게 무난하며 시시한 소리를 혼잣말하듯 중얼거렸다.

"죽으셨거든요?"

기막히다는 듯이 아이네가 말했다.

"누가 신께 《카도르토(소생)》를 기원드렸다고 생각하시는 건가요."

이알마스는 거하게 숨을 내쉬고 시스터 아이닛키에게로 눈을 돌렸다.

아름다운 은발을 지닌 엘프 아가씨는 자신이 지금껏 본 적이 없는 표정을 짓고 있었다.

뭐라고 말해야 할까, 이알마스는 드물게 아주 잠깐이나마 망설였다.

"……당신도 그런 표정을 하는군."

"……."

아이네는 찡그린 얼굴로 미소 지었다.

"언젠가 신의 도시에서 재회하더라도 긴 이별은 섭섭하니까요."

"감사하는 마음은 있어."

이알마스는 말했다.

"나중에 세즈말에게도 고맙다고 말해야겠군."

"……."

아이네가 땅이 꺼져라 한숨을 쉬었다. 그리고 아무 말 없이 손가락을 이알마스의 무릎 부근으로 향했다.

그 손가락을 따라간 이알마스는 뒤늦게 자신의 몸이 무거운 또 다른 이유를 이해했다.

단지 죽음을 경험했기 때문은 아니었다.

자신의 무릎 위쪽에 보이는 것은 가녀린 몸을 거리낌 없이 푹 올려놓고 엎드린 채 꾸벅꾸벅 조는 소녀의 모습.

이알마스는 가비지의 곱슬머리에 손을 뻗어서 어색한 동작으로 빗겨주었다.

"이 아이가 당신을 끌고 나오던 중에 세즈말 님이 발견해주신 거예요."

"라라자도 말인가?"

"도적 남자아이라면 같이 있었어요."

"그런가……."

그렇다면 라라자에게도 답례를 해야 할 테다.

이알마스는 가만히 생각을 정리하며 별 이유 없이 가비지의 머리카락을 계속 쓰다듬어줬다.

"umm……."

그러자 뜻밖에도 제법 긴 속눈썹을 흔들거리며 가비지가 눈꺼풀을 실룩거렸다.

곧이어 불현듯 얼굴을 번쩍 치켜든 소녀는 이알마스의 얼굴을 빤히 쳐다보다가—.

"Arf!"

한 차례 짖고 의기양양한 표정으로 가슴을 쭉 젖혔다.

이어서 소녀가 내민 물건은, 조그마한…… 크기가 금화쯤 되는 무엇인가의 파편이다.

이미 광채도 사라졌고 단순히 오래된 금속 조각에 불과했으나 알아보지 못할 리 없었다.

그 남자가 목에 걸고 다녔던 호부다.

"뭐냐, 주워온 거냐. 나만 챙긴 게 아니라."

"yap!"

"고맙다, 애썼구나……."

"Ahem!"

이알마스는 곧 꼬리라도 흔들 것 같은 가비지에게서 호부를 받아 들었다.

—아니.

이것은 호부의 파편이다. 수백 조각으로 갈라진 파편 중 하나에 불과했다.

이토록 작은 조각으로도 갖가지 이적을 행사할 수 있었다고 봐야 하는가.

혹은 이토록 작은 조각이었기에 별 대단한 이적을 행사하지 못했다고 봐야 하는가.

기억에 있는 그것과는 전혀 비교도 되지 않는다. 작고 초라한 파편 하나일 뿐이다.

그렇다 해도 손안에 넣은 이것은 모험가로서 훈장과 같다.

이알마스는 손안의 작은 파편을 어떻게 할지 멍하니 바라보다가—.

"오, 살아 돌아왔구나!"

그때 힘차게 휙 문을 열고 들어온 세즈말에게 의식이 쏠렸다.

금발의 미장부라고 불러주기에 모자람이 없는 자유 기사는 보아하니 찢어진 이후에도 무사히 위기를 벗어났나 보다.

"안 죽은 건가."

"자네와 달리 말일세."

쾌활하게 웃는 세즈말의 옆쪽에 라라자도 같이 서 있다.

소년은 자신이 어떤 표정을 지어야 괜찮을지 잘 모르는 것 같기도 했다.

지하에서 여러 싸움을 경험하며 티 나지 않아도 제법 성장한 소년은 입술을 삐죽거렸다.

"쳇, 뭐야. 결국 죽어버렸잖아."

"별일 아니다."

이알마스는 고개를 끄덕였다.

"모험가니까."

"그럼 난 한 번도 안 죽고 아래까지 가주마."

"괜찮군. 기대하지."

이알마스는 야유하려는 의도는 전혀 없이 말했으나 라라자는 그 말을 듣고 코웃음 쳤다.

"자넨 표현이 안 좋아."

"그런가?"

세즈말이 그렇게 말하며 웃음 지었으나 적당히 받아넘긴다.

딱히 개선하지 않아도 괜찮겠다고 생각하기 때문이다. 별로 중요한 문제가 아니기도 하고.

"보답은 제대로 하고 싶군."

오히려 이게 더 중요한 문제다. 돈이든 장비든 행동이든. 어떤 도움에도 대가와 보상은 따라붙는 법이다.

그렇게 이알마스가 말하자 세즈말은 웃음 짓고는 어깨를 으쓱거렸다.

"나중에 술이나 한잔 사게."

"겨우 술 한잔으로 되겠나?"

뜻밖에도 소소한 부탁이었다.

고위 모험가라면 더 탐욕스럽고 악착같아도 무방할 텐데. 설령 선의 계율을 따를지라도.

이알마스는 의외라는 듯이 되물었고, 세즈말의 웃음은 더욱 그윽해졌다.

"사라와 모라딘이 자네가 죽을 때의 이야기를 해달라며 시끄럽게 굴더군."

"……짧게 끝날 것 같지는 않군."

두 사람은 모두 꽤 극성이다. 분명 세세하게 캐물을 것이 분명하겠다.

이러면 제법 값이 나가는 대가인지라 이알마스가 팔짱을 끼자 옆쪽에서—.

"그러면."

마음을 정했는지 라라자가 말했다.

"그럼 시체를 찾아주라. 넌 시체 수색꾼이잖냐."

"딱히 본업은 아니다만."

"레아 여자아이야."

라라자는 개의치 않고 계속해서 말했다.

"꽤 시간이 지났거든. 시체는 없을지도 몰라."

"아니……."

이알마스는 천천히 고개를 옆으로 흔들었다.

딱히 어떠한 감개가 느껴져서는 아니다. 라라자가 찾는 소녀가 누구인지도 흥미는 없다.

그저 담담하게 자신이 아는 사실만 알려주었다.

"뼛조각 일부라도 남아있다면 소생은 불가능하지 않다. 시도할 가치는 있군."

"진짜냐?!"

수락하겠다. 대답을 하기보다 먼저 라라자가 몸을 쭉 내민다.

이알마스는 입가에 살짝 미소를 머금었다.

"이런 상황에 거짓말을 하면 꼼짝없이 악의 계율이잖나?"

"다 들었다? 세즈말도, 잔반도, 시스터 누나도, 다 같이 들었다?"

"그래, 명심하지."

이렇게 들떠 기뻐할 이유가 무엇인가 있는 것일까. 이알마스는 알 수 없었다.

알 수 없으나 썩 나쁜 기분은 아니었다.

결국 모험의 성과를 따지자면 전부 헛짓으로 끝난 셈이다.

지도에 없는 미답 영역으로 짐작되는 곳을 발견했을 뿐. 그게 전부다.

재보는 못 찾았고 한 차례 죽음을 거쳐 소생을 받았다. 이득은 없다. 하지만—.

—나쁜 기분은, 아니군.

"자, 기분 좋으신 때 많이 죄송합니다만……."

제단 위쪽에 있는 이알마스에게 날아드는 예리한 목소리.

시스터 아이닛키다.

생글생글, 더할 나위가 없이 근사하게 성녀와 같은 미소를 짓고 있었다.

"소생에 책정된 기부금을 지불해주시겠어요?"

"……이미 지불이 끝난 게 아니었나?"

"소지금 전부를 다 털어놓으셔도 한참 부족했거든요. 나머지는 지금 빚이랑 같이 합칠게요?"

어쨌든 당신은 명색이 고위 모험가니까요. 아이네는 여전히 웃는 얼굴로 계속 말했다.

이알마스는 묵묵히 천장을 올려다봤다. 사원의 천장은 높고 아득하다.

"arf."

옆으로 눈을 돌린다. 가비지가 어째서인지 의기양양한 표정을 짓고 있었다.

세즈말과 라라자에게는 오히려 빚을 진 처지다. 도움을 요청해도 의미가 없다.

결국 이알마스는 손에 든 금속 파편을 아이네에게 들어 보여줬다.

"이 녀석으로 현물 지불은 가능한가?"

"요 작은 금속 쪼가리에 과연 같은 크기의 금화 몇 닢의 가치가 있을까요?"

균형이 안 맞는걸요. 어느 쪽을 의미하는 말이었을까.

세즈말은 땅이 꺼져라 한숨을 쉬었다.

—이렇게 된 이상은 어쩔 수 없나.

이알마스는 손을 뻗어서 곱슬머리를 거칠게 벅벅 휘저어줬다.

"Aah?!"

항의하는 비명이 쏟아지고, 소녀는 원망스럽게 이쪽을 쳐다본다.

호수처럼 바닥을 가늠할 수 없는 맑고 푸르른 눈동자와 시선이 마주쳤다.

"……책임을 지고 앞으로도 계속 활약해줘야겠군."

대답은 한 번의 우짖음.

"Bow!"

§

그날 이후로.

무엇인가가 극적으로 달라진다거나— 큰 변화는 딱히 없었다.

변함없이 짤랑, 짤랑거리며 《미궁》에는 작은 금속음이 울려 퍼지고 있었다.

이알마스는 한 걸음 — 한 구획, 한 칸, 아무래도 좋다 — 내디딜 때마다 금화를 던졌다가 실을 잡아당긴다.

스륵스륵, 《기어다니는 금화》를 잡아당겨서 손에 잡았다가 한 발짝 걸어간 뒤 다시 던진다.

거듭, 거듭. 《미궁》을 탐색하는 데 편한 길 따위 없다. 여러 가지 의미에서.

"……이 짓이 진짜로 꼭 필요한 거냐."

다만 지긋지긋하지 않냐고 묻는다면 조금 달라진다.

라라자가 무의식중에 이렇듯 투덜거렸을 때, 이알마스는 실을 잡아당기며 답했다.

"꼭 필요하지는 않지."

"진짜로?!"

"그래."

최근에, 이알마스는 생각했다. 최근에는 이렇게 탐색 중 대화를 나누는 경우가 많아졌다.

자신에게 일어난 변화를 꼽아보자면 이런 정도였다.

"나는 도적이 아니다만 경험을 쌓으면 바닥 및 벽에 설치되어 있는 함정은 간파할 수 있다는 말을 들었다."

"……경험을 쌓을 때까지는?"

"한 발짝 한 발짝 나아가야겠지."

"으엑……."

군소리는 많아도 정작 라라자의 얼굴에는 웃음이 있다.

몇 번의 모험을 경험하며 한 차례 탈피를 마쳤다— 라고 표현할 수 있을까.

—흐음.

이런 생각을 떠올리고 있는 자신이 유쾌했다.

돌이켜보면 과거에도 동료의 역량이 상승하는 데서 기쁨을 느꼈던 것 같기도 하다.

그때— 죽음과 삶의 경계에서 흔들거리던 때 살짝 보았던 어슴푸레한 옛 기억 때문일까.

깨어나면 사라져버리는 물거품 같은 꿈에 불과하다지만…….

"당장은 지도 그리는 방법부터 배울 필요가 있군."

"지도? 《미궁》의 지도냐?"

"누군가가 알아서 그려주는 것도 아니잖나?"

"으엑……."

"arf."

그런 의미에서는 피를 잔뜩 묻힌 채 쫑쫑거리며 묘실에서 나오는 이 소녀.

가비지라는 존재야말로 모든 계기가 되어주었다고 말할 수 있겠다.

아직껏 목에 묵직한 철제 수갑을 달고 있는 소녀는 무거운 물체를 질질 끌어오고 있었다.

시체다.

모험가의— 이미 성별조차 분간할 수 없을 만큼 완전히 망가진 시체.

간신히 붙어있는 발부리의 신발을 보면 아마도 여인. 엘프나 인간이라고 짐작된다.

“좋아, 잘했다.”

“yap!”

이알마스가 투박한 장갑을 낀 손으로 가비지의 머리카락을 북북 휘저어주자 한 번의 우짖음.

적어도 받아들여주는 것 같기는 하다— 친밀감 덕분이라기에는 의문은 남아있다만.

결국 아무것도 달라지지 않은 셈이다.

단지 이렇듯 셋이서 《미궁》을 탐색하게 되었다는 한 가지만 제외하면.

짐 안에 든 시체 자루를 꺼내 펼치며 이알마스는 멍하니 사고를 이어 나갔다.

조금 생소한 경험이었다. 《미궁》의 생각 이외에는 굳이 떠올리고자 하지도 않았잖은가.

이 또한, 어쩌면…… 변화라는 말을 쓰기는 어려운 사소한 무엇일까?

그렇다. 자신이 이런 대화를 누군가와 나눈다는 것이—.

—별달리 불쾌감은 없다.

이알마스는 자기 자신에게 찾아든 변화에 놀라면서도 가만히 차분하게 사실을 받아들이고 있다.

만약 이 같은 심정을 시스터 아이닛키에게 알려준다면 과연 어떠한 표정을 지을까?

"아야야……?!"

그런 생각을 떠올리던 중 불현듯 비명 소리가 들렸다.

아무래도 가비지가 라라자의 정강이를 힘껏 걷어찬 것 같다.

"이, 인마, 너 말이다! 진짜 작작 좀 해라?!"

"arf."

라라자가 따져 물어도 대응하지 않는다. 소녀는 묘실 안쪽을 턱으로 가리키고 쫑쫑거리며 걸음을 뗐다.

"보물상자가 있다면 있다고…… 입으로 말을 하라고!"

다리를 부여잡고 라라자도 같이 뒤를 따랐다.

저런 행동은 그냥 장난이다. 집중력이 깎이지도 않는다. 보물상자 개봉은 잘 이루어지리라.

다만 만약에 라라자가 뭐든 실수를 저지른다면. 가비지가 또 어떠한 사태에 휘말린다면.

이알마스는 잠시 생각한 뒤 짧게 중얼거렸다. 오래도록 잊고 있었을 뿐 난처한 상황에서 으레 꺼내는 말을.

"아차차……."

§

“어이구, 봐라.”

“이알마스인가…….”

“검은 지팡이 이알마스…….”

“시체 수거자다.”

“구더기 자식…….”

“요즘은 노예 여자애를 부려 먹는다더군.”

“칼받이인가. 불쌍해라.”

“옛날 기억이 없다는 것도 과연 얼마나 사실이려나.”

“시끄럽다, 한심한 것들! 비켜라, 비켜!”

여전히 숙덕거리며 구경꾼들이 시선을 보내자 라라자는 힘껏 소리를 질러대면서 쫓아냈다.

흠칫 눈이 동그래지며 거리를 두는 사람들을 노려본 뒤 또다시 한마디 외친다.

“너희는 죽어도 시체를 안 옮겨줄 거다!”

정오를 지난 무렵의 《스케일》이었다.

대부분은 모험가일지언정 떠들썩한 대로에서 소리 지르면 눈길을 끌게 되지만, 라라자는 태연하게 행동하고 있다.

저 당당한 태도는 몇 차례 모험을 거쳐 배양되고 있는 자신감의 산물일까.

혹은— 벌써 우쭐거리며 허세를 부린다고 보는 시각도 존재할 테지.

후자라면 안 좋은 생각을 갖는 부류도 나타나리라.

시체 운구로 돈을 벌어들인다. 노예 소녀를 데리고 다닌다. 온갖 의미에서 뜯어먹고자 할 것이다.

다만 만약에 그렇다고 하면—.

—내가 뒷배인가?

도무지 어울리지 않는 말이다.

이알마스는 천천히 고개를 좌우로 흔들고 시체 자루의 끈을 고쳐서 멨다.

"굳이 반응하지 않아도 된다. 끝이 없으니."

"시끄러워."

라라자가 이알마스에게 눈을 부라렸다.

"내가 짜증 난다고!"

"그러면 어쩔 수 없군."

라라자 본인의 문제라면 뭐라고 더 할 말이 없다.

"arf!"

한 번 기운차게 우짖은 가비지는 과연 얼마나 상황을 파악하고 있을까.

이후 여정이 어떻게 달라지든 간에 떠들썩해질 것은 틀림없으리라— 아마도…….

"……woof."

불쑥 가비지가 겁먹은 듯한 거동을 보이며 움츠러들더니 뒷걸음쳤다.

《미궁》에서도 거의 보이지 않은 태도인지라 이알마스의 한쪽 눈썹이 쭉 올라간다.

“이봐, 무슨 일이지?”

말을 걸어도 당연히 의미가 있는 답은 돌아오지 않았다.

다만 대신에 라라자가 알아차렸다. 「아하」라며 고개를 끄덕이더니 히죽 웃는다.

“천적이 등장하셨걸랑.”

“가비지 발견!!”

엘프 승려라는 생각이 안 드는 민첩함이었다.

가볍게 달려온 가녀린 몸이 본인보다 더 가녀린 몸을 꽉 부둥켜안고 끌어안는다.

“yap?!”

뭐라 비명을 지르든 무시하며 사라는 가비지에게 뺨을 마구 비비기까지 하는 꼴이다.

“진짜 못살아! 이알마스 넌 이런 어린애한테도 시체 운반을 시키는구나……!”

“딱히 시키지는 않았다.”

“도움은 받았을 테니까 결국 똑같아!”

“……moan.”

가비지는 아무래도 라라자에게 어떻게든 하라며 눈빛으로 애원하고 있는 것 같았다.

다만 라라자가 고분고분 따라줄 낌새는 없다. 얼굴에는 웃음이 가득하니 방금 전 걷어차였던 정강이의 원한이라고 쓰여 있었다.

—뭐, 좋을 대로 놔두면 된다.

이알마스가 희미하게 입가에 미소 지었다. 사라의 건너편에서 걸어오는 나머지 다섯 명의 낯익은 얼굴을 내다보고 있었다.

조금 늦게 나타난 모험가(올스타즈)들은 저마다 각각 다른, 하지만 강력한 무구를 장비하고 있다.

피 냄새는 전혀 풍기지 않는데도 완전 무장. 그렇다면 이제부터 《미궁》에 진입할 예정이겠지.

터크 선사가 이알마스의 **짐**을 알아보고 머리를 살짝 숙였다.

어디의 누구인지도 모를 시체일지언정 애도는 서로에게 선업이 된다.

소생에 성공하더라도, 실패하더라도 죽음은 죽음이라는 것은 달라지지 않는다—.

"들었나, 이알마스!"

다만 이 같은 사실을 무시하려는 듯이 갑옷에 투구를 갖춘 자유 기사, 세즈말은 역시 변함없이 쾌활한 목소리로.

당장에라도 소리를 높여 웃을 것 같은 모습으로. 투구에 가려진 얼굴도 분명히 함박웃음을 짓고 있으리라.

선두를 사라에게 추월당한 파티 전원을 이끌고 세즈말은 성큼성큼 거리를 좁힌다.

"뭐지."

묻자 대답이 돌아온다.

“그 3층의 구석방 말일세.”

“몇 번을 해치워도 괴물이 또 나오는 덕분에 지금은 좋은 돈벌이 장소가 되었다더군.”

“별 희한한 녀석들도 있군.”

“그런 말 말게. 돈이든 경험이든 누구나 원하는 게 아닌가.”

“딱히 나쁜 뜻으로 한 말은 아니다.”

이알마스가 가만히 대답을 하자 세즈말은 무척 진지하게 「그야 그렇긴 하지」라며 또 웃었다.

“그럼 이 얘기는 아나?”

“그러니까, 뭔가.”

“그 묘실 말일세.”

세즈말은 말했다.

“몬스터 배치(앨러케이션) 센터라는 이름으로 불린다더군.”

“흐음…….”

앨러케이션 센터. 나쁘지 않은 표현이었다. 귀에 친숙하게 와닿는 좋은 이름이었다.

다만 구태여 말을 보태자면—.

“4층이 아니라는 게 조금 아쉽기는 하군.”

“자넨 이따금 영문을 모를 소리를 하는군.”

이알마스는 웃었다.

“나도 잘 알지는 못한다.”

그렇게 두 사람은 잠시 시답잖은 잡담을 나누고 정보 교환을 한 뒤에 헤어졌다.

프로스페로가 「갑시다!」라며 사라를 떼어냈고, 사라는 「또 만나!」라며 열심히 손을 흔든다.

간신히 해방된 가비지는 「woof!」라며 불만스럽게 으르렁 소리를 낸 뒤에 라라자에게 다가갔고.

힘껏 걷어차는 발길질에 비명 지르는 라라자를 뒤로한 채 이알마스는 시체를 짊어졌다.

호크윈드가 힐끔 이쪽을 봤다. 이알마스는 어깨를 으쓱거려서 반응했다. 그게 끝이다.

세즈말의 파티는 《미궁》으로, 자신은― 자신들은 사원으로.

엇갈리는 모양새로 걸음을 떼자 뒤쪽에서 동동거리는 발소리가 들려왔다.

소년과 소녀 두 사람이 허둥지둥 쫓아오고 있다는 정도는 굳이 뒤쪽을 돌아보지 않아도 훤히 파악할 수 있었다.

§

"어머나, 이알마스 님! 오늘도 책무에 고생 많으셨어요."

그렇게 다다른 사원에서는 평소와 마찬가지로 시스터 아이닛키가 웃는 얼굴로 기다려주고 있었다.

아이네의 웃는 얼굴은 이알마스가 짊어진 시체 자루를 보고는 더욱 부드럽게 휘어진다.

“바람직한 삶과 죽음을 맞이하셨다면 좋을 텐데요…….”

그렇게 가슴 앞쪽으로 성호를 그은 뒤 「어머나」라며 눈이 휘둥그레져서 소리 높였다.

“라라자 님과 가비지 님도 계셨군요. 괜찮으면 안에 들어오실래요?”

차를 끓여서 내어드릴 테니까요.

그렇게 권유하니 라라자는 「진짜냐」라며 쾌재를 불렀다.

꼭 라라자가 아니더라도 시스터 아이닛키가 내주는 차를 마실 수 있다면 기뻐하는 인물은 많을 것이다.

냉큼 사원의 안쪽으로 향한 라라자와 달리 가비지는 남은 채 갈등하고 있다.

“Hmmmmmm…….”

가비지는 역시 끙끙대며 입을 다문 채 경계하는 태도를 보였다.

방금 전 한바탕 시달렸던 경험 때문일 테지. 다만 어쨌든 사라보다는 버틸 만하다고 생각했을 것이 분명하다.

아니면 라라자를 어쩔 수 없다거나 가만히 둘 수 없다거나 생각했을까.

“yap.”

짧게 우짖은 뒤 가비지도 역시 쫑쫑거리며 라라자의 뒤를 쫓아가니—.

남은 사람은 둘.

속삭임과 기도와 영창.

그것은 고요함으로 가득 찬 사원의 건물에 쭉 밀려들었다가 빠져나가는 파도 소리와 비슷하다.

"자, 어서요, 이분을 안치소로 옮겨드리자고요—."

아이네는 그렇게 말한 뒤 이알마스에게서 시체 자루를 받아 들고자 손을 내밀었다.

의외로 얼마 전 보여주었던 이 여성의 완력은 매일같이 성직자로서 수행하는 책무 덕분에 배양되었을지도 모르겠다.

따라서 이알마스는「그러고 보니」라며 불현듯 쭉 궁금해했던 의문을 떠올린 뒤 질문했다.

"누가 내 소생비를 대신 부담해줬나?"

"네?"

아이에는 의아해하며 고개를 갸웃거렸다.

"그러니까, 빚에다가—."

"맨 처음 말이다."

아하. 시스터 아이닛키는 미소 지으며 대답했다.

"저랍니다?"

"그럴 줄 알았다."

설마 이 여성이 어떠한 착오나 실수를 저지를 리 없었으니까.

수줍어하는 시스터에게 무뚝뚝한 얼굴로 고개를 끄덕거리는 이알마스.

다른 사람이 본다면 과연 어떠한 인상을 받으려나. 두 사람 모두 남의 시선 따위야 전혀 개의치 않는다만.

"그런데, 어째서였나?"

"음……. 딱히 복잡한 이유가 있어서는 아니었는데요."

아이네는 아름답고 가느다란 손가락으로 꾸물꾸물하며 신관복의 자락을 만지작거렸다.

한창때의 젊은 아가씨가 할 법한 동작을 하며 잠시간 말이 없다가 이윽고 애틋하게 숨을 내쉬었다.

"조금 관심을 갖게 되어버렸거든요. 어째서인지……."

"무엇을."

"당신이 무엇을 이루기 위해 살았고, 무엇을 이루려다가 쓰러졌는지."

이알마스는 답하지 않았다.

시스터 아이닛키도 더 이상은 묻지 않았다.

굳이 캐묻는 대신에— 딱 하나 이알마스에게 확인을 한다.

"혹시 괜한 짓이었을까요……?"

"아니."

이알마스는 바로 대답했다.

"소생시켜준 네 호의에 감사한다."

"그럼, 다행이에요—."

그렇게 시스터 아이닛키가 미소 지었을 때.

불현듯, 한바탕 세찬 바람이 불어와서 사원 안쪽을 지나갔다.

아름다운 은발을 바람에 내어준 채 아이네가 머릿수건을 부여잡고 눈을 살짝 감는다.

그러던 중에 문득 움직이는 이알마스의 입술을 아이네는 목격했다.

비록 쇠퇴를 거쳐 약해졌을지언정 아직 평범한 사람보다 훨씬 예민한 엘프의 귀로도 듣지 못하는 말.

"방금, 뭐라고—?"

"별 대단한 말은 아니었다."

이알마스는 웃었다.

"기다리고 있어라."

§

고대에.

고대에 그것이 있었다는 사실을 잊어버리고 얼마나 긴 세월이 흘렀을까.

모든 사람이 존재조차 잊은 어느 날, 그것은 갑자기 되살아났다.

《미궁》.

갑자기 대지에 뚫린 그 악마의 구덩이에서는 문자 그대로 힘이 흘러넘치고 있었다.

땅속 깊숙한 곳의 어디까지 이어지는지도 알 수 없는 《미궁》에는 재물과 괴물이 넘치도록 가득 차 있었던 것이다.

당연히 본인이야말로 진정한 용사, 영웅, 성녀, 현자라며 이름을 날린 강자들이 잇따라 도전했다.

《미궁》을 정복하여 수중에 넣고자 하는 세상의 온갖 사악한 작자들 또한 손을 뻗쳤다.

그리고 그 전부가《미궁》에 집어삼켜져서 허망한 최후를 맞이했다.

전설의 용사의 후손, 평생을 마술 탐구에 몰두했던 대현자, 무모한 젊은이.

—전원, 동등하게《미궁》안에서는 가장 밑바닥의 약자에 불과했으니까.

《미궁》이 대체 무엇인지는 아무도 알지 못한다.

알려진 사실은 둘. 어쩌면 하나.

《미궁》에는 사람들의 상상을 아득히 뛰어넘는 강력한 힘을 간직한 수많은 재보가 잠들어 있다.

《미궁》은 사람들을 잡아먹는 괴물, 치명적인 함정으로 가득 차 있다.

요컨대—《미궁》은 인류의 지식으로 가늠할 수 없는 완전한 이계로서 존재하고 있다는 사실뿐이다.

《미궁》은 위험한 곳이니 멀리하게 되었다.

하지만 《미궁》에서 나오는 재보는 사람들에게 매력적이기도 했다.

부, 명성, 무훈, 혹은 또 다른 무엇인가를 추구하며 《미궁》에 도전하는 인물은 사라지지 않는다.

죽음을 거듭하고 위험을 극복하고 재보를 손에 넣으며 서서히 《미궁》에 적응해 가는 인물들.

머지않아 대중은 이런 인물들을—「모험가」라고 부르게 되었다.

종 장
위저드리

어디인지도 알지 못하는 땅속, 어둠의 깊숙한 곳.

꿈결 속에서 **그것**은 살짝만 눈꺼풀을 들어 올렸다.

그리운 시절을 떠올리게 하는 재의 냄새를 머금은 바람이 근처까지 불어온 것 같다는 생각이 들어서였다.

그곳은 《마혈(魔穴)》에서 분출되는 열독이 소용돌이치는 곳, 이 세상의 재앙 전부를 봉인해 놓은 끔찍한 장소다.

바람이 불어올 리 없다. 공기는 정체되어 탁해지고 부패한다.

하지만…….

—혹시 **그 인물**일까.

증거는 없었다. 다만 어째서인지 예감이 느껴졌다. 참으로 유쾌했다.

"맞는 것 같구나, 오랜 벗이여."

불현듯 목소리가 들렸다.

어둠 저편에서 모습을 드러낸 것은, 아아, 역시나, 맞았다. 그리운 친구이지 않은가.

4대 관문(게이트 키퍼)의 수호를 담당하는 위대한 노마도사.

그 말에 **그것**은 대기를 뒤흔들었다. 아니다, 단지 웃었을 뿐.

"매의(호크윈드) 바람이 소식을 전해주었는데 말일세……."

그렇다면 과연 소녀는 무사할까. **그것**이 의문을 표시하자 문의 수호자는 엄숙하게 고개를 끄덕거렸다.

"무사하네. 무사하고말고, 오랜 벗이여. 알라비크와 마르그다의 핏줄은 보호받았다네……."

—그렇다면 걱정도 필요 없겠군.

그 인물이 왕가의 혈통과 함께하고 있다. 모든 것은 순조롭다.

그러나 문의 수호자의 안색은 밝아지지 않았다.

위대한 고대의 마술사는 이 세상의 모든 불행을 한탄하는 듯이 고개를 좌우로 흔들었다.

"다만 **그것**은 미숙하네. ……무리하게 전생을 시킨 탓인지 무척이나 많이 약해졌더군."

—처음부터 다 예상하지 않았던가.

과거에 《마혈》이 열렸을 때도. 신기(神器)의 빛이 흐려지고 여신의 가호를 잃어버렸을 때도.

전생하여 세상에 나간 인물은— 제 힘의 대부분을 잃어버렸다. 뻔히 예상했던 결과다.

"고난은 많네. 가능할지도 몰라. 하지만…… 불가능할지도 모르지……."

문의 수호자는 과거에 차원 감옥(코즈믹 큐브)에 봉인당했을 때처럼 얼굴에 피로감을 내비쳤다.

"벗이여, 봉인이 깨어지기 전까지 다다르지 못할지도 모른다네……."

—분명 다다를 수 있을 것이다.

문의 수호자가 한탄하자 **그것**은 한순간의 망설임도 없이 답했다.

과거에도 마찬가지였다.

그렇다면 앞으로도 마찬가지이리라.

세상의 모든 모험가가 마찬가지였으니까.

그것은 다른 누구도 아닌 자네야말로 가장 잘 아는 사실이 아니었던가.

"그런가……."

문의 수호자도 역시 주름이 가득 새겨진 제 얼굴에 미소를 띠어 보였다.

"그리되어야지."

—아무렴.

그것은 힘주어 말한 뒤 문의 수호자를 과거의 이름으로 불렀다.

"……시간의 흐름이란 정녕 잔혹하다네. 오랜 벗이여."

문의 수호자는 마지막으로 한마디 말을 남기고 나타났을 때와 똑같이 제 모습을 없앴다.

벗이 한 말의 의미도 **그것**은 물론 이해할 수 있었다.

이미 누구 한 명도 우리의 이름을 아는 인물은 없도다.

그리운 시절, 재와 이웃했던 청춘의 나날은 이미 아득하다.

이렇듯 이곳에서 줄곧 기다리는 행위에 어떠한 의미가 있는지도 분명치 않다.

다만— 이처럼 번민하는 행위야말로 어떠한 의미가 있단 말인가.

언젠가 반드시 《미궁》의 가장 밑바닥에 이르러서 모든 것을 밝혀내는 인물이 나타나리라.

또한 반드시 《마혈》의 안쪽에 도달하여 재앙을 쳐부수는 인물이 나타날 것이다.

그 당사자가 과연 **그 인물**일지는 관계없다.

단지 모험가이기에, 기필코—.

엘 케브레스
위대한 용은 그렇게 믿으며 다시금 눈꺼풀을 감고 잠든다.

곧 다시 어둠이 내려앉았다.

■ 작가 후기

안녕하세요, 카규 쿠모입니다.

처음 뵙는 분께는 반가움의 인사를, 그렇지 않은 분께는 이 책에서도 만날 수 있었다는 기쁨을 전합니다.

그나저나, 음, 뭐라 말해야 할까요, 예. 위저드리입니다, 위저드리!

깜짝 놀랐죠. 설마 제가 정말로 이 작품에 참여하게 될 줄이야.

혹시 다 꿈이 아닐까. 슬슬 침대 위에서 깨어나는 게 아니려나…….

아무튼 간에 위저드리, 원조라고 할까요, 가장 유명한 초기 3부작 말입니다.

이게 마지막으로 이식된 기기가 GBC판과 WS판이고, 2000년 무렵이니까요, 20년 이상 예전이군요.

그렇다면 젊은 독자분들 중에는 위저드리를 모르는 분도 많이 계실 것 같습니다.

저 같은 사람이 설명하자니 무척 민망합니다만, 우선 간단하게 설명을 시작하겠습니다.

옛날 옛적에 어느 두 명의 젊은이가 세계 최초의 RPG인 D&D에 열중하고 있었습니다.

RPG라고 해봤자 게임기를 쓰는 방식은 아니었습니다. 종이와 펜과 주사위를 쓰는 놀이였죠.

그때는 마침 퍼스널 컴퓨터의 여명기. 개인용 컴퓨터가 유통되기 시작했던 시대.

두 사람을 생각했습니다. 번거로운 계산이라든가 판정 따위의 처리를 전부 컴퓨터에게 시키면 어떨까?

이야기는, 그래, **컴퓨터여도 알 수 있는** 간단한 내용이 좋겠다.

패도(霸道)에 미친 왕에게서 힘의 근원인 호부를 빼앗아 미궁 깊숙한 곳으로 도망친 대마도사.

대마도사를 처단하기 위해 모여든 정체불명의 무뢰한, 모험가들.

미궁에서는 위험한 함정, 갖가지 괴물, 그리고 금은보화에 마법 무기가 소리를 울리며 기다리고 있다.

뜻을 이루지 못하고 사망해도 사원에 시체를 가져가면 소생은 가능……. 터무니없이 비싼 기부금을 낼 수 있다면.

목숨은 가볍고 모험은 언제나 죽음과 이웃한다. 하지만 유머가 듬뿍. 위험도 잔뜩.

드래곤과 함께 토끼나 닌자가 나타나서 목을 날리고자 덤벼드는 기이한 세계.

그러나 모험가 또한 무라마사나 믹서의 칼날을 휘둘러 대고, 핵폭발로 적을 싹 날려버린다.

이렇게 『위저드리: 광왕의 시련장』이 생겨났습니다.

그 후 잃어버린 전설의 무구와 신기를 찾아내고자 마혈에 도전하는 『다이아몬드의 기사』.

천변지이의 원인을 규명하기 위해 영산에 잠든 성스러운 용을 찾아가는 『릴가민의 유산』.

분명히 토벌했었던 대마도사의 귀환을 묘사하는 『워드나의 역습』으로 시리즈는 계속됩니다.

WIZ는 일본에 들어오고 FC로 이식되어 소설, 만화, 애니메이션, TRPG로도 만들어졌습니다.

『이웃하는 재와 청춘』, 『릴가민 모험 기담』…… 그리고 네 컷 만화도 있었죠.

결국 일본의 독자적인 속편도 제작되었습니다. 판권까지 확보해버렸습니다.

일본인은 어째서인지 기묘하고 살벌하며 유쾌한 세계를 무척 좋아했던 겁니다.

영향을 받은 작품도 다수 존재합니다. 애니메이션, 만화, 게임, 영화에 라이트 노벨…….

저 또한 이렇게 영향을 받은 사람 중 한 명이었습니다. 영향을 받은 작품을 쓰기도 했죠.

그래봤자 제가 제대로 WIZ에 손을 댄 시기는 마지막으로 이식이 된 무렵.

그러니까 이제껏 쭉 고참 모험가의 등을 보면서, 발자국을 따라가며 굉장하다는 생각을 자주 했었습니다.

그런데도— 예, 이렇게 됐습니다.

정신을 차렸을 때는 제가 이렇게 위저드리 소설을 쓰는 입장에 있었습니다.

진짜 정신이 들면 침대 위에서 깨어나는 게 아닐까…….

본작은 제가 제 나름대로 위저드리는 이러하지 않을까 해석해 본 이야기입니다.

이것이 바로 WIZ이다! 라며 거들먹거리며 떠들지는 못합니다.

뭐지, 이게 아닌데, 라고 생각하는 분이 계실지도 모릅니다.

하지만 아무쪼록 어쩔 수 없다며 웃어주시면 감사하겠습니다.

제가 보았던 여러분들의 모험은 굉장하고 멋지고 재미있다는 감탄으로 가득했으니까요.

만약 본작으로 처음 WIZ를 알게 된 분은 모쪼록 게임도 같이 즐겨봐주십시오.

그러면 당신의, 당신만의, 당신밖에 알지 못하는 모험 이야기가 시작될 것입니다.

그리고 WIZ를 알고 있는 사람도 알지 못하는 사람도 본작을 즐겨주셨다면 다행입니다.

감사하게도 2권을 계속해서 쓸 수 있을 듯싶습니다.

이알마스, 가비지, 라라자의 다음 모험은 숙소에서 잠들었다가 깨어난 뒤 시작됩니다.

그때 또 함께해주신다면 더할 나위가 없이 기쁘겠습니다.

그러면 이만, 또 만납시다.

블레이드&바스타드 1

초판 1쇄 발행 2024년 2월 20일

지은이_ Kumo Kagyu
일러스트_ so-bin
옮긴이_ 김성래

발행인_ 최원영
편집장_ 김승신
편집진행_ 권세라 · 최혁수 · 김경민 · 최정민
편집디자인_ 양우연
관리 · 영업_ 김민원

펴낸곳_ (주)디앤씨미디어
등록_ 2002년 4월 25일 제20-260호
주소_ 서울시 구로구 디지털로 26길 111 JnK디지털타워 503호
전화_ 02-333-2513(대표)
팩시밀리_ 02-333-2514
이메일_ lnovellove@naver.com
L노벨 공식 카페_ http://cafe.naver.com/lnovel11

ISBN 979-11-278-7441-4 04830
ISBN 979-11-278-7440-7 (세트)

값 11,000원